WEITES LAND

Nicole Bachmann, Dr. phil. in Gesundheits- und Sozialwissenschaften, ist in Basel geboren, hat in Fribourg studiert, in Zürich doktoriert und sich in Montreal weitergebildet. Sie lebt seit vielen Jahren in Köniz bei Bern und arbeitet in Olten. Neben wissenschaftlichen Werken schreibt sie Kriminalromane, Hörspiele und historische Kinderbücher.

Dies ist kein Reiseführer. Wie in den ersten drei Bänden mit Lou Beck habe ich mich von tatsächlichen Orten und Geschehnissen inspirieren lassen, diese aber verfremdet und im Dienste meiner Erzählung verändert. Dies ist das Kanada, das Lou Beck auf ihrer fiktiven Reise, die sie eigentlich gar nicht antreten wollte, angetroffen hat. Ähnlichkeiten mit lebenden Personen sind rein zufällig und nicht gewollt.

NICOLE BACHMANN

WEITES LAND

Kriminalroman

emons:

Bibliografische Information der Deutschen Nationalbibliothek
Die Deutsche Nationalbibliothek verzeichnet diese Publikation in der Deutschen Nationalbibliografie; detaillierte bibliografische Daten sind im Internet über http://dnb.d-nb.de abrufbar.

Umschlagfoto: © Andy Iten, Köniz
Umschlaggestaltung: Nina Schäfer, nach einem Konzept von Leonardo Magrelli und Nina Schäfer
Umsetzung: Tobias Doetsch
Gestaltung Innenteil: César Satz & Grafik GmbH, Köln
Lektorat: Irène Kost, Biel/Bienne, Schweiz
Druck und Bindung: CPI – Clausen & Bosse, Leck
Printed in Germany 2018
ISBN 978-3-7408-0290-5
Originalausgabe

Dieser Roman wurde vermittelt durch die Agentur Altas, Bern.

Dieses Buch ist den Frauen und Männern von
«idle no more» gewidmet.

Prélude

Menschen sind konstant bestrebt, ihre Emotionen zu regulieren. Sie tun dies unbewusst oder bewusst, mehr oder weniger geschickt und oft auf eine Weise, die schädlich ist für ihre Gesundheit. Gegen Gefühle wie Angst, Sorgen, Kränkungen werden seit jeher zentralnervös wirksame Stoffe eingesetzt. Die Menschheitsgeschichte ist eine Geschichte der Drogen. Wir benutzen Alkohol, Nikotin, Koffein, Cannabis, Kokain, Amphetamine oder Baldrian und verändern damit unsere Gefühle.

Es existieren auch andere Methoden, dem menschlichen Erfindungsgeist sind diesbezüglich keine Grenzen gesetzt: Gegen Einsamkeit und Liebeskummer futtern die einen ein paar Crèmeschnitten oder eine Tüte Gummibärchen; sie liegen stundenlang in einem Schaumbad, schauen sich einen peinlich romantischen Film an oder hören traurige Cowboy-Songs und trinken dazu zwei oder auch drei Gläser Wein. Wieder andere drehen den Walkman auf volle Lautstärke und ziehen sich Metallica rein oder das zweite Klavierkonzert von Rachmaninov; sie rennen durch den Wald oder gehen Dinge shoppen, die sie nie benötigen werden; sie meditieren, kiffen oder schlachten an ihrem Rechner Hunderte von Zombies ab. Und alle fühlen sich danach einen Moment lang ruhiger, weniger einsam oder zornig. So geht das tagtäglich in jedem menschlichen Leben und ist vollkommen normal.

Manchmal macht es aber Sinn, seine Gefühle in aller Dringlichkeit wahrzunehmen. Da ist zum Beispiel die Angst. Eine wichtige Emotion. Sie warnt vor einer drohenden Gefahr, verstärkt die Ausschüttung von Cortisol, beschleunigt den Puls und die Atemfrequenz, erhöht die Muskelspannung, schärft die Sinne und macht den Organismus bereit, sofort und heftig zu reagieren.

Angst kann dir das Leben retten.

EINS

Ich habe immer gemeint, Kanada sei kalt, nichts als endlose, stinklangweilige Tannenwälder, alles dunkelgrün, so weit das Auge reicht. Und da stand ich nun auf der Mittelinsel einer vierspurigen Strasse in Montreal, die Sonne brannte ein Loch in meinen übernächtigten Schädel, lebhafter Verkehr dröhnte vor und hinter mir, und ich blinzelte in das grelle Licht. Schweiss sammelte sich in meinem Nacken, rann mir das Rückgrat hinunter. Ein ekelhaftes Gefühl. Es war Samstag, der 24. Mai, morgens um halb elf, und neunzig Minuten zuvor hatte ich erstmals kanadischen Boden betreten.

Eine junge Asiatin in kurzen Shorts, ärmellosem Top und Plateausandalen lächelte mich mitleidig an, als ich mir stöhnend über die schweissbedeckte Stirne strich. Sollte ich meine Faserpelzjacke ausziehen? In meinem Koffer befanden sich Thermo-Unterwäsche, Schal und Mütze aus Merinowolle, Handschuhe und Ringelblumen-Spezialgesichtscrème zum Schutz vor grosser Kälte. Aber keine Sandalen und kein ärmelloses Top, keine Shorts und kein Sonnenhut. Der Verkehr kam abrupt zum Stehen, und alle marschierten los. Schon bald würde ich bei der McGill University anlangen, wo ich Philipp treffen sollte. Vielleicht würde er sich über meine nordpoltaugliche Ausrüstung amüsieren. Vielleicht aber auch nicht. Nein, er würde meine Ignoranz wohl eher als ein weiteres Zeichen deuten, dass ich Kanada nicht mochte, nicht die geringste Lust hatte, mich mit seinem Geburtsland auseinanderzusetzen, und mir keine Mühe gegeben hatte, auch nur die minimalsten Informationen darüber in Erfahrung zu bringen.

Und er hätte recht damit.

Ich wusste nicht einmal, in welcher Klimazone wir uns hier befanden.

Rom! Jetzt fiel es mir wieder ein. Irgendjemand hatte doch mal gesagt, New York befinde sich auf der gleichen Höhe wie

Rom. Oder war es Neapel? Und New York war nur ein Katzensprung von Montreal entfernt. Ich seufzte. Ich hatte von Anfang an ein zutiefst ungutes Gefühl gehabt, was diese Reise anging. Gleichzeitig gab es keinen einzigen rationalen Grund, Philipps Einladung abzulehnen. Ich vermisste ihn seit seiner Abreise schmerzhaft.

Ich hatte Philipp im Sommer vor zwei Jahren an meinem Arbeitsort kennengelernt. Er war Oberarzt der Geriatrie im Privatspital Walmont in Bern, im selben Spital, in dem ich Mitarbeiterin der kleinen Forschungsabteilung war. Er war damals siebenunddreissig Jahre alt, ich drei Jahre jünger. Unsere Beziehung hatte sich gerade erst etwas gefestigt, da hatte er sich entschlossen, nach Montreal zu ziehen, um dort achtzehn Monate lang an einem Gesundheitsprogramm für die indigene Bevölkerung Kanadas mitzuarbeiten.

Sein Entschluss war nicht ganz freiwillig erfolgt. Philipps Vater und Grossvater waren bekannte Chirurgen gewesen. Seine Eltern hatten noch immer nicht akzeptieren können, dass ihr Sohn sich der Geriatrie zugewandt hatte, was sein Vater mit Altenpflege gleichsetzte. Dass Philipp ein hervorragender Geriater war und für sein Betreuungskonzept sogar einen Preis gewonnen hatte, bedeutete seinen Eltern nichts. Da sich ihr Sohn nicht einsichtig zeigte, wollten sie ihn zwingen, die abgebrochene Chirurgenlaufbahn wieder aufzunehmen. Also gründeten sie eine Stiftung und boten unserem Direktor eine fette Summe an, damit er die Chirurgie des Walmont ausbauen könne. Einzige Bedingung: Philipp sollte die Leitung der Chirurgie für mindestens ein Jahr übernehmen, oder die Spende würde an die Konkurrenz gehen. Philipp fand schliesslich eine geniale Lösung: Er würde die Oberarztstelle antreten und dann vom Walmont für eine befristete Zeit an ein gemeinnütziges Programm in Kanada ‹ausgeliehen› werden. Ich hatte ihm nicht im Weg stehen wollen, hatte ihm zugeredet, diese Chance zu ergreifen, und seither mehr unter seiner Abwesenheit gelitten, als ich mir dies je hätte vorstellen können. Und das machte mich elend und auch wütend. Ich wollte mich wieder ganz fühlen. Auch ohne Philipp.

Nach ein paar Monaten in Montreal hatte Philipp begonnen, eine gemeinsame Ferienreise durch Quebec und den Nordwesten Kanadas zu planen. Er hatte mit der unvergleichlichen Natur gelockt, mit den mächtigen Schnee-Eulen, mit drei Sorten Bären, mit feinem Essen, Bier und wenn nötig auch mit Kultur. Und mit unserer Liebe. Rings um mich waren Leute, die mir gut zuredeten, endlich diese Reise zu machen. Helga hatte mich feig, pessimistisch und beziehungsunfähig genannt. Das Personal-Management-Tool an meinem Arbeitsplatz im Spital hatte von Tag zu Tag röter geblinkt, das Zeichen, dass ich zu viele Überstunden machte und endlich Ferien einziehen musste.

Philipp hatte mir E-Mails geschrieben, in denen er darüber klagte, mich zu vermissen, sich einsam zu fühlen und sehnlichst auf meinen Besuch zu warten.

Ich hatte gezögert, auf später vertröstet, Ausreden erfunden. Und selbst nicht gewusst, warum.

Bis Philipp mich um Hilfe gebeten hatte.

In einem geografisch klar umgrenzten Gebiet im Westen von Kanada war eine Krankheit mit schweren neurologischen Symptomen ausgebrochen. Betroffen waren rätselhafterweise ausschliesslich Angehörige der Little Creek Band.

«Mitglieder einer Musikband?», hatte ich erstaunt gefragt, und Philipp hatte mir geduldig erklärt, dass eine «Band» in den indigenen Kulturen Kanadas einen Zusammenschluss von mehreren Grossfamilien darstelle, die im selben Gebiet leben, gemeinsam auf die Jagd gehen, sich gegenseitig im Alltag unterstützen.

Eine solche Band besteht oft aus fünfzig bis hundertfünfzig Personen, mehrere solcher Bands zusammen bilden eine «Nation» mit einer eigenen Sprache, Kultur und einer oft ausschliesslich mündlich überlieferten Geschichte. Die Little Creek Band lebt am Lake Fraser in British Columbia und gehört zur Nation der Stellat'en, dem Volk von Stella, wie sie sich selbst nennen. In der offiziellen Schreibweise werden die Stellat'en immer noch als Carrier bezeichnet, obwohl sie selbst diesen Namen ablehnen, den ihnen die weissen Siedler gegeben haben.

Der Lake Fraser ist ein beliebtes Touristenziel, wunderschön gelegen zwischen bewaldeten Bergen und bekannt für seinen Reichtum an Fisch und Wild. Die dort ansässigen Bevölkerungsgruppen, Weisse, Schwarze, Asiaten, Indigene der Stellat'en- und Sekani-Nationen leben in engem Kontakt. Trotzdem waren nur Personen dieser einen Band erkrankt. Die Patienten hatten alle ähnliche Symptome, die gemäss Schilderung der behandelnden Ärztin regelrecht bizarr wirkten. Sie habe noch nie so etwas gesehen, der lokale Gesundheitsdienst der First Nations sei mit dieser Epidemie völlig überfordert, und wenn es so weiterginge, wäre die Little Creek Band in Kürze ausgestorben. Sie hatte Philipp um sofortige Unterstützung gebeten.

Und wegen dieses rätselhaften Krankheitsclusters war ich jetzt hier in Montreal, in dieser riesigen fremden Stadt auf der Höhe von Neapel, marschierte in einem dichten Menschenstrom, ein übermüdetes, schwitzendes Alien, das versehentlich auf den falschen Planeten gebeamt worden war. Rings um mich wucherten riesige gläserne Fassaden, in denen sich der Himmel spiegelte, goldglänzende Hüllen von vierzigstöckigen Bürotürmen. Ich zog meinen schweren Rollkoffer hinter mir her in die Richtung, in der ich die McGill vermutete. Rue Sherbrooke 845, gut zwei Kilometer nach Südwesten, dort solle ich ihn treffen, Punkt zwölf Uhr fünfzehn, hatte mir Philipp gemailt. Ich ging in Richtung Südwesten, aber merkwürdigerweise näherten sich die Hausnummern der Null, je weiter ich vorankam. Einen Moment hielt ich inne und wurde prompt vom Nachfolgenden angerempelt. Etwas stimmte mit meiner Orientierung nicht. Ging die Sonne hier etwa im Westen auf? Oder machten sie diesen Hausnummerntrick, um Fremde fertigzumachen? Ich wusste nichts Besseres, als weiterzulaufen. Ich kam an der Rue Sherbrooke 12, der 8, der 6 vorbei und dreissig Meter weiter wieder an einer 6, einer 8, einer 10. Es ging wieder aufwärts. Verwirrt, aber entschlossen, mir nichts anmerken zu lassen, ging ich weiter. Von weit her hörte ich das tiefe Tuten eines Ozeanriesen. Die Geräusche und Gerüche waren mir fremd, was ich sah, irritierte mich, und mir war zu heiss. Meine Arme und Schultern schmerzten immer mehr von der ungewohnten Anstrengung. In meinem Koffer befanden sich neben der Survival-Ausrüstung, inklusive Swarovski-Fernglas und den Winterkleidern, ein Kilo von Philipps Lieblingsschokolade, dazu eine Notration Bücher.

Eine Ewigkeit später tauchte in der Ferne ein goldener Turm auf, ich war bei den 400er-Nummern angelangt, und die Szenerie wechselte. Da waren asiatische Lebensmittelläden, eine Behörde für maritime Rechtslegung, ein asiatischer Coiffeur, ein Geschäft nur mit Turnschuhen, dann wieder ein unglaublich glänzendes Hochhaus, in dessen Fassade sich die ganze Welt zu spiegeln schien. Vor einer Galerie mit Inuitkunst blieb ich einen Moment stehen und bewunderte einen etwa fünfzig Zentimeter grossen, auf den Hinterbeinen tanzenden Eisbären aus weissem Marmor. Der Bär sah kraftvoll, fröhlich und gleichzeitig in sich gekehrt aus, wunderschön. Die in der Galerie ausgestellten Exponate seien alle von Inuit aus dem Bundesstaat Nunavut hergestellt, stand auf einem Plakat. «Nunavut» bedeute «Unser Land», umfasse etwa ein Fünftel der Fläche Kanadas, mehr als die Hälfte davon nördlich des Polarkreises.

Einige hundert Meter weiter bewunderte ich eine winzige im viktorianischen Stil erbaute Kirche, die zwischen zwei wuchtigen Glas-Beton-Bauten eingeklemmt war.

Vieles hier erinnerte mich an eine französische Grossstadt. Aber das Bild stimmte nicht ganz. Einige Minuten später wurde mir der Unterschied klar: Ich hatte noch in keiner europäischen Stadt eine solche völlig planlose Aneinanderreihung von unterschiedlichsten Baustilen gesehen. Das reine Chaos auf engstem Raum, von einer einheitlichen Strassenflucht ganz zu schweigen.

***

Eine halbe Stunde später stand ich direkt vor dem Eingang der McGill University, typischerweise wieder eine architektonische Gemengelage, in deren Zentrum ein beflaggtes schottisches Miniaturschlösschen in grauem und rosa Stein stand, direkt daneben ein Museum, das aussah wie ein griechischer Tempel, das Ganze überragt von einem ultramodernen Bau aus Rauchglas, der ebenfalls das Logo der McGill trug. Das Trottoir direkt vor dem ehrwürdigen Schlösschen war voller Risse, die Pflöcke, welche die Fussgängerzone markierten, krumm und das Fahrverbotsschild mit Tags verschmiert. Heruntergekommen und gleichzeitig charmant wie eine verarmte Adlige mit löchrigen Strümpfen, dachte ich, drehte mich um, und da war Philipp.

Einen Moment lang standen wir beide wie erstarrt, dann umarmten wir uns. Sein Körper fühlte sich schmaler an, als ich ihn in Erinnerung hatte.

Philipp nahm mir unaufgefordert den Griff des Rollkoffers aus der Hand und marschierte zackig los. Einige Sekunden blieb ich wie angewurzelt stehen und musste mich anschliessend beeilen, um ihn nicht aus den Augen zu verlieren. Ich hätte mir keine Gedanken machen müssen wegen meiner unpassenden Kleidung. Philipp verlor kein Wort darüber, ja, er schien mich überhaupt kaum wahrzunehmen. So hatte ich mir unser Wiedersehen nicht vorgestellt. Ich wischte mir zum zehnten Mal den Schweiss von der Stirne. Vor mir hatte sich bei einer Kreuzung eine Menschenmenge gebildet. Wo war Philipp? Einen kurzen Moment verspürte ich Panik. Was, wenn ich ihn hier in diesem Gewühl verlieren würde, ganz allein in dieser fremden Welt zurückbliebe? Ich rief mich zur Ordnung. Ich war erwachsen, hatte Geld und einen Pass.

«He, renn nicht so, Philipp», rief ich ihm hinterher, als er zügig über die Kreuzung lief, während ich noch immer im Pulk feststeckte.

Auf der anderen Seite der Fahrbahn blieb er endlich einen Moment stehen.

«Entschuldige, Lou.» Er lächelte mich an, wirkte zerstreut. «Du bist sicher müde von dem Flug.» Seine Augen huschten flüchtig über mein Gesicht. «Wir gehen jetzt zu mir nach Hause. Dort kannst du dich duschen und ausruhen.»

Und schon lief er wieder weiter. Zunehmend wütend und gleichzeitig verwirrt, lief ich ihm nach. Kein guter Anfang, gar nicht gut.

Philipp wohnte im vierzehnten Stock eines Hochhauses, dessen Fassade russgeschwärzt war oder jedenfalls so aussah. Ich hatte selten ein hässlicheres Gebäude gesehen. Zum Glück lief er noch immer einige Schritte voraus, ohne sich nach mir umzudrehen. Ich hätte Mühe gehabt, mein Erschrecken zu verbergen. Die gläserne Haustür fiel laut scheppernd hinter uns zu. Der Eingangsbereich mit den rund hundert Briefkastenfächern war deutlich heruntergekommen, die Wände mit obszönen Kritzeleien verschmiert, der alte Laminatboden hatte Risse und rollte sich an den Nahtstellen auf. Es stank nach Urin. Mehrere Briefkästen waren aufgebrochen worden. Andere quollen über von Briefen, Reklamen und Zeitungen, hineingequetscht, bis es nicht mehr ging. Vielleicht lagen die Besitzer tot in ihren Wohnungen und faulten vor sich hin. Hier herrschte ein konstantes Kommen und Gehen, und niemand trug Sorge zu dem Haus, so viel war klar. Die Lifttür war mit einem alten Klebeband versperrt, auf dem man mit Mühe die Worte «out of» entziffern konnte.

«Gehen wir?», fragte Philipp und wandte sich zum Treppenhaus.

«Du machst Witze», sagte ich mit schwacher Stimme.

«Wir müssen nur einen Stock runter. Von der Tiefgarage aus gibt es einen zweiten Lift. Und der funktioniert. Tiefgaragen sind für Montreal überlebensnotwendig. Die Winter sind so kalt, dass du ein Auto nicht mehr zum Laufen bringst, wenn es nicht in einer Garage steht. Und zu Fuss ist bei vierzig Grad minus auch niemand mehr unterwegs.»

«Vierzig Grad minus? Ich habe gemeint, Montreal habe das Klima von Neapel.»

«Im Sommer ja. Im Winter gleicht es eher dem Klima von Moskau. Wir sind da flexibel.»

Philipp hob meinen Koffer an und stöhnte laut. «Was hast du denn da drin? Steine?»

«Nur Kleider, einige Bücher und Schokolade für dich. Extradunkel mit gerösteten Mandelsplittern.»

Anstatt sich zu bedanken, murmelte er etwas von Leuten, die überallhin eine Bibliothek mitnähmen.

«Dann gib mir den Koffer», sagte ich verärgert. «Ich habe ihn schliesslich auch bis hierher geschleppt.»

Er reagierte nicht, und wir gingen einen Stock nach unten, nahmen den zweiten Lift und fuhren hoch zu Philipps Wohnung.

«Nichts Grossartiges, aber mein momentanes Reich», sagte er.

Ich versuchte es mit einem Lächeln. Die Wohnung war klein, ein Wohnzimmer, zwei Schlafzimmer, Küche, Bad, die Wohnräume spärlich möbliert mit Möbeln, die vor vielen Jahren vom Sperrgut gerettet worden waren. Oder jedenfalls so aussahen.

«Warum sind die Fenster vergittert?», fragte ich.

«Suizidprävention.»

Das passte.

«Das ist eines der Studentenheime der McGill», sagte Philipp. «Es ist schwierig, in Montreal eine Wohnung zu finden, und ich habe keine Lust auf Suburb.»

Ich nickte und suchte verzweifelt nach einem Detail, über das ich etwas Freundliches hätte sagen können. Da fiel mein Blick auf mehrere gerahmte Bilder, die im Wohnzimmer hingen. Es waren Darstellungen von Gänsen, abstrakt, mit wenigen Linien entworfen und dennoch voller Ausdruckskraft. Das eine Bild war mit «Good Morning» betitelt und zeigte eine Gans, die ihren linken Flügel hebt, einer schwachen aufgehenden Sonne entgegen. Es war eine stille Geste, elegant, in sich ruhend. Das zweite Bild stellte eine Gans im Moment des Absprungs vom Boden dar, eilig, voller Unruhe, mit dem Titel «Wait for me!»

«Die sind von Benjamin Chee Chee», sagte Philipp.

«Ein Cree-Künstler?»

Ende des 17. Jahrhunderts war ein Vorfahre Philipps von Frankreich nach Kanada ausgewandert. Die Familie Laval hatte berühmte Waldläufer in Akadien hervorgebracht. Philipps Urgrossvater hatte sich mit einer Frau aus der Nation der Cree zusammengetan. Diese Verbindung war Philipp so lange verschwiegen worden, bis er seine Eltern gefragt hatte, wer seine leiblichen Eltern seien. Philipp hatte eindeutig indigene Züge, eine wunderschöne leicht olivfarbene Haut, sehr dunkle Augen und fast schwarze Haare, alles Eigenschaften, die bei seinen Eltern fehlten. Leider hatte sich herausgestellt, dass Philipp nicht adoptiert war, sondern seiner Urgrossmutter glich. Ich hätte die Adoption eindeutig vorgezogen, denn seine Eltern waren eine Katastrophe. Ich hatte vor zwei Jahren einen Nachmittag mit ihnen verbracht, und das war genug familiäre Nähe für ein ganzes Leben gewesen.

Philipp hatte in den letzten Monaten mehrere Cree-Reservate besucht und an traditionellen Kursen teilgenommen, um seine Wurzeln zu erforschen, wie er das halb ernst, halb ironisch genannt hatte. Seine Abstammung von den Cree war auch der Grund gewesen, dass Health Canada ihn ausgewählt hatte, um dieses Gesundheitsprogramm für die First Nations, die Vereinigung der indigenen Völker Kanadas, zu leiten.

«Nein, Benjamin Chee Chee war ein Chippewa», sagte Philipp. «Die sind mit uns Cree verwandt, sprechen aber eine andere Sprache. Chee hat in Montreal und Ottawa gelebt. Ist leider mit zweiunddreissig Jahren gestorben, ein tragisches Leben von Anfang bis zum Ende. Gefallen dir die Bilder?»

«Sie sind wunderbar! Ein grosser Künstler», sagte ich und meinte es auch so.

Philipp lächelte erfreut. «Ich habe noch zwei Bilder von Chee Chee. Sie hängen in meinem Schlafzimmer.»

«Hast du die gekauft?»

Philipp nickte. «Das ist ehrlich gesagt das Einzige, was mir in dieser Wohnung gehört.»

Philipp zeigte mir seine winzige Küche, das Bad und sein Gästezimmer, in dem ich es mir bequem machen könne. Ich unterdrückte eine ironische Bemerkung. Der Raum war fensterlos und knapp grösser als das schmale Bett. Kein Stuhl, kein Tisch, immerhin eine Deckenlampe in Form einer hängenden

Glühbirne war vorhanden. An der Wand neben dem Bett hing ein Bild, leider kein Chee Chee, sondern eine grässliche Reproduktion eines Klimt-Bildes mit schwindsüchtiger Frau in einem dieser superoriginellen Rahmen, die aussahen, als ob der Künstler über den Rand hinausgeschmiert hätte. Nicht so schlimm, munterte ich mich auf. Ich konnte ja auch die andere Wand anschauen, an der hing nichts. Dafür war da ein dunkelgrauer Fleck, der mich von der Form her an eine Riesenzecke erinnerte, die gerade einen Elefanten leer gesaugt hat. Wahrscheinlich Schimmel. Ich liess mich auf die Matratze plumpsen, die unter meinem Gewicht durchhing, gähnte und schloss einen Moment meine Augen.

«Nicht einschlafen», hörte ich Philipps Stimme. Diese Stimme, die ich so vermisst hatte. War die Melodie noch da, die mein Herz zum Singen bringen konnte?

«Erzähl mir etwas», bat ich ihn und strengte mich an, meine Augenlider wieder hochzubringen.

«Möchtest du einen Kaffee?», fragte er mich und schaute dabei zwanzig Zentimeter über meinen Kopf hinweg. Ich hasse das.

«Was ist eigentlich los mit dir?», fragte ich in einem Ton, der wohl eine Spur zu harsch klang.

«Nichts ist los!»

Ich holte Luft und versuchte, meine Stimme neutral zu halten. «Du scheinst dich jedenfalls nicht gerade zu freuen, dass ich hier bin.»

Endlich schaute er mich an, musterte kurz mein Gesicht. Seine Augen flackerten.

«Bist du krank?», fragte ich in die lastende Stille hinein.

«Nur weil ich bei deiner Ankunft nicht in ein Freudengeheul ausgebrochen bin? Stell dir vor, ich bin müde. Ich habe den ganzen Tag gearbeitet.»

Den ganzen Tag gearbeitet? Es war früher Nachmittag, und Philipp hatte ganz sicher keine Nachtschicht geschoben. Ich starrte ihn stumm an. Meine Kehle wurde eng.

«Weisst du, wie lange ich schon auf deinen Besuch gewartet

habe?», fuhr er verärgert fort. «Ja, jetzt bist du da. Entschuldige, dass ich mich nicht auf Befehl freuen kann.»

Erschrocken fühlte ich, dass mir Tränen in die Augen schossen. Rasch wandte ich mich ab, begann in meinem Koffer zu wühlen.

«Es tut mir leid, Lou. Ich weiss nicht, was mit mir los ist.»

Ich glaubte ihm nicht. «Etwas belastet dich, das sehe ich doch. Was ist geschehen? Letzte Woche warst du doch noch ganz begeistert wegen unseren Ferien.»

«Es ist nur ...», er zögerte, «vielleicht war es ein Fehler.»

«Was war ein Fehler? Sag, verdammt noch mal.»

Er drehte sich um, schaute wieder einen Punkt an, der zehn Zentimeter über meinem Kopf schwebte. «Dass du hierhergekommen bist», sagte er mit leiser Stimme.

Einen Moment musterte ich schweigend sein Gesicht, versuchte zu verstehen. Dann liess ich mich rücklings auf das Bett fallen und begann zu lachen. Philipp starrte mich an, als ob ich den Verstand verloren hätte.

«Hör auf damit!», schrie er plötzlich.

Mein Lachen erstarb abrupt. Ich setzte mich wieder auf. Und spürte gleissende Wut aufsteigen. «Du drängst seit Monaten, dass ich dich in Kanada besuche. Ich habe keine Lust dazu, lasse mich aber irgendwann überreden. Ich komme nach einem unglaublich langen Flug hier an, und das Erste, was du mir sagst, ist, dass ich nicht hätte herkommen sollen. Und was soll ich jetzt bitte machen? Weinen?»

Philipp stand auf und ging. Wenige Sekunden später hörte ich die Wohnungstür zuknallen. Ich sass auf diesem Bett mit der viel zu weichen Matratze, hörte den fremden Lärm einer fremden Grossstadt und fragte mich, ob ich wach war oder träumte. Das durfte doch nicht wahr sein.

«Verdammte Scheisse!», sagte ich laut zu mir selbst.

Ich verstand rein gar nichts mehr. Todmüde streifte ich meine Turnschuhe von den Füssen, zog die verschwitzten Socken und den Pullover aus, schlüpfte unter die grässliche Synthetikdecke und versuchte, ein Gefühl der Geborgenheit herzustellen. Das Bett roch fremd, Philipp war weg, mein Nacken und mein Kopf schmerzten von dem langen Sitzen im Flugzeug. Was zum Teufel machte ich hier? Unter meinen Augenlidern sammelten sich wieder Tränen. Ich drückte meine Nase in den Ärmel meines T-Shirts. Ein vertrauter Geruch.

***

Ich erwachte durch Philipps Berührung auf meinem Arm.

«Komm, lass uns essen gehen», sagte er und lächelte mich an. «Danach können wir reden.»

Ich versuchte, in seinem Gesicht zu lesen, ob das Lächeln echt oder vorgetäuscht war. Ich war mir nicht sicher. Mein Magen knurrte laut. Ich hatte Hunger, immerhin so viel war klar.

«Wie spät ist es eigentlich?»

«Kurz nach sechs.»

Ich duschte, zog mir frische Kleider an und fühlte mich etwas besser.

«Wo gehen wir hin?»

«Prince Arthur Street. Es wird dir gefallen.»

Eine Viertelstunde später waren wir in dem Quartier um die Prince Arthur Street angelangt. Es war noch immer angenehm warm. Die tief stehende Sonne hatte Kraft, schenkte uns Energie und Wärme. Alle Welt schien unterwegs zu sein, aber nicht gestresst oder müde heimwärts eilend, die Augen starr auf das iPhone oder eine weit entfernte Möglichkeit gerichtet wie in Zürich oder Bern oder Langenthal oder Brig, sondern voller Energie, *Joie de vivre* oder *Fun*, wie auch immer. Da waren Horden von Jugendlichen, drei Frauen mit laut klappernden High Heels, eine Gruppe älterer Leute, Schwule eng umschlungen, mehrere Familien mit Kleinkindern, Afrikaner, rothaarige Weisse, Asiaten, Typen in Cowboy-Kleidung. Ich hörte Englisch, Französisch, eine asiatische Sprache, Portugiesisch … Oder war das etwa Russisch? Ich kam mir vor wie in einem Fiebertraum. Die Sprachen und Stimmen vermischten sich, und ich war mir nicht sicher, ob ich auch nur eine von ihnen würde verstehen können. Wir spazierten mit dem Strom der Leute, und langsam entspannte ich mich. Überall waren Strassenmusiker, die meisten davon musizierten auf erstaunlich hohem Niveau. Wir hörten Jazz, eine Cajun-Band, wieder Jazz, diesmal mit einem Trompeter, der einen traumhaft weichen Klang hatte. Die Passanten blieben stehen, lauschten, klatschten. Ein paar Meter weiter hatten sich Gaukler zusammengetan, und als wir um eine Ecke bogen, stiessen wir auf Kammermusiker, die sich auf den vom Lärm geschützten Vorplatz eines Taco-Restaurants gedrängt hatten. Ich packte Philipp am Arm, blieb stehen und hörte zu. Schuberts Streichquintett mit zwei Celli. Sie waren mitten im zweiten Satz. Da gibt es eine Sequenz, gespielt von den zwei Geigen, die nur als lieblich, als ein ergreifendes, da völlig unkitschiges Süss, nein, als goldenes Licht beschrieben werden kann.

«Komm, weiter», drängte Philipp.

«Die sind wirklich gut, Philipp.»

«Ja, das mag sein, aber ich habe jetzt Hunger.»

Ich unterdrückte eine Bemerkung über Kunstbanausen. Wir schlenderten weiter, liessen uns mittragen von Menschen, Musik, Lärm, Essensgerüchen, Trommeln, Gehupe und Gelächter. Der Rhythmus dieser Stadt packte mich. Die warme Luft wirkte wie eine Einladung, eine Verheissung.

Komm, küss mich, umarme mich, ich bin die Neue Welt!

Ich lachte. Zum Teufel, was soll's. Es war richtig, dass ich hergekommen war. Wenn Philipp seine Ferien nicht mit mir verbringen wollte, dann würde ich eben allein losziehen.

Einige Minuten später zog er mich in Richtung Boulevard Saint-Laurent. Die Häuser hatten hier Nummern über 3700, da muss man sich als Schweizerin erst mal dran gewöhnen.

«Just Noodles, ich glaube, das ist genau das Richtige für dich in diesem Zustand», sagte er und dirigierte mich zu einem Restaurant, das von aussen den Charme eines Tankstellen-Shops hatte.

«Just Noodles?»

«Nur Nudelgerichte. Aber aus ganz verschiedenen Ländern.»

Wir betraten einen hell erleuchteten, spartanisch eingerichteten Raum. Es gab eine lange Küchentheke, an der mit riesigen

Messern Gemüse geschnitten, Nudeln gekocht oder angebraten wurden. Ansonsten standen da etwa zwanzig Tische, blitzblank sauberer Plastik, Stühle aus demselben Material, und das war alles. Die meisten Plätze waren besetzt, es ging hoch zu und her. Staunend schaute ich mich um. Die Köche schrien und lachten in einem fort. Die Kellner wuselten geschäftig durch die eng gestellten Tische. Es wurde laut geredet und schnell gegessen, und die Luft vibrierte vor Energie. Plötzlich sah ich einen Teller durch die Luft fliegen. Da! Ein zweiter flog durch die halbe Gaststube.

«Hast du das gesehen?», fragte ich.

«Das Personal wirft sich manchmal die Teller zu, damit es schneller geht. Also, was willst du? Ich nehme die Udon-Nudelsuppe mit Schweinefleisch. Sehr lecker.»

Einer der Köche hackte in rasendem Tempo mit einem gefährlich aussehenden Küchenmesser auf Gemüse herum, schwupps warf er erneut einen Teller, wischte die Theke sauber, warf erneut einen Teller, alles begleitet von einem Stakkato an Flüchen, Beschwörungen oder Witzen, keine Ahnung.

«Ich nehme das Gleiche», sagte ich zu Philipp, völlig überwältigt von dem Geschehen rings um mich.

Als wir das Just Noodles verliessen, war es draussen dunkel geworden. Philipp nahm mich an der Hand und zog mich in Richtung eines Parks mit alten Bäumen.

«Hier beginnt der Park des Mont Royal», sagte er. «Das ist der Hausberg von Montreal.»

Mir fielen eine ganze Menge Jogger auf, die trotz der rasch zunehmenden Dunkelheit bergaufwärts rannten. Wir wurden von einem beinmageren älteren Mann überholt, der nur kurze Hosen und eine Stirnlampe trug. Kurz darauf folgte ein junger Schwarzer, in deutlich gemächlicherem Tempo und deutlich mehr Kleidung inklusive Wollmütze, gekrönt von mächtigen pinkfarbenen Kopfhörern. In Gegenrichtung erreichte uns eine Gruppe von jungen asiatischen Studenten, vertieft ins Gespräch. Diese Stadt pulsierte vierundzwanzig Stunden am Tag mit einer unglaublichen Vielfalt von Menschen und Energien.

Langsam wurde es kühl, und ich begann zu frösteln. Wir setzten uns auf eine Bank. Philipp reichte mir wortlos seine Lederjacke, noch immer dieselbe, ein altmodisches, unglaublich schweres Ding. Langsam zog ich sie mir über, und mit einmal war ich wieder eingehüllt in seine Körperwärme, seinen Geruch. An dem Blick, den mir Philipp zuwarf, erkannte ich, dass auch er sich an jene Szene erinnerte, an jene Sommernacht in der Matte, als wir uns noch kaum kannten und doch spürten, dass Nähe zwischen uns unvermeidlich war. Für einen kurzen Moment meinte ich den moosigen Geruch der Aare wieder in der Nase zu haben, die Hitze der Sandsteinmauern auf meiner nackten Haut zu spüren.

Ich studierte Philipps Gesicht, das jetzt vom Mond beschienen war. Ja, er war noch da, mein Freund und Liebster, irgendwo unter dieser angestrengten bleichen Maske …

«Es tut mir leid, Lou. Ich habe mich unmöglich benommen. Es ist nicht so, wie du denkst», sagte er.

«Dann erkläre es mir.»

«Mir ist klar, dass du eigentlich nicht nach Kanada kommen wolltest. Und da habe ich dich geködert. Zuerst mit der Schnee-Eule, dann mit dieser rätselhaften Krankheitsserie.»

«Du hast mich angelogen?»

«Nein … das nicht.»

«Keine Schnee-Eule? Sind sie etwa ausgestorben?», fragte ich erschrocken.

Philipp lächelte schräg. «Nein, das ist es nicht.»

«Was ist es dann?»

«Ich weiss nicht, was ich machen soll.»

«Jetzt red endlich. Was ist los?»

Einen Moment schwieg er. Dann begann er plötzlich hastig zu sprechen, als ob ein Damm gebrochen wäre. «Seit Monaten, eigentlich seit ich hier in Montreal bin, werde ich blockiert. Ich mache nichts, rein gar nichts. *Riens du tout!* Ich schreibe Berichte, ich erstelle Statistiken, ich hocke stundenlang in Sitzungen. Das führt alles zu nichts.»

Er fuchtelte mit den Armen, sein Gesicht leuchtete geisterhaft bleich im Licht der Parkbeleuchtung. «Und das war von Anfang an so geplant. Ich bin innerhalb von Health Canada zuständig für die Gesundheitsprogramme der First Nations, toll, nicht? Aber das ist alles nur Gewäsch! Es heisst, ich soll koordinieren, neue Programme und Stossrichtungen konzipieren und initiieren. Alles Lüge und Täuschung. Ich schreibe Berichte, das ist alles.»

«Lug und Trug meinst du wohl. Das tut mir leid, das wusste ich nicht. Du hast mir nie etwas davon gesagt.»

«Und dann kommt diese Anfrage aus Fort Fraser. Sandy Delmare, die lokal zuständige Ärztin für die Gesundheit der First Nations, bittet mich um Hilfe. Dringend! Von einem Tag zum nächsten sind ganze Familien erkrankt, Kinder, ihre Eltern, alte Leute. Ein unerklärliches Krankheitsbild, nichts passt zusammen. Und Delmare, die dort im Gesundheitszentrum arbeitet, hat gar nicht die Möglichkeiten, herauszufinden, was da los ist. Sie ist für die Grundversorgung zuständig, für Grippe, für Beinbrüche, für die Behandlung von Tuberkulose oder Alkoholismus. Aber nicht für eine solche Epidemie.»

«Ja und?»

«Das wäre Teil unserer Aufgaben an der Abteilung ‹First Nations Health›. Wir sollen in einem solchen Fall die lokalen Gesundheitsbehörden unterstützen, die notwendigen Untersuchungen vornehmen, dafür sorgen, dass die Laboruntersuchungen gemacht werden, die Vektoren bestimmen, wenn nötig, mit dem CDC Kontakt aufnehmen, et cetera.»

Das Center for Disease Control, das Zentrum für Krankheitskontrolle der USA, gehört zum amerikanischen Gesundheitsministerium und befindet sich in Atlanta. Das CDC ist wahrscheinlich das bedeutendste Zentrum der Welt zur Analyse, Kontrolle und Verhütung von Infektionskrankheiten. Es ist, neben Kolzowo nahe Nowosibirsk, auch der einzige Ort auf der Welt, wo noch immer Pockenviren gelagert werden, die, mit entsprechend krimineller Energie benutzt, die gesamte Menschheit vom Erdboden tilgen könnten.

Philipp lächelte mich entschuldigend an. «Was erzähle ich dir da? Du kennst das Prozedere ja besser als ich.»

«Warum sagst du: Es *wäre* eure Aufgabe? Weshalb machst du es nicht einfach?»

«Weil ich daran gehindert werde. Hier scheint niemand ein Interesse daran zu haben, dass die Ursache der Krankheit gefunden wird. Ich bekomme keine Leute, keine Ausrüstung, nichts, was ich für das Untersuchungsteam benötigen würde. Es heisst nur immer: keine Ressourcen. Es ist wie eine Verschwörung.»

«Verschwörung? Reagierst du da nicht etwas paranoid?»

«Weil ich daran gehindert werde, diese Epidemie zu untersuchen? Ein ganzes Volk stirbt aus, verschwindet von der Erde, und niemanden hier kümmert das.»

Ich hob beschwichtigend meine Arme, wollte etwas sagen, aber Philipp fiel mir ins Wort.

«Es ist schön, dass du da bist, dass du mir hilfst, Lou. Du bist eine erfahrene und kompetente Epidemiologin, keine Frage. Aber das ist nicht das, was ich brauche. Ich brauche Unterstützung und Ausrüstung von Health Canada. Ich brauche eine Chefin, die mich ernst nimmt und die Angelegenheiten der First Nations ebenso. Ich brauche mindestens vier Personen, die mich begleiten würden. Stattdessen kommt eine Freundin aus der Schweiz, die hier Ferien macht. Das ist nicht fair!»

«Ich finde, du übertreibst. Ressourcen sind überall knapp», sagte ich.

Philipp schüttelte den Kopf, sprang auf die Füsse, seine Stimme wurde immer wütender. «Du hast keine Ahnung. Meine Chefin findet jeden Tag etwas Neues, das mich daran hindert, den Leuten in Fort Fraser zu helfen. Das ist keine Paranoia, sondern Realität.» Er kickte eine Bierdose weg, die mit einem lauten Klong an eine Sitzbank prallte. «Und dann gibt es da noch den ewigen Streit um die Zuständigkeit. Ich habe verdammt noch mal genug von all diesen Formalitäten und dem ewigen Hin und Her der Aufgabenteilung und Kompetenzen. Manchmal sind alle zugleich zuständig, dann wieder niemand, das Ergebnis ist jedes Mal dasselbe: Niemand kümmert sich seriös um die Gesundheit der indigenen Bevölkerung. Sie sind nicht wichtig. Manchmal denke ich wirklich, dahinter steckt der Plan, die First Nations zu dezimieren, ihre wiedergefundene Kraft zu zerstören.»

«Du meinst doch nicht etwa, dass jemand versucht, in Fort Fraser ein indianisches Volk auszurotten? Das kann nicht sein … nicht heutzutage, nicht unter den Augen der Öffentlichkeit in einer Demokratie wie Kanada.»

«Sicher ist, dass niemand diese Sache ernst nimmt. Wenn sich eine ähnliche Geschichte in einem reichen Vorort von Vancouver oder Toronto abspielen würde, wären alle Zeitungen voll davon. Es gäbe eine staatlich breit abgestützte und ausreichend finanzierte Untersuchungskommission mit all den Experten, die man dafür benötigt.»

«Aber *du* nimmst diese Krankheit ernst. Dann geh hin. Mach deine Arbeit.»

Philipp starrte mich einen Moment mit zusammengekniffenen Augen an. Er verwarf die Hände. «Das ist wieder mal typisch für dich, Lou.» Seine Stimme vibrierte vor unterdrückter Wut. «Für dich ist ja immer alles so einfach. Mach deine Arbeit! Du hast keine Ahnung, überhaupt keine Ahnung, kommst hierher und willst mir sagen, was ich zu tun habe?» Seine Stimme war immer lauter geworden. «Du hast keine Ahnung von unserem Leben, davon, dass wir tagtäglich von den weissen Herrenmenschen diskriminiert werden, dass unser Leben nichts wert ist. Mach deine Arbeit? Du hast doch keine Ahnung!»

Das war nicht fair. Ich stand auf, wandte mich zum Gehen, drehte mich nach ein paar Schritten nochmals um. «Du hast recht, es war wirklich ein Fehler, hierherzukommen.»

Ich verliess den Park im Laufschritt, stolperte in der Dunkelheit über irgendetwas und stiess mir das Schienbein an, fluchte, überquerte im Zickzack eine grosse, stark befahrene Strasse und bog in eine Allee ein, die irgendwohin führte, Hauptsache, weg von Philipp.

***

Mein Handy piepste. Das Geräusch riss mich aus meinem schlafwandlerischen Lauf durch Montreals Nacht.

«Wo bist du?», las ich auf dem Display.

Eine gute Frage. Ich hatte keine Ahnung. Ich wusste nicht, wie lange ich gelaufen war und auf welchen Strassen. Und die zweite gute Frage: Wollte ich Philipp antworten? Nein. Ich steckte das Handy weg, lief weiter. Bewegung war gut, hielt mir die Wut vom Leib.

Wieder das nervige Piepsen.

«Es tut mir leid.»

Und damit soll alles wieder gut sein? Willst du mir das sagen, Philipp? Ich stellte mein Handy ab, lief weiter. Ich konnte ja verstehen, dass er sich mies fühlte, dass er wütend war. Aber das gab ihm nicht das Recht, mich für seine Misere verantwortlich zu machen, mich anzuschreien.

Mit einmal fühlte ich unerwartet einen Energieschub. Mein Körper erwachte aus seiner Lethargie und Trauer. Die kühle Nachtluft, entferntes Sirenengeheul und die Menschen auf den Strassen hiessen mich willkommen. Ich atmete tief ein, liess mich mittreiben und fühlte eine Art verzweifelte Frivolität. Ich gierte nach Musik, fröhlichen Menschen, Wein und ja, auch nach Sex. Und Scheiss auf den nächsten Morgen. Und Scheiss auf Philipp.

Ich schlenderte durch die Strassen, trank an einer Bar ein Glas Weisswein und lief weiter, bis ich an einer Plakatsäule vorbeikam, die eine «Night of Celtic Music» im Fiddler's Corner ankündigte.

Das Pub war proppenvoll mit Leuten, die Bierkrüge in den Händen hielten. Die Band bestand aus zwei Geigern, einem Typen mit einer winzigen Flöte, einer Frau an der Bassgeige und einem Gitarristen. Ich drängte mich zur Bar und bekam sofort ein Bier, obwohl zwischen mir und der Bedienung mindestens zwei Reihen Männer und Frauen standen, die alle einen Kopf grösser waren als ich. Das Bier wurde einfach von Hand zu Hand weitergereicht und in der Menge verteilt. Super! Der Flötenspieler war auch der Sänger der Band, er hatte eine kräftige, tiefe und raue Stimme, genau richtig fand ich. Er sang etwas, das schottisch klang. Am Schluss wurde heftig geklatscht und gejubelt. Die Musiker tranken ein Bier und spielten weiter. Das nächste Stück war unglaublich schnell und wurde am Schluss noch schneller. Wieder ein Riesenjubel, wieder wurde den Musikern eine Runde Bier in die Hände gedrückt, und dann kam das nächste Stück. Ich beobachtete die Band mit aufgerissenen Augen. Das schien tatsächlich das übliche Prozedere zu sein. Stück spielen, Bier trinken, Stück spielen, Bier trinken. Und das über mindestens zwei Stunden. Und wie sie spielten! Mit einer atemberaubenden Geschwindigkeit und Präzision. Das folgende Stück hatte einen besonderen Rhythmus, das halbe Pub begann zu tanzen, was hiess: auf der Stelle stehen und in einer komplizierten Abfolge hüpfen, wobei die Männer auf der einen Seite, die Frauen auf der anderen standen. Ein Mann mit lockigen roten Haaren und fröhlichem Lachen forderte mich zum Tanz auf. Seine Schritte waren bereits etwas unsicher, aber wir waren beide voller Begeisterung dabei, obwohl ich keine Ahnung von den Schrittfolgen hatte. Alles tanzte, lachte, trank und jubelte den Musikern zu. Irgendwann landeten wir auf einem Sofa, der Typ hatte grosse warme Hände, Hände auf meinem blossen Rücken, seine Locken kitzelten. Filmriss.

Ich kann mich vage erinnern, dass ich später in einem Auto mit alten rissigen Ledersitzen sass, dann in die Kälte hinausbugsiert wurde und vor Philipps Hochhaus stand. Es dämmerte bereits. Ich setzte mich mit den mechanischen, etwas über das Ziel hinausschiessenden Bewegungen eines Menschen in Gang, der deutlich zu viel getrunken hat, nahm den erstbesten Lift, der mir in die Hände kam, und fuhr zuerst nach oben, dann wieder nach unten. Ich weiss, dass ich laut gekichert habe, und irgendwann war ich im richtigen Stockwerk angelangt. Philipps Zimmertür war geöffnet, aber er war nicht da. Egal. Ich putzte mir die Zähne, trank so viel Wasser, wie in mich reinging, und liess mich aufs Bett fallen.

Das sind so richtig erholsame, gesunde Ferien, dachte ich noch.

ZWEI

Ich erwachte gegen elf Uhr mit steifem Nacken und heftigen Kopfschmerzen. Philipp sass am Küchentisch und arbeitete an seinem Laptop.

«Wo warst du?», fragte er.

«In Montreal.»

Philipp kniff seine Augen zusammen, sagte nichts.

«Hast du einen starken Kaffee und ein Panadol? Oder besser eine ganze Packung?»

Er verschwand und kam mit zwei Tabletten 500 mg Paracetamol zurück, reichte mir schweigend ein Glas Wasser. Dann ging er zu dem kleinen Kochherd und schraubte seinen Espressokocher zusammen. Seine Bewegungen waren automatisch, sein Körper dem Fenster zugewandt. Ausser dem Lichteinfall eines grauen Morgens konnte man nichts sehen, die Scheibe war zu dreckig. Jetzt fiel mir erst auf, was mich gestern bereits irritiert hatte. Die kleine Küche war erschreckend leer.

Wo waren die Gewürze, seine geliebte Messersammlung, die Weinflaschen, die immer bei ihm herumstanden? Die Kochbücher? Soweit ich sehen konnte, existierte in diesem Haushalt nicht einmal eine Pfeffermühle. Philipp stellte den Kocher auf die Platte, drehte den Knauf auf mittlere Hitze, wandte sich wieder dem Fenster zu und stand wartend da. Seine Bewegungen waren automatisch, als ob er diesen Bewegungsablauf bereits tausend Mal gemacht hätte. Seine Magerkeit schmerzte mich. In einem ziemlich dreckigen Gestell über dem Herd stand eine verbeulte Gewürzmischungs-Streudose von Knorr.

Ich trat zum Fenster, öffnete es und schaute durch das Suizidpräventionsgitter hinaus. Mein Blick fiel auf die Hochhäuser in der Umgebung, einige kleinere Wohnblöcke, eine moderne Kirche. Der Blick war nicht schön, aber durchaus spektakulär. Weit hinten erkannte man sogar ein silbernes Glitzern, ein Fitzelchen des Lorenzstroms.

«Man sieht ja den Strom! Warum hast du das Fenster nie geputzt?»

Philipp trat neben mich. «Ist mir nicht in den Sinn gekommen.»

Der Kaffee begann zu blubbern. Philipp füllte eine Tasse mit McGill-Logo und reichte sie mir. Der Kaffee war stark, und ich trank gierig. Philipp deckte das klapprige Tischchen mit dem zusammengewürfelten und angeschlagenen Geschirr einer Wohngemeinschaftseinrichtung, die seit Jahrzehnten besteht und bereits tausend Bewohner hat kommen und gehen sehen. Mit einmal schämte ich mich. Mein Stolz hatte es mir verboten, Philipp hier in Montreal zu besuchen. Ich hatte mir eingeredet, dass er hier ein Leben voll Ruhm und Ehre und regem beruflichem Austausch führe, dass er mitten in der Forschungsgemeinschaft lebe und sich jedes Wochenende mit seinen Angehörigen aus dem Volk der Cree treffe. Ich hatte befürchtet, dass ich als eine Aussenseiterin und Philipps doofes Anhängsel dastehen würde. Und nur an mich selbst gedacht. Ich sah wieder die zahlreichen E-Mails vor mir, die mir Philipp im Lauf der Monate geschickt hatte.

Ich beobachtete ihn, während er die Espressomaschine auseinanderschraubte, reinigte und neu füllte. Ich liebe es, seinen graziösen und sparsamen Bewegungen zuzuschauen. Das hatte ich vermisst. Er trug ein ausgeleiertes Sweatshirt, an das ich mich erinnerte. Es war ursprünglich schokoladenbraun gewesen. Der Halsausschnitt hatte sich vom vielen Waschen verzogen und entblösste nun seine Schlüsselbeine. Sie waren wunderschön. Wie oft hatte ich mich danach gesehnt, über diese Körperstelle zu streichen, die glatte warme Haut zu spüren. Ein Stoss des Verlangens packte mich, und ich wandte mich rasch ab.

Philipp schenkte Kaffee nach, und wir setzten uns.

«Ich hätte dich nicht anschreien sollen. Es tut mir leid. Aber du kommst hierher, hast keine Ahnung …», sagte er.

«Dann erklär es mir. Ich habe zwei Ohren und ein Hirn dazwischen.»

«Es ist kompliziert.»

«Ich habe Zeit.»

Philipp hob seine Arme in einer Geste der Hilflosigkeit. «Da muss ich weit ausholen», sagte er endlich.

«Sozusagen vom Anbeginn an beginnen?»

«Genau», sagte er. Dann kniff er die Augen zusammen. «Sag mal, verarschst du mich?»

«Ich habe nur mal gelesen, das würden alle Indianer so machen, wenn sie etwas erklären sollen. Von Anbeginn an beginnen.»

«Alle Indianer? Du weisst ganz genau, dass es *die Indianer* nicht gibt. Ganz abgesehen davon, dass dies eine beleidigende koloniale Bezeichnung ist. Die verschiedenen Kulturen der amerikanischen Ureinwohner haben untereinander nicht mehr gemein als Chinesen und Italiener.»

Philipp schaute mich voller Empörung an, dann verzog sich sein Gesicht zu einem ironischen Lächeln.

«Schon gut. Ich hab's verstanden. Du verarschst mich, verdammt noch mal.»

Seine Kiefermuskeln entspannten sich endlich ein wenig.

«Das Wichtigste zuerst», sagte er. «Ich habe die Reise nach Fort Fraser organisiert und Sandy Delmare informiert. Wir fahren morgen los.»

Gegen Ende des Satzes ging seine linke Augenbraue ein paar Millimeter nach oben. Ich kannte das. Er wartete auf einen Kommentar von meiner Seite. Aber ich sagte wohlweislich kein Wort.

«Wir fliegen über Vancouver nach Prince George. Dort können wir den Zug nehmen, der bis Fort Fraser fährt. Halt auf Verlangen.» Philipp lächelte schräg. «Es ist kein grosser Ort. So um die fünfhundert Einwohner. Ich habe uns ein Zimmer im einzigen Motel gebucht. Ich weiss nicht mal, ob die ein Restaurant haben dort. Aber wir gehen ja nicht zum Essen hin.»

«Wie werden wir mit den Leuten dort reden? Kannst du die Stellasprache?»

«Die Sprache nennt sich nicht Stella, sondern Dakelh. Aber mach dir keine Sorgen, es gibt viel mehr Indigene in Kanada, die ihre ursprüngliche Sprache nicht mehr kennen, als solche, die kein Englisch verstehen. Ausserdem gehören die Sprachen der Ureinwohner zu ganz verschiedenen Sprachfamilien, die sich etwa so ähnlich sind wie Ungarisch und Deutsch oder Finnisch und Aramäisch. Übersetzungsprobleme haben hier eine lange Tradition.»

«Und wo ist Fort Fraser etwa? Ich meine, muss ich da extrawarme Kleidung mitnehmen oder so was?»

«Nein, dort sollte es jetzt angenehm warm sein. Eine wunderschöne Gegend, hat man mir erzählt. Berühmt für seine Flüsse und Seen. Es hat verschiedene Fische, auch Lachse, Wasservögel und extra für dich: irgendeinen speziellen Schwan.»

«Etwa Trompeterschwäne?»

«Genau! Und Bären hat es auch.»

«Bären?»

«Keine Sorge. Ich weiss, wie man sich verhalten muss. Und es geschehen ganz selten Unfälle.»

Die Arbeit mit Statistiken ist Teil meines Berufs. Aber es gibt Themen, da können sie mich nicht überzeugen. Vielleicht wurde ich in einem früheren Leben von einem Bären gefressen, wer weiss? Jedenfalls machte mich der Gedanke nervös, einem Exemplar dieser Spezies zu begegnen.

«Also gut, du willst Erklärungen», fuhr Philipp fort. «Ich beginne also beim Anbeginn ... Zuerst gab es das nationale kanadische Gesundheitssystem, zuständig für alle Bürgerinnen und Bürger. Irgendwann hat man festgestellt, dass dieses System für gewisse Sorten von Bürgerinnen und Bürgern besser funktionierte als für andere. Die anderen, das waren die First Nations People, die Mestizen und die Inuit.»

«Mestizen? Meinst du damit Mischlinge? Ist das nicht eine reichlich rassistische Bezeichnung?»

«In Kanada nicht. So werden alle Bevölkerungsgruppen genannt, die indigene und weisse Vorfahren haben. Ich bin streng genommen auch Mestize und stolz darauf.»

«Ich finde das ehrlich gesagt ziemlich verwirrend. Und trotz allem rassistisch, ob du jetzt darauf stolz bist oder nicht. Ich meine, warum ist das so wichtig, wer deine Vorfahren sind?»

«Das ist doch in der Schweiz genau das Gleiche. Es kommt sehr darauf an, wer deine Vorfahren sind, ob dein Vater Leutenegger, Willi oder Begovic heisst.»

«Deshalb haben wir aber noch lange keine Rassentrennung.»

«Das haben wir hier auch nicht. Kanada ist die toleranteste Nation der Welt, das steht in jedem Reiseprospekt. Aber ich wollte vom kanadischen Gesundheitssystem erzählen. Eine grosse Studie über die Verbreitung von Tuberkulose bei den indigenen Bevölkerungsgruppen hat gezeigt, dass die First Nations sechzehnmal und die Inuit sogar vierundzwanzigmal höhere TB-Raten haben als die übrige kanadische Bevölkerung. Die First Nations haben auch eine viel höhere Rate an Diabetes. Die Lebenserwartung ist deutlich tiefer, vor allem wegen Herzkrankheiten, Suiziden und Leberzirrhose. Die Kindersterblichkeit bei den First Nations ist doppelt so hoch wie bei den übrigen Kanadiern.»

«Vierundzwanzigmal höhere TB-Raten?», fragte ich. «Übertreibst du da nicht ein kleines bisschen?»

«Leider nein. Dann ist der ‹First Nations Health Report› erschienen. Darin wurde das erste Mal erwähnt, dass die Ureinwohner eine eigene Heiltradition entwickelt haben. Dass sie ein hoch entwickeltes Wissen über Heilpflanzen haben, dass sie zum Beispiel psychische Erkrankungen mit eigenen Methoden behandeln und zu heilen vermögen, und zwar ohne die schädlichen Nebenwirkungen der Psychopharmaka.»

«Das gibt es in Europa ebenfalls. Komplementärmedizin nennt man das.»

«Das ist nicht das Gleiche», gab Philipp deutlich genervt zurück. «Unsere Heilpraktiken beruhen auf einem anderen Verständnis, was Gesundheit und Krankheit ist.»

«*Unsere* Heilpraktiken? Bist du jetzt ein traditioneller Heiler geworden? Ein Schamane oder so was? Singst Heillieder für deine geriatrischen Patienten?»

«Warum bist du so negativ, so zynisch? Die Cree haben keine Schamanen. Und ja, ich interessiere mich für die traditionelle Heilkunst meines Volkes. Es ist faszinierend und sehr modern. Ich bin überzeugt, dass die Menschen in Europa von dieser Sichtweise profitieren können. Es geht darum, in Harmonie zu leben, einer Harmonie des Menschen mit seiner Umwelt, im Einklang mit der Natur. Es geht um Spiritualität, darum, sein Leben immer wieder von Neuem in Harmonie zu bringen, wenn man aus der Balance gefallen und deshalb krank geworden ist.»

«Ist das nicht etwas heftig vereinfacht? Und wie heilst du mit Spiritualität und Harmonie eine Lungenentzündung? Oder Tuberkulose?»

«Du willst mich nicht verstehen.»

«Entschuldige, bitte. Erzähl weiter.»

Philipp starrte schweigend, mit zusammengekniffenem Mund und offensichtlich verstimmt, auf den Küchentisch. Seit wann war er so empfindlich? Oder war er das früher schon gewesen, und ich hatte es bloss nicht wahrnehmen wollen? Er trommelte mit den Fingern auf dem Tisch herum und schien abzuwägen, ob es sich lohnte, weiterzusprechen.

«Gut. Ich mach es unindianisch kurz», sagte er mit einem schrägen Lächeln. «Nach diesem Bericht wurde das Gesundheitssystem systematisch reformiert. Die traditionellen Heiler haben sich zu einem staatlichen Verband zusammengeschlossen. Die First Nations People haben durchgesetzt, dass die Nationen ihr eigenes selbst verwaltetes Gesundheitssystem erhalten. In diesem System können die Mitglieder der Bands jeweils selbst entscheiden, ob sie sich von einem wissenschaftlich ausgebildeten Mediziner behandeln lassen wollen oder von einem traditionellen Heiler, ob sie lieber ins Spital gehen oder eine Diät machen und die Schwitzhütte aufsuchen.»

«Das klingt für mich ganz vernünftig.»

«Ich habe übrigens vor einem Monat an einer Tagung in Toronto einen der führenden Heilkräuterkundigen Kanadas kennengelernt. Er heisst Jimmie Sherman.»

Philipp richtete sich unwillkürlich auf.

«Ein alter Mann, er muss über achtzig sein, ein wacher Geist. Hat ein enormes Wissen über Heilpflanzen.»

Ich konnte seiner Stimme anhören, dass diese Begegnung ihn tief beeindruckt hatte.

«Er hat lange mit mir gesprochen. Hat mich sogar zu sich nach Hause eingeladen, wollte sich mit mir austauschen. Ich möchte ihn unbedingt einmal besuchen.» Philipp stockte. «Wenn ich mich richtig erinnere, lebt er in der Nähe von Fort Fraser. Hoffentlich hat er sich nicht angesteckt.»

***

Den grössten Teil dieses Tages verbrachten wir im und um den alten Hafen von Montreal. Hier war Weite und Luft und Wind. Als wir uns dem mächtigen Sankt-Lorenz-Strom näherten, atmete ich tief durch, und eine kindliche Freude wallte in mir auf, als ob ich Zeugin eines besonderen, eines magischen Phänomens werden sollte. Wir stellten uns an das Geländer der Uferpromenade und schauten über das vom Wind aufgewühlte Wasser bis zur gegenüberliegenden Insel. Der Sankt-Lorenz hatte einen ganz eigenen Geruch, weniger moosig als die Aare, würzig, etwas salzig. Ich konnte die Nähe des Meeres spüren. Aus den Augenwinkeln nahm ich eine Bewegung wahr. Etwas Kleines kam in raschem Flug durch die Luft gewirbelt. Da!

«Philipp! Schau, da sind Seeschwalben.»

Es war eine ganze Gruppe von Seeschwalben, die da elegant und verwegen zugleich durch den Gegenwind schnitt oder sich von der Luft tragen liess. Seeschwalben sind kleiner als Möwen, aber deutlich grösser als Schwalben, mit weissem Gefieder, einem leuchtend roten Schnabel und einer rabenschwarz abgesetzten Markierung am Kopf, die wie eine Haube aussieht. Dazu kommt ein deutlich gegabelter Schwanz. Unverwechselbar. Was mir besonders gefällt, ist ihre Art, beim Fliegen den Kopf nach unten zu strecken, um besser beobachten zu können, was im Wasser passiert.

«Das sind Küstenseeschwalben», fuhr ich fort. «Schau, wie schön sie sind. Die lateinische Bezeichnung ist Sterna paradisaea. Das passt, findest du nicht?»

Philipp hatte sich neben mich gestellt. Eine Weile beobachteten wir schweigend die Vögel, die in den Turbulenzen über dem

Strom Luftakrobatik betrieben. Es war nicht zu erkennen, ob sie dies zu einem Überlebenszweck taten oder aus reiner Freude am Spiel. Ein Sonnenstrahl brach durch den wolkenverhangenen Himmel und liess das in Ufernähe grau-weiss schäumende Wasser für einige Sekunden zu einem hellen Blau aufleuchten. Dies war der Moment, an dem ich spürte, dass ich in diesem Land, auf dieser fremden Erde, angekommen war.

Als wir Hunger bekamen, fanden wir eine Kneipe, die warme Sandwiches und eine stattliche Auswahl kanadischer Biere anbot. Es war angenehm warm, und wir konnten draussen sitzen. Ich bestellte ein IPA, das in Vancouver gebraut worden war. Auf dem Tisch neben uns landete eine Möwe, ein eindrücklich kräftiges grosses Tier, das sich in aller Ruhe daranmachte, die Überbleibsel der Mahlzeit einer Gruppe italienischer Touristen auseinanderzunehmen. Offensichtlich mochte sie Hamburger und Pommes frites, den Tomatensalat schmiss sie hingegen schwungvoll auf den Boden. Philipp und ich schauten uns an, packten unsere Biergläser und flüchteten unauffällig an einen etwas weiter entfernten Tisch.

«Ich habe übrigens für heute Abend eine Überraschung für dich», sagte Philipp. «Wir gehen ins Konzert.»

Oh Gott. Philipp hatte einen grässlichen Musikgeschmack. Am liebsten hört er Thrash Metal. Ein grösserer Gegensatz zu meinen geliebten Brahms-Sonaten, Schubert-Quintetten und Mozart-Klavierkonzerten lässt sich nicht vorstellen. Dieses Gehämmere in Jumbo-Jet-Lautstärke, dieses Gekreische und Geröhre würde ich heute nicht überstehen.

«Eigentlich bin ich ziemlich müde», sagte ich. «Und ich habe etwas Kopfschmerzen. Vielleicht bekomme ich sogar Migräne.»

Ich hatte nie Migräne. Philipp lächelte merkwürdig, sagte aber nichts. Ein Kellner kam nach draussen und machte sich halbherzig daran, die Möwe mit seinem Putzlappen zu verscheuchen. Das Tier richtete sich auf, öffnete seine Schwingen und zischte den Mann an. Der kräftige Schnabel, die kalten Augen, die Drohgebärde zeigten Wirkung. Der Mann wich rasch zurück, verschwand fluchend wieder in der Kneipe, und die Möwe widmete sich wieder in aller Ruhe den Pommes frites.

«Was für ein Konzert ist es denn?», gab ich nach.

«Rate!»

Ich seufzte innerlich.

«White Zombies?»

«Nope.»

«Anthrax?»

«Nope.»

«Ich kenne nicht all diese Bands, verdammt. Ist es so was Hard-Rock-Mässiges?»

«Gar nicht.»

Philipp grinste, er schien sich köstlich zu amüsieren. Er konnte also doch noch lächeln.

«Ich bin müde, verdammt noch mal.»

«Rate!»

«Jazz? Minimal Music? Bajou? Folk?»

Er lachte.

«Klassik?», fragte ich ungläubig.

«Ja. Und zwar im Maison symphonique de Montréal.»

«Etwa das OSM?»

«OSM?», fragte Philipp, wühlte in seiner Tasche, zog ein erstaunlich dickes Programmheft hervor. «Meinst du damit das Orchestre symphonique de Montréal? Dirigent ist Kent Nagano, sagt dir das was?»

«Oh, natürlich. Und was spielen sie?»

Er blätterte wieder im Programm. So wenig ich mich für seine Musik interessierte, so wenig hörte er Klassik. Diese Einladung war ganz eindeutig ein Liebesbeweis.

«... ah, da steht es. Wagner, Shostakovich und Schubert.»

Er streckte mir das Heft entgegen. Das Konzert sollte mit Wagners Tannhäuser-Ouvertüre beginnen ... Mmh, na ja, Wagner ist nicht so mein Ding. Ich finde seine Musik entweder unerträglich bombastisch oder in seltenen Momenten schön, und das ist jeweils noch schlimmer. Dann sehe ich nämlich unvermittelt so einen grässlichen kleinen Zwerg vor mir, mit einem messerscharfen Seitenscheitel im angeklatschten Haar und einem Balken-Oberlippenbärtchen. Der grässliche Zwerg zwinkert mir fröhlich zu, und mir wird schlecht.

Als Zweites stand Shostakovichs Cellokonzert Nr. 1 mit der Solistin Natalia Gutman auf dem Programm. Shostakovich und Gutman, das war genial! Und zum Schluss Schubert, Symphonie Nr. 4. Das machte die Wagner-Ouvertüre mehr als wett. Ich umarmte und küsste Philipp, und er war so höflich und erwähnte weder meine plötzlich verschwundenen Kopfschmerzen noch die sich wahrscheinlich doch nicht anbahnende Migräne.

***

Punkt sieben Uhr, eine halbe Stunde vor Konzertbeginn, standen wir vor dem Maison Symphonique an der Rue Saint-Urbain 1600. Das Gebäude wirkte von aussen modern, aber nicht spektakulär. Eine riesige Glaswand erlaubte eine Sicht auf das Innenleben, die Treppen und den Eingangsbereich. Innen wähnte man sich eher in einem grossen Kinokomplex als in einem der bekanntesten Konzertsäle der Welt. Da waren Beton, Eisen und viel Holz, das Ganze ergab eine luftige und doch dezente architektonische Mischung. Der Konzertsaal selbst war ungewöhnlich lang und schmal, mit einer hell ausgeleuchteten Holzverkleidung, ein wenig nüchtern, weit weg von der arroganten Ausstrahlung gewisser europäischer Konzerthäuser, die den Besucher mit ihrer barocken Pracht wie einen armen Verwandten erscheinen lassen, der gnadenhalber zum Fest erscheinen darf.

Philipp führte mich rechter Hand eine Seitentreppe hinauf zu einem Balkon, der so weit vorn lag, dass wir auf gleicher Höhe wie das Orchester sassen. Ich gab Philipp einen Kuss. Dieser Liebesbeweis war ganz sicher sackteuer gewesen.

Der Abend wurde zu einem unvergesslichen Erlebnis. Da war der wuchtige Klang des gross besetzten Orchesters. Ich zählte allein dreissig Geigen, zehn Bratschen, zehn Celli und sechs Kontrabässe. Und da war Kent Nagano, der die Musik tanzte, nicht dirigierte.

Natalia Gutman kam in gewohnt unprätentiöser Art auf die Bühne, ihre Frisur glich einem verstaubten Helm, ihr Kleid hätte vom Trödelmarkt sein können, und sie interpretierte Shostakovichs Cellokonzert auf eine Weise, die mir fast das Herz brach. Sie setzte sich auf den Stuhl, rangierte ihr Instrument, nickte dem Dirigenten zu, und da war schon vom ersten Ton an nichts mehr anderes existent als Klang. Singender Klang, schreiender Klang, weinender Klang, aufbegehrender Klang, von einer unaufhaltsamen Maschinerie zermalmter, ausgelöschter Klang. Am Ende des Konzerts blieb der letzte Orchesterklang in der Stille dieses grossen Raums stehen. Es ist selten, dass die Zuhörer diesen Moment entstehen lassen und kein einziger der Anwesenden seine eigene Bedeutung demonstrieren muss und mit lauten Hurrarufen, Stampfen oder begeistertem Klatschen den Zauber der Musik bricht.

Gutman spielte als Zugabe eine der Bach-Suiten für Cello solo. Sie spielte fast ohne Vibrato, vollkommen schlicht, als ob sie nur für sich selbst musizierte, in ergreifender Blösse.

Zurück in Philipps grässlicher Wohnung war ich noch immer voll Glückseligkeit und Ergriffenheit. Ich umarmte Philipp, wollte ihn küssen, seinen Körper spüren.

Er reagierte steif und abwehrend. «Ich bin müde, Lou, tut mir leid.»

Ich schluckte und lächelte. «Kein Problem.»

Wollte Philipp nicht mehr mit mir schlafen? Hatte er eine andere Frau kennengelernt? Oder fand er mich nicht mehr anziehend? War dieses Konzert gar kein Liebesbeweis, sondern ein Abschiedsgeschenk? Ich konnte ewig keinen Schlaf finden. Hier gab es auch in den frühen Morgenstunden keinen Vogelgesang zu hören. Nur die Sirenen der Feuerwehr.

Sex wird in der heutigen Zeit überschätzt, aber verdammt, würden wir nie wieder zusammen schlafen?

***

Als wir am nächsten Tag in Fort Fraser ankamen, war ich nudelfertig. Das Wichtigste an diesem Ort schien der berühmte Yellowhead Highway zu sein, der ganz Kanada durchquerte. Entsprechend gross war die Tankstelle des Ortes. Dazu kam eine Ansammlung von ein- und zweigeschossigen Holzhäusern, drei Kirchen, eine Bar und ein Restaurant. Anschliessend an die Tankstelle befand sich das «Fraser Lake Inn», ein zweigeschossiges, lang gezogenes Motel in Mintgrün. Auf dem Parkplatz standen schlammverspritzte Pick-ups und 4x4-Fahrzeuge. In unserem Zimmer gab es zwei schmale Betten, einen Tisch, der gerade genug Platz für das Deponieren der Fernbedienung bot, einen Wackelstuhl, einen Fernseher, der an der Wand angeschraubt war, ein Drei-Quadratmeter-Badezimmer mit Dusche und Toilette.

Ich liess mich erschöpft auf das Bett fallen. Die Matratze war erstaunlich bequem, eine Wohltat.

«Ich gehe noch rasch beim Gemeindezentrum vorbei. Sandy hat dort den Schlüssel für den Wagen hinterlegt, den wir benutzen können. Ich bin etwa in einer Stunde zurück, dann gehen wir essen.»

Zehn Minuten nach Philipp verliess auch ich das Motel und ging in Richtung des Sees, der ganz in der Nähe sein musste. Tatsächlich fand ich einen Fussweg, der mit «Fraser Lake Trail» beschriftet war und mich in weniger als zehn Minuten zum See führte. Zuerst sah ich nur ein dunkelblaues Schimmern zwischen den hohen Tannen und Pinien, dann öffnete sich der Wald, und vor mir erstreckte sich ein lang gezogener See in einem ergreifend schönen dunklen Blau, umrahmt vom Grün der Wälder. So hatte ich mir Kanada vorgestellt. Ein verwittertes Schild rechts des Weges machte mich auf einen Kinderspielplatz, eine Picknickstelle und einen Campingplatz aufmerksam. Weit entfernt konnte ich drei Kajaks erkennen, die um eine Landzunge glitten, und ich dachte reflexartig, dass wir vielleicht irgendwo Boote mieten könnten und wie schön es wäre, jetzt lautlos auf diesen stillen See hinauszugleiten. Aber wir waren ja nicht zum Ferienmachen hier. Ich ging über einen sandigen Abhang zum Ufer hinunter und bewunderte die leicht türkisfarbene Transparenz des Wassers. Eine blitzschnelle Bewegung liess mich zusammenzucken, und ich sah etwas Grosses, Silberfarbenes davonschnellen. Das war wohl irgendein Fisch gewesen. Ein kleines weisses Wasserflugzeug mit roten Schwimmern flog tief über den See hinweg und durchbrach die Stille des Moments. Der Wald auf der gegenüberliegenden Seite lag bereits im Schatten der sinkenden Sonne, die Bären kamen mir in den Sinn, und ich machte mich hastig auf den Rückweg.

Vor dem Motel fiel mir ein kleiner verbeulter und ziemlich dreckiger Pick-up auf, ehemals weiss und mit dem Logo des First Nations Gesundheitsdienstes versehen, und daneben stand Philipp mit einer Karte in der Hand.

«Das ist unser Fahrzeug», sagte er sichtlich stolz. «Morgen werden wir als Erstes zu einer Familie fahren, die etwa fünfundzwanzig Kilometer westwärts von Fort Fraser wohnt. Schau hier.»

Ich beugte mich über die Karte, auf der man in der einbrechenden Dunkelheit kaum mehr etwas erkennen konnte.

«Wir fahren zuerst auf dem Highway, dann müssen wir eine Forststrasse nehmen. Kein Problem mit unserem Schätzchen hier», sagte er und klopfte auf das Dach des Pick-ups. «Komm, gehen wir rein. Ich habe einen Riesenhunger.»

Wir assen in dem schäbigen Speisesaal des Motels Lachssteaks mit gebratenen Kartoffeln und Gemüse. Es war sensationell fein. Philipp machte auf mich den Eindruck eines wieder zum Leben Auferstandenen. Er ass, redete, lachte, trank Bier und fuchtelte mit den Händen, um seine Aussagen zu unterstreichen.

«Was ist los? Habe ich etwas an der Nase?», fragte er mitten in einem Satz.

«Wieso?»

«Du schaust mich so an, und du hast gelacht.»

«Es ist bloss … ich meine, du bist auf einmal so lebendig und voller Elan. Es ist schön, dich so zu sehen.»

«Endlich kann ich wieder etwas Sinnvolles tun. Du wirst morgen den Gesundheitsdienst selbst sehen. Er besteht mehr oder weniger aus drei Zimmern im zweiten Stock des Verwaltungsgebäudes der Stellat'en First Nation. Da gibt es ein Büro für Sandy, die den Dienst leitet, ein Untersuchungszimmer und einen kleinen Aufenthaltsraum. Sandy macht auf mich einen sehr kompetenten und auch engagierten Eindruck, aber sie ist Allgemeinpraktikerin und kennt sich vor allem mit den alltäglichen Gesundheitsproblemen der Bevölkerung aus. Aus rein medizinischer Sicht ist das eine Katastrophe. Das Personal ist nicht für epidemiologische Fragen ausgebildet.»

Auch Philipp war nach meinen Standards nicht gerade gut ausgebildet. Er war Geriater. Als Vorbereitung für seine Tätigkeit hier in Kanada hatte er gerade mal ein zweiwöchiges Training in Epidemiologie, Surveys und Biostatistik absolvieren müssen. Ich selbst war Sozial- und Gesundheitswissenschaftlerin. In unserem Team fehlten medizinische Epidemiologen, Geografen, Biologen und Spezialisten für Umweltgifte.

«Sandy tut, was sie kann», fuhr er fort, «aber sie hat mir gesagt, dass sie dringend Hilfe benötigt.»

Philipps Gesicht bekam einen bitteren Zug um den Mund.

«Sie ist froh, dass wir hier sind. Das hat sie mir gesagt, aber ich habe ihr angesehen, dass sie enttäuscht ist, dass das angekündigte Untersuchungsteam von Health Canada lediglich aus uns zweien besteht. Bitte sag ihr nicht, dass du gar nicht offiziell zur kanadischen Gesundheitsbehörde gehörst.»

«Das gefällt mir nicht, Philipp.»

«Bitte, Lou!»

Ich zögerte. Ehrlichkeit und Transparenz sind mir in meinem Beruf sehr wichtig. Andererseits war ich ja gar nicht offiziell hier.

«Also gut. Von mir aus werde ich nichts sagen. Aber wenn mich diese Frau Delmare nach meiner Funktion fragt, dann werde ich sie nicht anlügen.»

«Nun gut, mehr kann ich nicht verlangen. Sandy hat uns gebeten, morgen als Erstes zu der Familie McMahon zu fahren. Sie gehört zu den Stellat'en, aber die Familie hat sich irgendwann im Verlauf der Zeit mit schottischen Siedlern zusammengetan, daher der Name.»

Philipp blätterte in seinen Unterlagen, einem billigen Schreibheft voll mit hastig hingekritzelten Notizen.

«Hier ist es. Also Betty McMahon gehört zur Little Creek Band, ist vierzig Jahre alt, alleinerziehend. Sie hat drei eigene Kinder: Charles, acht Jahre, Amy, fünf Jahre, und Sophie, die vor drei Monaten geboren ist. Dazu kommt Robert, der gleich alt ist wie Charles und von ihrer verstorbenen Schwester stammt. Amy ist als erstes Kind krank geworden, einige Tage später sind Charles und Robert erkrankt. Das Baby Sophie ist bisher ohne Symptome.»

***

Als ich nach dem Duschen in ein Badetuch gehüllt in unser Schlafzimmer trat, lag Philipp bereits im Bett.

«Können wir nicht noch eine Weile reden?», wagte ich mich vor und setzte mich auf den Rand seines Bettes. «Ich bin noch überhaupt nicht müde.»

«Es tut mir leid, ich habe wieder Kopfschmerzen», sagte er.

Der Klassiker, dachte ich. Er schloss seine Augen und presste die Finger von beiden Seiten gegen seine Schläfen.

«Seit drei Wochen habe ich Kopfschmerzen», murmelte er, noch immer mit geschlossenen Augen.

Einen Moment lang hielt ich inne, hatte Angst, er könne mein Angebot falsch verstehen.

«Soll ich dich massieren?», fragte ich dennoch. «Ich habe ein Fläschchen Massageöl von zu Hause mitgebracht. Mit Lavendelessenz, sehr entspannend.»

«Ach nein, das bringt nichts, Lou.»

Seine Lustlosigkeit machte mich wütend. Am liebsten hätte ich ihn geschüttelt.

«Komm schon, Philipp. Wenn es dir nicht gefällt, sagst du es, und ich höre sofort auf.»

«Nachher habe ich noch mehr Schmerzen.»

«Jetzt komm schon, verdammt noch mal!»

Er rollte mit seinen Schultern, drehte den Kopf hin und her, versuchte seine Muskeln zu lockern, stöhnte laut.

«Also gut, schlimmer kann es nicht werden», sagte er.

«Zieh dich aus und leg dich auf den Bauch.»

Er seufzte, als ob er zur Schlachtbank geführt würde, gehorchte aber.

«Hose auch.»

Er setzte sich wieder auf. «Ich habe Schmerzen am Kopf, nicht am Hintern.»

Ich hob mein Kinn, sagte nichts. Er starrte wieder auf diesen imaginären Punkt, zwanzig Zentimeter über meinem Kopf, seufzte nochmals, zog seine Hose aus und legte sich wieder hin. Fühlte er sich so unwohl in meiner Gegenwart? Fürchtete er sich etwa vor mir? Ich fühlte mich unruhig und unsicher. So würde ich nicht gut massieren. Ich legte meine rechte Hand auf seinen Rücken und schloss einen Moment meine Augen, konzentrierte mich zunächst auf meinen eigenen Körper, meinen Atem und schliesslich auf das, was ich unter meiner Hand spürte, die Wärme seiner Haut, den Tonus der Muskeln, das, was man nicht benennen konnte. Von einem Atemzug zum nächsten verschob sich meine Wahrnehmung. Der Körper vor mir wurde zu irgendeinem Körper, der Mensch zu irgendeinem Menschen. Und ich wurde ruhig.

Ich öffnete die Augen und betrachtete zuerst den Rücken, schmal, etwas verzogen, deutlich angespannt, und strich leicht mit der Hand darüber. Ich zog die Boxershorts noch einige Zentimeter tiefer, ölte meine Hände ein und begann mit grosszügigen Strichen über die ganze Breite und Länge des Rückens. Ich stellte mich an das Kopfende des Bettes und legte meine Handflächen mit leichtem Druck auf die Schultern.

«Tief einatmen, langsam ausatmen.»

Ich spürte, wie sich die Schultern zitternd hoben. Während er ausatmete, strich ich mit kräftigem Druck, unterstützt durch mein Körpergewicht, bis zu den Hüften hinunter und zog die Handflächen mit ganz leichtem Druck den Flanken entlang wieder nach oben, um die Schultern herum, um wieder auf den Schulterblättern zu landen. Einatmen – ausatmen, starker Druck bis nach unten, leichtes Ziehen auf den Seiten nach oben. Der Atem wurde tiefer, langsamer, das Zittern verschwand.

Ich stellte mich auf die rechte Seite und begann mit beiden Daumen die Muskelstränge auf der Seite der Wirbelsäule durchzuwalken. Ich wechselte die Seite, ich schaukelte den Körper ganz leicht. Ich arbeitete mit den Daumen, allen Fingern zugleich, mit den Handballen, den Fäusten, manchmal mit dem ganzen Unterarm. Die Zeit stand still. Es gab nur diesen Körper, seinen Atem und im Gleichklang dazu meine Bewegungen, meinen Atem. Alles wurde eins. Und doch war der Körper vor mir völlig unpersönlich, es war irgendein Mann, irgendein Mensch.

Ich nahm mir Zeit, verweilte aber nie lange an einzelnen Stellen, sondern kehrte wieder zurück. Je weiter ich nach oben kam, umso verspannter waren die Muskeln. Bei den Schulterblättern und der Nackenmuskulatur machte ich zunächst nur ganz leichte Striche, eine sanfte Berührung. Hier brauchte der Körper Trost, keinen Druck. Als ich spürte, dass die Härte etwas nachliess, nahm ich nochmals etwas Öl und machte mich daran, auch diese Muskeln zu massieren. Schliesslich strich ich vom Kopf beginnend bis zu den Lendenwirbeln zunächst mit leichtem Druck, dann nur noch mit den Fingerspitzen.

Ich war beinahe fertig mit der Massage, da gerieten meine Bewegungen ins Stocken. Ich fuhr gerade über die Grübchen oberhalb seiner Gesässmuskeln, da erinnerte ich mich daran, wie unglaublich samtig Philipps Haut an dieser Stelle war und wie gern ich ihn früher dort gestreichelt hatte. Verstohlen legte ich meine Fingerspitzen auf seine Haut und zog meine Hand hastig zurück, als ob ich etwas Verbotenes getan hätte. Ich deckte Philipp zu und bat ihn, noch etwas liegen zu bleiben.

Einige Minuten später stand er auf und ging duschen. Nach seiner Rückkehr blieb er mitten im Zimmer stehen. Sein Gesicht sah blass aus, aber einige der Linien hatten sich geglättet, und er bewegte sich deutlich lockerer.

«Ich habe gar nicht gewusst, dass du massieren kannst.»

«Es gibt noch vieles, das du nicht von mir weisst.»
«Nur Gutes, hoffe ich.»
«Garantiert nicht. Aber das musst du selbst herausfinden.»
Eine Weile standen wir beide einfach da und schauten uns an, unsicher, wie es weitergehen sollte. Sein Atmen war laut hörbar. Ich wusste nicht, wo ich meine Arme hintun sollte, und hatte das merkwürdige Gefühl, dass es Philipp gleich ging.
«Also, ich geh jetzt schlafen», sagte er schliesslich. «Bis morgen.»

Kurz darauf lag ich hellwach in meinem Bett. Ich hatte mir ausgemalt, dass Philipp mich in diesen Ferien mit Plänen für unsere gemeinsame Fünf-Zimmer-Wohnung in einer Siedlung im Grünen irgendwo im Niemandsland zwischen Bern und Fribourg belästigen würde. Dass er mich direkt nach meiner Ankunft in Kanada in eines dieser grässlich stinkenden Wohnmobile stecken und mir alle Sehenswürdigkeiten von Quebec zeigen würde und nicht zufrieden wäre, bis ich Dutzende Mal «oh» und «ah» gemacht hätte. Dass er mich tagelang zu Verwandten in Cree-Reservate schleppen würde, wo ich aus lauter Angst, etwas Falsches zu sagen, vor Schüchternheit erstarren würde, und dass ich mich von seiner unstillbaren Sehnsucht nach Nähe bedrängt fühlen würde. All das hatte ich mir vorstellen können, nicht aber, dass Philipp mich zurückstossen, so auf Distanz halten würde.

DREI

Am nächsten Morgen wurden wir von lebhaftem Vogelgezwitscher geweckt. Verwirrt öffnete ich die Augen, bis ich realisierte, dass Philipps Handy Ursprung des Lärms war. Es fiel mir schwer, wach zu werden, aber Philipp drückte mir eine Tasse Kaffee in die Hand und drängte so lange, bis ich mich anzog und mit ihm frühstücken ging. Gegen sieben Uhr verliessen wir das Motel.

Es war kalt draussen, und ich fröstelte, als ich mich auf den Beifahrersitz des Pick-ups setzte. Philipp stellte sich, jedenfalls aus meiner Sicht, als mehr beherzter als erfahrener Outdoorfahrer heraus. Wieder fiel mir auf, dass er von einer beinahe enthusiastischen Energie beflügelt war. Der Forstweg war ruppig, voller Boden- oder eher Wasserlöcher. Philipp fuhr schwungvoll um die Löcher herum, aber einmal auch mittendurch. Der Schlamm spritzte so hoch auf, dass wir kaum mehr zu den Fenstern hinausschauen konnten. Mein Liebster lachte vor Vergnügen. Immerhin einer hat seinen Spass an der Sache, dachte ich und versuchte meine verkrampften Fäuste, Arme und Schultern etwas zu lockern und die Zähne auseinanderzubekommen.

Endlich kamen wir bei dem Haus der Familie McMahon an, das sich in einem lichten Waldstück befand. Ein Pick-up, nicht unähnlich unserem eigenen, stand neben dem Haus. Das zweistöckige Schindelhaus hätte einen neuen Farbanstrich benötigen können, aber es wirkte trotzdem gepflegt und heimelig. Ein Klettergerüst mit zwei Schaukeln und Rutschbahn, wie man sie auch vor jedem zweiten Schweizer Einfamilienhaus sehen kann, stand etwas gegen hinten versetzt, daneben sah ich einen Gemüsegarten. Wir blieben einen Moment im Fahrzeug sitzen, gaben der Familie Zeit, um sich auf unseren Besuch einzustellen. Zwei Minuten später öffnete sich die Haustüre und Betty McMahon kam auf uns zu. Sie hatte ihre vollen schwarzen Haare zu einem Rossschwanz gebunden, trug ein rot-schwarz kariertes Flanellhemd, schwarze Jeans und hellblaue gefütterte Crocs. Sie war schlank und gross. Auf der Hüfte trug sie ein Baby in einem knuddeligen roten Overall mit Hasenohren an der Kapuze.

«Sandy hat mich angerufen und mir gesagt, dass Sie kommen würden. Das ist Sophie, meine Kleinste.»

Während wir uns begrüssten, betrachtete uns Sophie aufmerksam, den Daumen im zahnlosen Mund. Ich spürte einen Kloss im Hals, als mir Philipp den Mundschutz und die Handschuhe reichte.

Die drei Kinder, Amy, Charles und Robert, waren alle im selben Zimmer untergebracht. Ein typisches Kinderzimmer mit Postern an den Wänden: Johnny Depp in jüngeren Jahren, Star Wars und ein kitschiges Einhorn. Dazu einige ausrangierte Plüschtiere, kaputte Spielzeugautos und farbenfrohes Bettzeug. Nur stand neben jedem der schmalen Betten ein Infusionsständer, und die Kinder lagen bewegungslos und stumm da. Philipp begrüsste sie mit leiser Stimme und machte sich daran, sie zu untersuchen. Ich blieb wie erstarrt im Türrahmen stehen.

Direkt zu meiner Linken befand sich Amys Bett. Die Kleine lag völlig starr da. Ihre Augen waren offen, aber es wirkte, als ob in dem Kopf kein Gehirn mehr vorhanden wäre. Eine leblose Puppe mit einem wunderschönen Gesicht. Ohne jede Vorwarnung krampfte sich ihr Körper zusammen, sie zuckte mit den Armen und Beinen und schlug um sich. Betty streckte mir hastig Sophie entgegen und versuchte, Amy zu halten, damit sie sich nicht verletzte. Mein Herz schlug mir bis zum Hals, und ich drückte Sophie so fest an mich, dass sie zu jammern begann. Philipp beugte sich ebenfalls über Amys Bett und hielt ihren Kopf. Betty redete leise und sanft mit ihr. Amy schrie. Aber es tönte nicht wie der Schrei eines Menschen. Ich spürte, wie mir der Schweiss ausbrach. Ich hielt Sophie fest, atmete den Geruch ihres Köpfchens ein, hielt mich an dem kleinen festen Körper fest. So unvermittelt wie der Anfall begonnen hatte, war er vorbei, und Amy lag wieder vollkommen ruhig.

«Sie ist seit drei Tagen in diesem Zustand», sagte Betty mit gedämpfter Stimme. «Wenn ich ihr nur helfen könnte, aber ich weiss nicht, was ihr fehlt. Sandy war gestern Abend bei uns, und gerade vorhin war die Gemeindeschwester hier. Es ist nicht ihre Schuld, aber sie sind völlig überfordert. Charlie geht es seit gestern gar nicht gut und jetzt auch noch Rob…»

Ihre Stimme verklang mit einem leisen Schluchzer.

«Warum sind die Kinder nicht im Spital?», wagte ich zu fragen.

«Ich kann hier nicht weg. Die nächste Kinderklinik ist in Prince George … Ich will sie nicht weggeben, irgendwohin, wo sie ganz allein sind.»

«Wir sind hier, um Sandy zu helfen», sagte Philipp. «Und um so rasch wie möglich herauszufinden, was die Ursache dieser Krankheit ist.»

Betty nickte mit Tränen in den Augen. «Warum trifft es gerade uns? Das möchte ich wissen, wirklich. Das ist mir wichtig zu wissen. Was haben wir falsch gemacht? Warum bestraft uns Gott auf diese Weise, diese grausame …»

Wieder verstummte sie, einen Arm über ihr Gesicht gelegt. Mein Hals war zugeschnürt, und ich spürte Tränen in meinen Augen. Betty wischte sich über das Gesicht und wandte sich ihrem Sohn Charles zu, legte ihre Hand auf seine Stirne und streichelte seine Schläfen. Sein Gesicht war schweissbedeckt, und er bewegte sich unruhig. Philipp bat mich, mit Betty ins Nebenzimmer zu gehen, um im Gespräch mit ihr nach möglichen Krankheitsursachen zu suchen.

Wir verliessen die Familie McMahon eine gute Stunde später, setzten uns in den Pick-up und blieben eine Weile stumm sitzen. Ich fühlte mich völlig gerädert.

«Die arme Mutter», sagte Philipp. «Sie ist unglaublich ruhig und gefasst.»

«Sie hat mir erzählt, dass sie gläubig ist. Dass Gott ihr die Kraft gibt, die sie braucht. Wenn man den Kindern nur helfen könnte.»

Philipp strich sich über die Stirne. Er war blass und sah müde aus.

«Sandy hat recht, diese Krankheit ist rätselhaft», sagte er. «Alle drei Kinder haben unterschiedliche Symptome. Charles, der ältere Bruder, hatte hohes Fieber, einundvierzig Grad. Er lag die meiste Zeit ruhig da. Von einem Moment zum nächsten begann er seine Arme auf und ab zu bewegen, immer auf und ab.»

«Eine Ataxie?»

Ataxien sind Bewegungsstörungen, die vom Nervensystem ausgehen. Sie werden oft durch Erkrankungen des Kleinhirns ausgelöst.

«Das Bewegungsmuster sah jedenfalls genau wie eine pendulare Ataxie aus. Also, Charles hat hohes Fieber, Robert und Amy sind hingegen fieberfrei. Amy ist am schlimmsten betroffen, du hast sie ja gesehen.»

Ich nickte. Mein Hals fühlte sich rau an.

«Robert war als Einziger ansprechbar. Er hat versucht, sich mitzuteilen. Er klang, als ob er schwer betrunken wäre. Ich bin mir sicher, er hat realisiert, was mit ihm passiert. Er hatte grosse Angst.»

«Konntest du den Kindern helfen? Gibt es ein Medikament, das ihren Zustand verbessern könnte?»

Er schüttelte den Kopf. «Sandy ist die behandelnde Ärztin. Sie hat nach der ersten Untersuchung eine Behandlung mit einem Breitband-Antibiotikum begonnen, intravenös Flüssigkeit verabreicht und versucht, die Symptome zu lindern. Bevor man eine Diagnose hat, ist das aus meiner Sicht alles, was man in einer solchen Situation machen kann.»

«Sollte man sie nicht dringend in ein Spital bringen?»

«Sie sollten in dieser Situation nicht ohne ihre Mutter sein, allein, in irgendeiner Institution, wo man sie vielleicht nicht gut betreut, weil sie Indigene sind. Hast du von Betty etwas Interessantes erfahren?»

«Sie hat keine Ahnung, weshalb ihre Kinder krank geworden sind. Und mir ist auch in ihrem Haushalt nichts aufgefallen, was diese neurologischen Störungen auslösen könnte. Aber ich bin keine Chemikerin. Und ich bin fremd hier. Vielleicht übersehe ich etwas Wichtiges. Wir sollten Sandy das Protokoll zu lesen geben, vielleicht fällt ihr etwas auf.»

Philipp startete den Motor, und wir fuhren zurück nach Fort Fraser.

***

Sandy Delmare war sichtlich erleichtert, uns zu sehen. Als wir ihr Büro betraten, sprang sie von ihrem Stuhl auf, lächelte Philipp zu und schüttelte mir energisch die Hand. Sie wirkte umgänglich, eine rundliche Frau mit klaren Gesichtszügen, grossen dunklen Augen hinter einer dieser wuchtigen Retrobrillen aus dunklem Horn, die offensichtlich auch hier in Mode waren. Die langen schwarzen Haare hatte sie zusammengebunden. Ihr breites Kinn liess sie tatkräftig wirken, aber die Falten und dunklen Ränder um ihre Augen sprachen von Erschöpfung. Sie trug weisse Hosen und ein graues T-Shirt.

«Willkommen im Fort Fraser Gesundheitszentrum der Stellat'en und Sekani First Nations. Ich bin Sandy Delmare, die leitende und gleichzeitig einzige Ärztin hier», begrüsste sie mich.

«Louisa Beck. Ich begleite Philipp.»

«Sehr gut. Ich bin froh, dass du hier bist. Wir brauchen dringend Hilfe, und zwar jetzt sofort.»

Sie musterte uns einen Moment.

«Seid ihr bei Betty McMahon gewesen? Wie geht es den Kindern?»

Philipp fasste kurz zusammen, was er beobachtet hatte.

«Habt ihr eine mögliche Krankheitsursache gefunden?», fragte Sandy.

«Nein, aber Lou möchte, dass du das Protokoll durchgehst, das sie mit Betty zusammen aufgestellt hat. Alles, was die Familie in den drei Wochen vor dem ersten Auftreten der Symptome gemacht hat.»

Sandy nickte, setzte sich eine Lesebrille auf und ging meine Notizen durch.

«Ich finde nichts Aussergewöhnliches», sagte sie, und ich ahnte, dass sie unter ihrer forschen Haltung Verzweiflung verbarg. «Das ist alles völlig alltäglich und normal, ein Nachmittag am See, ein Informationsnachmittag an der Schule, ein Familienfest. Die Familie hat sich in den üblichen Bahnen bewegt, würde ich sagen.»

Sie war enttäuscht, versuchte es aber nicht zu deutlich zu zeigen.

«Ich bin müde. Seit Wochen bin ich müde», sagte sie. «Tut mir leid, alles ist hier etwas vorsintflutlich und chaotisch. Es sollte nicht so sein … nicht mehr. Alle unsere Nachbarn haben seit mehreren Jahren einen Umweltspezialisten für den First Nation Gesundheitsdienst angestellt. Aber wir hier … Verdammt, unser Budget reicht kaum, um das Dach des Pflegeheims zu sanieren.»

Wir murmelten etwas, und Sandy setzte ihre Brille wieder auf.

«Also weiter», sagte sie mit neuer Energie, die sie von irgendwoher zu mobilisieren schien. «Ich bringe euch auf den neuesten Stand und zeige euch danach euer Arbeitszimmer.»

Wir quetschten uns um den engen Tisch. Sandy startete ihren altertümlichen Laptop, blätterte gleichzeitig durch mehrere dicke Unterlagen, suchte nach einer bestimmten Notiz, fand sie endlich. «Mit Stand von gestern Abend haben wir jetzt sechsundzwanzig Krankheitsfälle in der Region; acht sind gestorben.»

Sandys Handy klingelte, sie entschuldigte sich und ging nach draussen. Als sie zurück war, fragte ich, was die Autopsien ergeben haben.

«Die Autopsien?» Sandy lächelte merkwürdig. «Ja, die Autopsien … die wurden leider nicht gemacht.»

«Warum denn nicht? Waren die Angehörigen dagegen?»

Sandys Gesicht verfärbte sich in ein hässliches fleckiges Rot. «Das hat nichts mit unseren Traditionen zu tun», fuhr sie mich wütend an, «sondern mit der verdammten Diskriminierung, die wir durch die weisse Rasse erfahren. Wir sind dritte Klasse, und darum müssen wir warten.»

Einen Moment war es still, dann räusperte sich Philipp. «Ich schaue mal, ob ich das beschleunigen kann, Sandy. Du gehst aber davon aus, dass alle Personen unter derselben Krankheit leiden?»

«Eindeutig. Da gibt es aus meiner Sicht gar keine Zweifel. Die Symptome sind so aussergewöhnlich, ich –»

Wir wurden von einem weiteren Anruf auf ihrem Handy unterbrochen. Sandy beriet eine Mutter, deren Neugeborenes nicht trinken wollte. Abermals verliess sie das Zimmer.

Philipp und ich wechselten einen Blick. Er hatte recht. Es fehlte hier an allem, was es brauchte, um die Kranken gut zu betreuen und diese Krankheit zu stoppen. So durfte es nicht weitergehen, es musste dringend etwas geschehen.

«Wir benötigen Proben von allen Erkrankten, damit wir den Erreger identifizieren können», sagte ich.

«Ich werde dafür sorgen, dass die Labortests vordringlich behandelt werden.»

«Was ist mit Gift? Schwermetallen ... Arsen? Quecksilber? Etwas im Trinkwasser? Wurde das überhaupt untersucht? Wo bekommen die McMahons ihr Trinkwasser her? Und was ist mit dem Boden, der Luft, den Nahrungsmitteln?» Meine Stimme klang schrill.

«Nein. Das wurde bisher alles nicht untersucht. Eben nicht.»

«Das muss man doch machen. Und zwar sofort!»

«Verdammt, Lou, schrei mich nicht an!»

«Ich schreie nicht. Ich frage nur.»

Philipp setzte zu einer Entgegnung an, da kam Sandy zurück und machte sich eine kurze Notiz auf ihrem Rechner.

«Also, wo waren wir?», nahm sie den Faden wieder auf. «Bei allen Fällen ist das zentralnervöse System betroffen, das Sehvermögen, die Bewegungskoordination. Bei den meisten Fällen, aber nicht bei allen, ist die Sprachfähigkeit eingeschränkt, manche verhalten sich merkwürdig, verlieren den Realitätssinn. Das würde alles für eine Enzephalitis sprechen. Aber sie haben kein Fieber, das heisst, nur ganz wenige Fälle haben Fieber, und das spricht ganz klar gegen Gehirnentzündung. Einige haben auch heftige Wutausbrüche, werfen Dinge um sich oder schlagen wild um sich.»

«Was ist mit Steifheit des Nackens?», fragte ich.

«Kein einziger Fall.»

«Dann kann es nicht Enzephalitis sein», sagte Philipp.

«Wie ist es mit Mücken hier in der Gegend? Oder Zecken?», fragte ich.

«Zu kalt. Wir haben hier keine Mücken.»

Ein weiterer Anruf. Ein Mann, den Sandy offensichtlich gut kannte und der für seine Tochter einen Platz in einer Institution für Drogenrehabilitation suchte. Sandy gab ihm verschiedene Nummern und beriet sich kurz mit ihm.

«Entschuldigt bitte. Ich kann die Anrufe heute nicht umleiten, wir haben bei den Gemeindeschwestern eine Stellenvakanz.»

«Bist du ganz sicher wegen der Mücken?», fragte ich. «Die Klimaerwärmung führt zu einer weiteren Verbreitung der Viecher auch in Gegenden, die bisher mückenfrei waren.»

«Ich wurde hier noch nie von einer Mücke gestochen. Ausserdem ist die Krankheit nicht zufällig in der Bevölkerung verbreitet. Es gibt immer so kleine Cluster. Mehrere Mitglieder einer Familie werden krank, aber von den Nachbarn direkt daneben ist niemand betroffen.»

«Das spricht eigentlich gegen Krankheiten, die von Tieren übertragen werden, jedenfalls gegen Übertragung durch Mücken oder Zecken. Ausser, die betroffenen Familien sind in eine Gegend verreist, die wärmer ist. In den Tropen gibt es jede Menge Zoonosen, die wir hier nicht kennen.»

«Die sind alle zu arm, um in die Ferien zu reisen.»

«Hast du bereits einige Blut- und Urinproben untersuchen lassen?»

«Natürlich», sagte Sandy. «Aber das dauert. Unser Labor ist überlastet, unsere Ressourcen sind knapp.»

«Ich kümmere mich darum», sagte Philipp. «Vielleicht hilft es, wenn jemand von Health Canada Druck macht.»

«Angefangen hat das Ganze mit der Familie Muller. Pit Muller, seine Frau Kim und alle vier Kinder. Der Verlauf war auch für mich als Ärztin erschreckend heftig. Am einen Tag waren sie alle noch kerngesund, am nächsten schwer krank. Dann wurde der alte John krank. Dann –»

«Moment, stopp mal», unterbrach ich sie. «Erzähl mir mehr

über diese Familie Muller. Wer sind sie? Wo wohnen sie? Wo arbeitet Pit Muller? Und seine Frau? Was ist genau ihre Tätigkeit? Haben sie Nebenjobs? Halten sie Nutztiere? Rinder? Schweine? Kaninchen? Oder haben sie Haustiere? Was machen die Kinder? Woher kommt das Trinkwasser? Was essen sie? Wie sieht ihr Haus aus? Gibt es etwas Spezielles, das sie von anderen Bewohnern unterscheidet?»

Sandy starrte mich an. «Ich habe gemeint, sie sei deine Assistentin», sagte sie zu Philipp.

«Sie ist Epidemiologin, eine Gesundheitswissenschaftlerin und bekannt für ihre Spürnase.»

Sandy schaute mich musternd an, die Augen zusammengekniffen, schien mein altes T-Shirt und die Hosen, die beide wieder mal gewaschen werden mussten, die Turnschuhe und mein Gesicht neu zu taxieren, dann nickte sie mir zu.

«Na dann … die Familie Muller, mmh», sagte sie langsam. «Etwas Spezielles hat sie nicht. Sie ist typisch für diese Gegend, würde ich mal sagen. Kim war Pits zweite Frau. Seine erste Frau, Patricia, starb vor zehn Jahren.»

Sandy hielt einen Moment inne, dann fuhr sie rasch fort: «Patty wurde vergewaltigt, furchtbar misshandelt, dann mit einem Schuss in den Kopf getötet und in einen Strassengraben geworfen. Der Täter wurde nicht gefunden wie in den meisten Fällen von misshandelten und ermordeten indigenen Frauen in Kanada. Pit hat sich ein paar Jahre später mit Kim zusammengetan und mit ihr noch zwei Kinder gehabt. Er war kein besonders heller Kopf, sage ich jetzt mal. Nach Pattys Tod hat er ein paar Jahre kaum mehr etwas gemacht ausser Saufen und einigermassen zu seinen Kindern geschaut. Aber seit vorletztem Sommer hatte er einen Job bei Hank Horseshoe. Ich glaube, einen Tag pro Woche hat er für ‹Wildfire› gearbeitet, den Rest auf seiner Farm. Sie haben Rinder, ein paar Pferde. Die konnte man für geführte Ausritte mieten. Lief nicht mal so schlecht.»

«Haben die Kinder vielleicht eine Schulreise in den Süden gemacht? Nach Florida, in tropische Regionen?», fragte ich.

«Die weiteste Schulreise, die unsere Kinder machen, geht nach

Prince George. Ach nein, warte! Einmal sind ein paar Klassen nach Toronto eingeladen worden, weil unsere Schülerband einen Rap-Wettbewerb gewonnen hat. Aber das ist Jahre her.»

Sandy verstummte, dachte nach.

«Das Merkwürdigste daran ist ja, dass nur die Mitglieder der Little Creek Band erkranken», sagte sie. «Warum ist das so? Es muss etwas mit ihnen zu tun haben, mit ihrem Verhalten oder vielleicht auch mit dem Ort, wo sie leben.»

«Hast du denn eine Vermutung, irgendeine Idee, die erklären könnte, warum ausgerechnet diese Menschen krank werden und ihre Nachbarn nicht?», fragte ich.

Sandy biss sich auf die Lippen. «Ich weiss es wirklich nicht. Einige von ihnen sind miteinander befreundet oder verwandt, aber nicht alle. Vielleicht steckt ja Absicht dahinter. Aber warum sollte jemand wollen, dass die Mitglieder der Little Creek Band sterben? Ein persönlicher Rachefeldzug? Oder …»

«Was?», fragte ich.

«Ach, das ist zu verrückt.»

«Sag, was du denkst», drängte jetzt auch Philipp.

«Nun – hier durch unser Land soll doch die ENG durchgeführt werden, die Pipeline der Enbridge Northern Gateway. Sie soll das Ölsandvorkommen bei den Athabasca Fields mit der Küste bei Kitimat verbinden. Die Little Creek Band spielt beim Widerstand eine wichtige Rolle. Bisher haben wir uns erfolgreich geweigert, unser Land für diese Nutzung zur Verfügung zu stellen. Unsere Landrechte stehen dem Bau im Weg. Aber es steht auf der Kippe. Die einen sind für die Pipeline, die anderen dagegen. Und …» Sandy verstummte wieder und schüttelte den Kopf. «Nein, das ist zu phantastisch, das ist Blödsinn, vergesst es wieder. Das führt uns nur in die Irre.»

«Und was?», fragte Philipp.

Sandy biss sich auf die Lippe. «Erkrankt und gestorben», sagte sie langsam und zögerlich, «erkrankt sind tatsächlich nur Familien, die sich gegen den Bau der Pipeline ausgesprochen haben. Aber das kann auch reiner Zufall sein.»

«Und vielleicht auch nicht», sagte Philipp.

Die Tür öffnete sich, und ein mittelgrosser, durchtrainierter und muskulöser Mann mit indigenen Gesichtszügen, einer Brille mit runden Gläsern und kurzen grauen Haaren schob sich herein. Er wirkte wie ein Professor für amerikanische Literatur, der in der Freizeit Survivaltraining macht. Er trug eine Flinte mit Zielfernrohr über der Schulter, seine Outdoorkleidung war auffallend gepflegt, und er humpelte.

«Weisst du, wo Mary ist?», fragte er Sandy, dann starrte er uns an. «Wer ist das? Was wollen die hier?»

«Hank Horseshoe, darf ich dir Dr. Laval und seine Assistentin Louisa Beck vorstellen? Philipp, das ist Hank Horseshoe, Stammesrat und Besitzer eines Jagdunternehmens hier in Fort Fraser.»

Horseshoe kniff seine Augen zusammen. Philipp und ich tauschten rasch einen Blick. Horseshoe wirkte alles andere als begeistert von unserem Anblick.

«Dr. Laval? Was soll das heissen? Was macht er hier?», fragte er und kam mit zwei grossen Schritten auf uns zu. Er stellte sich breitbeinig viel zu nahe vor Philipp hin, und ich spürte, wie sich mein Herzschlag beschleunigte. Der Mann wirkte bedrohlich. Philipp erhob sich langsam von seinem Stuhl. Ich stellte mich neben ihn.

«Ganz recht, das ist Dr. Laval von Health Canada», meldete sich Sandy hastig, «er ist auf meine Bitte hergekommen. Wir haben seither bereits Fortschritte gemacht. Und wie geht es deinem Fuss, Hank?»

«Health Canada, so?», knurrte Horseshoe. «Du weisst ganz genau, dass Health Canada hier auf unserem Land nichts zu sagen hat. Wir wollen sie nicht bei uns, Sandy. Sie sollen zurück, woher sie auch immer kommen, noch heute. Ich will sie nicht mehr hier sehen.»

«Aber *ich* will sie hier sehen, und *ich* bin die verantwortliche Ärztin», entgegnete Sandy mit leicht zitternder, aber entschlossener Stimme. «Wir sind überfordert mit dieser Krankheit, und das weisst du selbst ganz genau. Zu viele Tote, zu viele Kranke, und wir haben noch immer keine Ahnung, was die Ursache ist.

Willst du warten, bis die ganze Little Creek Band gestorben ist?»

Horseshoe schnappte sich das Telefon, das auf Sandys Schreibtisch stand, wählte und bellte dann «Mary, komm her!» in den Hörer. Es entspann sich eine Diskussion. Offensichtlich hatte diese Mary, wer auch immer das war, keine Lust, Horseshoes Befehl zu gehorchen.

«Ich will, dass du meine Worte hörst. Wenn diese Wichtigtuer nicht sofort von hier verschwinden, werde ich Health Canada verklagen, und wenn ich zum Obersten Gerichtshof gehen muss.»

Marys Antwort konnten wir nicht hören.

«Da gibt es nichts zu besprechen! Wir sind hier selbst verantwortlich für die Gesundheit unserer Leute. Wir sind zuständig, und wir sind kompetent für die Heilung unseres Volkes!»

Er knallte den Hörer auf das Telefon und spuckte zu Boden.

«Ihr Weissen seid doch schuld an unseren Krankheiten. Eine Epidemie? Das ist ja wohl nichts Neues. Ihr habt uns die Pocken gebracht, die Lepra, den Hunger und auch den Alkoholismus. Bevor ihr kamt, lebten in Nordamerika zehn Millionen First People, 1900 waren es in den USA noch zweihundertsiebenunddreissigtausend. Das ist einer der schlimmsten Völkermorde der gesamten Menschheitsgeschichte. Ihr habt eure ach so fortschrittliche und tolerante kanadische Gesellschaft auf Millionen von Gräbern errichtet. Aber noch sind wir nicht ganz ausgerottet. Ihr wollt uns helfen? Dass ich nicht lache. Die Einzigen, die uns helfen können, sind wir selbst.»

Sandy schob sich neben Horseshoe und legte ihre Hand auf seinen Arm, um ihn zu besänftigen. Er schüttelte ihre Hand grob weg. Sein Gesicht hatte sich gerötet.

«Lass das, Sandy! Du weisst genau, dass es stimmt, was ich sage. Ausser mir kümmert sich ja niemand um die Rechte unseres Volkes. Ich habe mich bereits gegen die Pipeline gewehrt, als sonst niemand einen Pieps gemacht hat. Ich habe durchgesetzt, dass die neue Strasse gebaut wird.» Er wandte sich das erste Mal direkt an Philipp. «Dr. Laval, nicht? Warum sind Sie hergekommen? Sie haben hier nichts zu suchen. Los, verschwinden Sie!»

«Jetzt reicht es aber», mischte sich Sandy empört ein. «Kompetent für unsere Heilung? Nennst du das so, wenn Agnes Whitesox stirbt? Und ihre kleine Enkelin, die keine drei Jahre alt war?»

«Und diese Typen von Health Canada hätten das verhindern können? Meinst du das damit?», entgegnete Horseshoe mit gepresster Stimme. «Das wird Konsequenzen haben, Sandy, das sage ich dir. Du bist von uns angestellt, nicht von Health Canada. Und wir können dich auch wieder entlassen.»

Er machte kehrt und knallte die Tür hinter sich zu.

«Uff», stöhnte Sandy, «tut mir leid.»

Sie liess sich wieder auf ihrem Stuhl nieder, schloss einen Moment ihre Augen.

«Er ist schon in Ordnung», sagte sie mit immer noch geschlossenen Augen, «nur stur und auf unsere Autonomie bedacht.»

«Er ist ein blöder Ignorant», sagte Philipp.

«Mag sein ... aber er ist mit einer Carter verheiratet. Und die Familie Carter ist über mehrere Ecken mit dem Premierminister von British Columbia verwandt. Über diese Linie hat Hank schon mehrere Male Einfluss auf politische Entscheide nehmen können. Er weiss auch immer als Erster, was in der Politik gerade läuft.»

«Und was heisst das jetzt für uns?», fragte Philipp.

«Gar nichts. Lasst uns weitermachen. Ich werde mit dem Stammesrat sprechen, damit sie uns den Rücken freihalten.»

Sandy bat uns, noch an diesem Tag nach einer jungen Patientin zu schauen, deren Krankheit einen besonders schweren Verlauf genommen hatte. Vanessa Nipshank war vor einer Woche noch gesund gewesen, und jetzt konnte sie kaum mehr sehen, nicht mehr aufstehen, sprach völlig unverständlich und war stark verwirrt. Ihre Mutter Meg wollte sie nicht ins Spital einliefern lassen, weil aus ihrer Erfahrung alle, die im Spital landeten, starben.

«Sie ruft mich seit drei Tagen alle paar Stunden an und fleht mich an, dass endlich jemand käme, um Vanessa zu helfen. Ich habe ihre Tochter so gut wie möglich versorgt, aber unser Personal ist überlastet. Bitte, fahrt hin, redet mit der Mutter und schaut euch die Tochter an. Vielleicht hilft uns das weiter.»

***

Zwei Stunden später verliessen Philipp und ich den Gesundheitsdienst. Während wir zu dem Haus der Familie Nipshank fuhren, das zwanzig Meilen ausserhalb Fort Frasers lag, las ich Philipp aus der Krankengeschichte vor, die wir von Sandy erhalten hatten. Vanessa Niphshank war neunzehn Jahre alt, hatte einen Job in der Forstwirtschaft, keine nennenswerten Krankheiten bisher. Noch vor acht Tagen war Vanessa eine junge gesunde Frau gewesen.

Das Haus lag von der Strasse aus leicht erhöht auf einer Blumenwiese, die von einem mäandrierenden Bach umrahmt wurde. Die idyllische Sicht wurde allerdings durch die Sammlung an Schrott, Metallteilen, halben Autoleichen und ausrangierten Matratzen verdorben, die rings um das Haus verstreut lagen. Wir warteten, wie es die Höflichkeit gebot, dann packte Philipp einen Arztkoffer, den er von Sandy erhalten hatte, ging mit raschen Schritten auf das Blockhaus zu und hämmerte an die Tür.

Es verging eine gute Minute, dann wurde die Tür geöffnet, und wir erblickten eine grosse schwere Frau mit halb langen grauen Haaren, die ein gelbes Sweatshirt und rote Jogginghosen trug. Philipp stellte uns vor und fragte sie nach dem Befinden ihrer Tochter Vanessa. Die Frau starrte uns unbewegt an. Ich hatte keine Ahnung, was ihr durch den Kopf ging. Sie schwankte leicht. Ihr Gesicht war rot, die Haare hingen ihr in fettigen Strähnen ins Gesicht, sie stank nach Alkohol und Schweiss.

«Ihr seid zu spät gekommen. Ihr seid genau zwei Stunden zu spät gekommen», sagte sie mit schleppender Stimme, drehte sich um und verschwand in der Blockhütte.

Wir hörten sie laut rumoren, etwas fiel zu Boden, sie stand wieder vor uns. Diesmal war ihr Gesicht verzerrt vor Wut, und sie hielt ein Jagdgewehr in den Händen. Ich machte zwei Schritte rückwärts. Philipp blieb unbewegt stehen.

«Ihr seid zu spät! Sie ist tot. Vani ist tot!», schrie sie uns an. «Drei Tage lang habe ich auf euch gewartet! Aber wir Indianer sind ja nur Dreck für euch! Keine Menschen, nur Dreck!»

Neben mir fühlte ich Philipp zusammenzucken, als ob er geschlagen worden wäre. Meg hob ihr Gewehr und zielte direkt auf Philipps Brust. Ohne zu überlegen, fasste ich nach seinem Arm, wollte ihn mit mir wegziehen. Philipp blieb stehen, wo er war. Verdammt!

«Hau ab, du weisses Arschloch, hau ab, oder ich bringe dich um! Ihre Leiche bekommst du nicht. Deshalb bist du doch da, nicht?»

«Es tut mir leid. Du hast deine Tochter verloren, das ist schrecklich», sagte Philipp. Seine Stimme klang ruhig, sein Arm zitterte unter meiner Hand.

«Haut ab, oder ich knalle euch ab. Ich meine es ernst», schrie sie wieder.

Sie schwankte so heftig, dass ich befürchtete, sie könnte umfallen und uns in ihrem Zustand rein zufällig töten. Schweisstropfen rannen mir den Rücken hinunter.

«Ihr wollt uns alles verbieten, nur helfen … helfen tut ihr nicht.»

«Was wollen wir euch verbieten?», fragte Philipp.

Ich hätte ihn eigenhändig erwürgen können. Warum stellte er blöde Fragen, anstatt abzuhauen? Die Frau zielte nun direkt auf Philipps Gesicht. Die Spitze des Gewehrs war nicht mehr als einen halben Meter von seinem Kopf entfernt. Mir wurde schlecht.

«Alles. Die Jagd, die Heilkräuter, unsere Kultur, unser Leben. Die Jagd. Die Kräuter.»

Ihre Aussprache wurde immer undeutlicher. Sie begann zu weinen, offensichtlich einem Zusammenbruch nahe. Aber das verdammte Jagdgewehr liess sie nicht sinken. Ich hörte das Geräusch eines Automotors. Ein Pick-up hielt an der Abzweigung zur Blockhütte. Jemand stieg aus. Ich wagte nur aus den Augenwinkeln rüberzuschauen. Es war ein hagerer Mann in einer olivfarbenen Uniform, um die fünfzig, mit weissen Haaren, die in alle Richtungen abstanden. Trotz Bewölkung und Abenddämmerung trug er eine dunkle Sonnenbrille. Der Mann betrachtete in Ruhe die Szene, die wir boten, und kam in gemächlichem Tempo auf uns zu. Langsam nahm er seine Sonnenbrille ab. Er schien völlig entspannt, als er einige Meter rechts von uns stehen blieb. Sein schmales Gesicht, die grossen dunklen Augen und auch die Haare erinnerten mich an jemanden.

«Leg das Gewehr weg, Meg, *dear*. Es gibt hier bereits zu viele Tote», sagte er.

«Vani ist tot!» Ihre Stimme klang wie geborsten.

«Ich weiss, Meg. Lass uns reingehen. Wir müssen reden.»

Eine Ewigkeit geschah nichts. Langsam bewegte sich die Gewehrspitze nach unten, und die Frau liess den Kopf sinken. Der hagere Mann bewegte sich auf sie zu, nahm ihr die Waffe ab.

«Machst du mir einen Kaffee?», hörte ich ihn fragen.

Meg bewegte sich vorwärts wie ein Automat, sie betraten beide das Blockhaus, die Tür schloss sich.

Ich liess mich zu Boden sinken. Meine Beine schienen jede Kraft verloren zu haben. Philipp packte mich an der Hand und zog mich wieder hoch.

Ich schüttelte seine Hand ab. «Spinnst du eigentlich, Philipp! Die hätte uns beinahe erschossen.»

«Glaube ich nicht. Sie war lediglich traurig.»

«Traurig? Und warum zitterst du dann so? Trauert man hier etwa mit dem Gewehr in der Hand?»

«Nicht so laut, Lou!»

«Nicht so laut, nicht so laut … Weisst du was? Der Typ hat gelogen … dieser dicke Ami, der Filmemacher.»

«Beruhige dich.»

«‹Bowling for Columbine› … so hiess der Film.»

«Columbine? Was hat Columbine damit zu tun? Das liegt doch in den USA.»

«Eben! Das ist es ja.»

Philipp sah mich an, als ob ich eine seiner demenzkranken Frauen wäre.

«Wir sollten jetzt gehen. Du brauchst einen Tee oder so was.»

Er nahm mich am Arm. Wieder schüttelte ich seine Hand ab. Meine Knie schlotterten, ich war wütend.

«Der Typ in dem Film hat behauptet, in den USA seien alle bewaffnet und würden auf Fremde schiessen, bevor sie auch nur fragten, was man will und so. Aber die Kanadier, ha! Die Kanadier, das sind die freundlichen Leutchen, die nie ihre Tür abschliessen und jeden Fremden mit Kuchen und Tee empfangen und überhaupt gar nie mit Schusswaffen herumfuchteln.»

«Lou, bitte –»

«Alles erstunken und erlogen! Erstunken und erlogen!»

«Beruhige dich doch endlich.»

Die Tür der Blockhütte öffnete sich wieder, und der Typ kam nach draussen. «Ihr geht es jetzt besser.»

Ich nickte ihm zu und wollte gehen, Philipp hielt mich zurück. Ich konnte nun sehen, dass unser Retter die Uniform der Parkaufseher und Wildhüter trug.

«Eine Frage noch: Was meinte sie damit, dass wir ihr alles verbieten wollen, die Jagd und ihre Kultur?», fragte Philipp.

«Tut mir leid, die alte Meg bringt alles durcheinander: die Typen vom Naturschutz, die Ranger, die Gesundheitsbehörden, die Ökofritzen und Weltverbesserer aus der Stadt. Alles dasselbe.»

Er kaute auf einem Klumpen, dann spuckte er eine braune Brühe aus. Kautabak, nahm ich mal an.

«Allerdings gibt es da das Gerücht, man solle nicht mit euch reden. Es heisst, man solle euch Typen von Health Canada nichts erzählen. Ihr beiden seid doch von Health Canada, nicht?»

«Das stimmt.»

«Wenn Health Canada sich einmischt, dann wird das Jagen verboten. Behaupten manche. Ich weiss nicht, ob das stimmt, aber gottverdammt, es sind bereits zu viele gute Leute gestorben. Zum Teufel mit der Jagd.»

«Was hat denn unsere Untersuchung mit der Jagd zu tun?», fragte Philipp.

«Alles hier hat mit der Jagd zu tun. Fragen Sie nicht mich, ich habe keine Ahnung.»

Philipp bedankte sich für die Hilfe, und endlich verliessen wir den Ort. Meine Knie schlotterten noch immer so stark, dass ich sie zusammenpressen musste.

«Ich brauche einen Schnaps», sagte ich.

«Tut mir leid. Ich war mir sicher, dass sie nicht schiesst.»

«Sie war schwer betrunken, Philipp. Sie wusste doch selbst nicht mehr, was sie tat. Wo gibt es hier im Umkreis von hundert Kilometern eine Bar?»

«Keine Sorge, ich weiss, wo wir hinkönnen.»

Wir fuhren nicht weit. Der nächste Ort bestand mehr oder weniger aus einer Strasse. Am Ende des Ortes machte ein grosses Schild auf ein Restaurant mit Bar und Raucher-Lounge aufmerksam. Der grosse Parkplatz war halb leer. Das Haus war neu und unpassend für die Gegend, in Rosa und Weiss mit falschem Marmor, ein richtig edler Schuppen. Wir betraten die Bar, nachdem wir uns in der Toilette etwas gesäubert und zurechtgemacht hatten.

«Haben Sie Whisky? Einen doppelten, bitte», bestellte ich das erste Mal in meinem Leben und fühlte mich wie in einem alten Film.

«Und mir eine Cola Rum», sagte Philipp.

Der Mann an der Bar starrte uns an, als ob er kein Wort verstanden hätte. Wir versuchten es in französischer Sprache. *Un double Whisky* tönt aber gar nicht toll.

«Indianer bekommen hier keinen Alkohol», sagte der Mann mit einer überdeutlichen Diktion, als ob er es mit Taubstummen oder geistig Behinderten zu tun hätte.

Einen Moment musste ich überlegen, in welcher Sprache der Typ gesprochen hatte und was diese Wörter für eine Bedeutung hatten. Philipp hatte mich bereits am Arm gepackt. Sein Gesicht war unbeweglich, aber an der Heftigkeit seines Griffs erkannte ich seine Wut.

«Meinen Sie etwa uns?», fragte ich. «Wir sind Schweizer.»

«Und ich bin aus China. Haut ab, bevor es Ärger gibt. Ich sage das im Guten.»

Diesmal liess ich mich von Philipp mitziehen. Als wir wieder im Auto sassen, fasste ich nach seinem Arm.

«Indianer? Er hat dich als Indianer bezeichnet. Der spinnt ja.»

Philipp zuckte mit den Schultern, dann lächelte er völlig unerwartet. «So geht's mir ab und zu. Falls du dir mein Gesicht schon mal angeschaut hast, ist dir vielleicht aufgefallen, dass ich diese superattraktiven Wangen habe. Winnetou-mässig.»

«Und deshalb gibt er dir keinen Alkohol? Ist das überhaupt legal?»

«In seiner Bar kann er tun und lassen, was er will.»

«Winnetou war aber kein Alkoholiker.»

«Würde er heute leben, dann wäre er es. Komm, suchen wir uns eine andere Beiz.»

***

Im nächsten Ort, fünfundzwanzig Kilometer weiter, bekamen wir das Gewünschte. Was sich im Nachhinein als Pech erwies. Einen doppelten Whisky auf nüchternen Magen kann ich nicht empfehlen.

Der Ort war schäbig, die Bar «Chez Mimi» ebenfalls. Aber vollgestopft mit lauten Leuten, toten Tieren und vielen leeren Flaschen. Die Leute standen an der vier Meter langen Bar und an kleinen Tischen, die Tiere hingen an der Wand. Ich sah einen Elch, zwei Bären, einen Hirsch und etwas ziemlich Verlaustes, das vielleicht einmal ein Wolf gewesen war.

Der Mann an der Bar, ein Hüne mit langem schwarzem Haar, das zu einem Rossschwanz gebunden war, und auffallend kunstvollen Tätowierungen an jeder sichtbaren Hautstelle, begann sofort ein Gespräch mit uns und schien ein ebenso neugieriger wie aufgeschlossener Mensch zu sein. Als er hörte, dass Philipp Vorfahren unter den Cree hatte, begann er von seiner eigenen Lebensgeschichte zu sprechen. Er war ein hundert Prozent Stellat'en, eine Tatsache, auf die er offensichtlich stolz war.

Der Whisky machte mich mutig, und so wagte ich zu fragen, ob der Name Stella etwas mit den Sternen zu tun habe. Der Tätowierte lachte vergnügt, während Philipp neben mir zusammenzuckte, als ob ich die Queen von England nach ihrer Slipeinlage gefragt hätte. Dann erklärte er mir, dass Stellat'en «Volk von Stella» heisse und Stella der schönste Fluss der Welt sei.

«Sind Sie nicht zum Angeln hier? Der Stella ist berühmt für seinen Lachs. Mein liebster Platz ist drei Kilometer nordwärts am Red Deer Creek. Waren Sie etwa noch nie am Stella?»

«Wir sind gerade erst angekommen», sagte Philipp.

«Ich bin hier aufgewachsen», erzählte der Tätowierte. «Dann Militär und überall ein wenig im Einsatz. War bei den Tauchern. Habe auf Ölplattformen gearbeitet. Harte Arbeit, aber gutes Geld, sehr gutes Geld. Meine Frau war nicht so begeistert. War ja immer weg. Monatelang. Sie hat ein Kind bekommen, nicht von mir. War mir egal, aber sie wollte nicht mehr. Habe angefangen zu saufen, Job verloren. War ein Jahr in Argentinien, dann in Europa. Habe in einer Bar in Marseille gearbeitet. Seither habe ich den Spitznamen.»

Als er unsere fragenden Gesichter sah, lachte er. Ein anderer Gast mischte sich ein. «Das ist Mimi. Sagen Sie ihm nur nie, dass er nicht so aussähe.»

Lautes Gelächter ringsum. Überhaupt herrschte eine überaus fröhliche Stimmung, was vielleicht auch mit dem generellen Alkoholpegel zu tun hatte. Mimi schenkte zwei weitere Biere aus, dann wandte er sich wieder uns zu.

«Unsere Kultur existiert nicht mehr», fuhr er fort. «Unser Volk existiert nicht mehr. Da gibt es nur noch zwei, drei alte Leute, die die Sprache sprechen. Ich verstehe kein Wort Dakelh. Es ist vorbei.»

Er sagte das mit einer seltsamen Befriedigung. Empfand dieser Mann keinen Schmerz, kein Bedauern? Einer der Ranger bestellte ein Molson, und Mimi öffnete mit einer einzigen fliessenden Bewegung die Flasche, schenkte ein und schob das Gewünschte vor den Mann.

«Die jüngere Generation schaut nach vorn, nicht zurück», nahm er den Faden unseres Gesprächs wieder auf. «Wir sind Kanadier, genau wie die weissen Europäer, die eingewandert sind. Wir wollen gute Schulen für unsere Kinder, Jobs von acht bis fünf, und zwar hier und nicht in Vancouver, Toronto oder

New York. Wir wollen genug Geld, um ab und zu das Leben geniessen zu können. Und wir wollen daran beteiligt sein, wenn unser Land genutzt wird.»

«Das heisst, Sie sind für die Pipeline?», fragte Philipp.

«Natürlich bin ich für die Pipeline. Und niemand, der alle fünf Sinne beisammen hat, kann dagegen sein. Ausser die Ökofritzen aus New York, Toronto oder Vancouver. Die haben keine Ahnung davon, was es heisst, hier zu leben.»

«Ich bin auch dafür. Für die Pipeline. Wir brauchen sie», mischte sich ein etwa dreissigjähriger Mann mit bereits ziemlich undeutlicher Aussprache ein, der seine schwarzen Haare zu Zöpfen gebunden hatte. Seine Haare sahen irgendwie unecht aus, als ob er eine Perücke tragen würde.

«Wir brauchen die Pipeline wie einen Pickel aufm Arsch», kam ein Kommentar von einem der nahe stehenden Tische.

«Du hast keine Ahnung, schwachsinniger Trottel. Wie viele Schuljahre hast du besucht? Zwei? Oder waren es sogar drei?»

Als wäre es eine eingespielte Szene, erhoben sich beide Männer mehr oder weniger schwankend und stellten sich dicht voreinander auf. Einige der Gäste schoben ihre Stühle etwas weg von den beiden Kontrahenten, aber niemand schien im Geringsten beunruhigt.

«Schule?», brüllte der als Trottel Verhöhnte. «Bei unserer Schule geht es doch nur darum, uns so weit zu bringen, dass wir alles glauben, was die Regierung erzählt. Dass wir Ja und Amen sagen zu allem, dass wir als Kanonenfutter dienen. Hast du das gelesen wegen Pisa? Ist doch alles Scheisse.»

«Pisa? Was redest du von Pisa? Du warst ja noch nie ausserhalb von Kanada … Du hast überhaupt keine Ahnung von gar nichts und redest von Pisa. Weisst du überhaupt, wo das ist, dieses Pisa?»

Die beiden Männer waren etwa gleich alt, sahen sich überhaupt sehr ähnlich, nur dass der eine diese Perücke trug und der andere seine Haare kurz geschoren hatte.

«Halt's Maul! Du bist selber der Trottel. Wer ist letztes Jahr in die Scheune geknallt und hat sich beide Beine gebrochen? Du wolltest den Airbag testen, hast du gesagt. Nur hast du im Suff das falsche Auto erwischt. Und das hatte keinen Airbag.»

Alles lachte. Auf meiner rechten Seite hatte sich eine alte Frau an den Tresen gestellt. Sie hatte langes weisses Haar. Es sah prachtvoll aus.

«Das sind Nachbarn», raunte sie mir zu. «Kennen sich seit dem Krabbelalter. Und haben sich schon damals verprügelt. Trottel, beide.»

Als ob sie es gehört hätten, gingen sich die beiden an die Kehle. Sie würgten sich gegenseitig, und der mit den Zöpfen versuchte, den anderen gleichzeitig zu treten, was nicht gelang, da sie sich viel zu nahe standen. Die Köpfe wurden immer röter, die Hälse dicker. Ich begann mir ernsthaft Sorgen zu machen, als eine Frau die Bar betrat und sich die Stimmung schlagartig änderte. Sie war klein, drahtig, mit langen grauen Haaren, die ihr offen über den Rücken flossen. Sie wirkte unscheinbar, aber offensichtlich hatte sie eine starke Wirkung auf die Anwesenden. Die Leute richteten sich auf, zogen verrutschte T-Shirts gerade, eine junge Frau schlug die Hand eines Mannes weg, die seit mindestens einer Viertelstunde auf ihrem blossen Schenkel lag. Die grauhaarige Frau trat neben die beiden Streithähne. Sie standen da, erstarrt, wie ein Stillleben aus der Hölle, ein Gemälde von Bruegel, die Hände noch immer am Hals des Kontrahenten, die Gesichter rot.

«Du hast versprochen, deinem Sohn bei den Hausaufgaben zu helfen», sagte die Frau zu dem Typen mit den Zöpfen. «Komm jetzt.»

Die Männer lösten sich aus ihrer Erstarrung, verabschiedeten sich voneinander, als ob nichts geschehen wäre. Die grauhaarige Frau und der Bezopfte verliessen zusammen die Bar. Erst da fiel mir auf, dass es unnatürlich still geworden war, als ob alle Anwesenden den Atem angehalten hätten. Es wurde langsam wieder lauter.

«Wer war das?», fragte ich die alte Frau neben mir.

«Rosina Benedetti. Sie hat in der Armee gedient. Sie ist die einzige Frau, die hier noch auf die Jagd geht. Wahrscheinlich die beste Jägerin, die wir je hatten. Hundert Prozent Saik'uz. Lebt traditionell.»

«Und was bedeutet das?»

«Darauf gibt es viele verschiedene Antworten.» Sie lachte. «Fragen Sie das statistische Amt, die definieren das ganz genau.»

«Ich frage Sie.»

«Mmh. Es geht um die Jagd. Dass man auf die alte Art lebt. Also, dass man nicht zum Vergnügen jagt oder um zu zeigen, dass man ein richtiger Mann ist, sondern weil man das Fleisch braucht, um zu leben. Man verwendet alles, verschwendet nichts. Und dann geht es natürlich auch um die Sprache, die Musik, Gesänge, Heilrituale und so, aber es geht vor allem um die Jagd, wenn Sie mich fragen.»

«Was halten Sie von dieser rätselhaften Krankheit, von der die Menschen in Fort Fraser betroffen sind?», fragte Philipp.

«Furchtbar.» Sie schüttelte mit bekümmerter Miene den Kopf. «Einfach nur furchtbar. Ich kann nicht verstehen, weshalb man nicht endlich herausfindet, was los ist. So viele gute Leute sind schon gestorben. Die meisten habe ich gekannt. Vor ein paar Tagen starb die alte Alice Solonas. Sie kannte alle Geschichten ihres Volkes, hatte einen unglaublich reichen Wortschatz. Aber eine Giftspritze, wenn ich je eine kannte. Führte ein strenges Regime in ihrer Familie.»

«Haben Sie eine Vermutung, eine Ahnung, was diese Krankheit auslöst?», fragte ich.

«Nein, gar keine. Es ist mir ein Rätsel. Das Einzige, was ich wirklich speziell finde, ist, dass bisher fast nur Leute von der Little Creek Band krank geworden sind. Das ist merkwürdig.»

«Warum finden Sie das merkwürdig?»

«Na, überlegen Sie doch mal. Wir leben hier alle nahe beisammen und miteinander. Und wir leben auch alle ziemlich ähnlich. Die Jungen sind arbeitslos, alle trinken zu viel, die Kinder gehen zur Schule, lernen Englisch, und alle sind Fans der Canucks.»

«Was sind die Canucks?», fragte ich.

«Nicht was, sondern wer. Sie haben aber wirklich keine Ahnung von Kanada. National Hockey League? Schon mal davon gehört?»

Ich nickte hastig.

«Nun gut. Also – warum zum Teufel werden die Leute der Little Creek Band krank und die Angehörigen der anderen Bands nicht? Und warum die Weissen nicht? Die Schwarzen? Oder die Asiaten? Hat das was mit den Genen zu tun?»

«Wenn die Familien miteinander verwandt sind und untereinander geheiratet haben, können Gene keine Rolle spielen», sagte Philipp.

«Es gibt natürlich viele Familien, die nur innerhalb der eigenen Band heiraten und ...» Sie hielt abrupt inne und musterte Philipp mit zusammengekniffenen Augen. «Was machen Sie eigentlich hier in der Gegend? Urlaub?», fragte sie.

Während ich mir eine Antwort überlegte, fuhr sie bereits fort. «Wollen Sie einen Jagdausflug buchen? Wir haben hier tolle Jagdgründe. Fraser Lake ist berühmt für seine Bären und natürlich für Karibu, Elch – was Sie wollen. Sie sollten mal Hank Horseshoe kennenlernen. Er ist der beste Jäger weit und breit, hat eine eigene Firma, feine Sache. Letzten Sommer hat er meinen Neffen angestellt, hat dem Jungen gutgetan. Ist nicht einfach, hier aufzuwachsen, wissen Sie. Es gibt wenig zu tun für die jungen Leute.»

Sie schaute sich in der Bar um. Winkte einem Bekannten zu. «Sie haben Pech, Hank ist nicht hier.»

Ich lächelte, heilfroh, dass wir Pech hatten. Noch einmal Horseshoe nach all dem, was wir an diesem Tag erlebt hatten, wäre eindeutig zu viel gewesen.

«Schuld an dem ganzen Scheiss sind die Leute aus den Städten», kam von hinten eine laute Stimme. Männlich, grob, zornig. «Die Typen machen hier irgendein dreimonatiges Praktikum, Bärenspuren vermessen, Gänseohren zählen oder Giftschlangen einsammeln und so Zeugs. Und dann wollen sie uns sagen, wie wir den Park führen müssen.»

«Gänseohren zählen! Das ist gut.»

Es wurde kräftig gelacht.

«Die wollen, dass wir hier eine Art Natur-Disneyland werden. Toll für die Städter, schlecht für uns. Wir müssen die Ressourcen hier erschliessen, oder wir gehen vor die Hunde, so einfach ist das.»

«Und deshalb sage ich euch –», hörte ich eine weitere Stimme, die aber sofort unterbrochen wurde.

«Sage ich euch? Ja, bist du denn der Papst oder was?»

«Halt's Maul!»

«Halt selber dein Drecksmaul! Was mischst du dich überhaupt in unsere Angelegenheiten ein? Deine Mutter war doch eine Knochenfresserin, stimmt's?»

Die alte Frau neben mir machte sich wieder die Mühe zu erklären. «So nennen wir Stellat'en die Leute von der Takla Lake Band. Wir haben seit jeher ein schlechtes Verhältnis zueinander, obwohl wir Nachbarn sind. Keiner weiss mehr, warum.»

«Und wie steht es mit deinen Grosseltern?», fragte der mit der Knochenfresser-Mutter empört. «Stammen die nicht aus Schottland? McSoundso. Und französische Vorfahren hast du doch auch. Hör auf mit deinen Ahnen. Du bist etwa so reinrassig wie die Huskys von Bernadette Lowe.»

Allgemeines Gelächter folgte.

«Ich habe gehört, einer der Ranger lebe bereits seit dreissig Jahren hier», wagte sich Philipp vor.

«Jim Jarmusch?»

Jim Jarmusch! Jetzt wusste ich wieder, an wen mich der Ranger bei Meg Nipshank erinnert hatte. Natürlich … der Typ sah genau aus wie Jarmusch.

«Alle nennen ihn so, denn er sieht aus wie dieser Filmemacher. Ein guter Mann, das stimmt. Seine Grossmutter stammt aus der Gegend. Die Familie ist dann nach Vancouver gezogen. Er ist also ein Viertel Stellat'en. Er gehört zu uns.»

Mit einmal hatte ich genug von diesem Gerede. Ein Viertel-Stellat'en? Reines und vermischtes Blut? Das war doch total rassistisch, dieses Getue von wegen Abstammung und Blutlinien. So hatten die Nazis über Arier und Juden geredet. Ich murmelte etwas, dass ich Luft schnappen müsse, und verliess fluchtartig die Bar.

***

Draussen war es überraschend kalt, ruhig und dunkel. Ich hielt einen Moment inne. Als ich schwach die Konturen der Strasse und eines Fusswegs um das Haus herum erkennen konnte, lief ich los. Ich brauchte Bewegung, ich wollte meinen Körper spüren und saubere Nachtluft in meine Lungen bekommen. Die Strasse lief an einer lang gezogenen Scheune entlang. An deren Ende hörte ich das Glucksen eines kleinen Bachs und erkannte gerade rechtzeitig einen Graben vor mir, wo die Strasse endete. Ein schmaler Fussweg bog gegen rechts, weg von der Strasse. Mehr trotzig als mutig ging ich weiter. Meine Schritte knirschten laut auf dem Kies. Ich blieb stehen und lauschte. Es schien, als ob ich das einzige Wesen auf der Welt war. Nur mein Atem war zu hören. Unheimlich.

Von weit her ertönte das Muhen von Rindern. Fast wie zu Hause, versuchte ich mich zu beruhigen. Und: Da, wo man Rinder hält, gibt es wahrscheinlich keine Bären. Oder doch? Ich schalt mich eine ängstliche Tussi und ging weiter. Der Weg wurde zunehmend uneben, ich musste mich mit den Füssen quasi vorwärtstasten. Als Stadtmensch bin ich eine solche Dunkelheit nicht gewohnt. Was machte ich eigentlich allein hier draussen?

Ich holte tief Luft, blieb stehen und schaute nach oben zum Himmel. Kein einziger Stern war zu sehen. Ich ging weiter. Die Dunkelheit vor mir wirkte dichter, dunkler als die restliche Nacht. Ich atmete den würzigen Duft von Harz. Ein Wald, wahrscheinlich Fichten. Mit jähem Schreck drehte ich mich um und vergewisserte mich, dass ich das Licht von Mimis Bar noch sehen konnte. Ja, da war es, aber klein, winzig klein. Und um mich war nur schwärzeste Schwärze. Ich kehrte um und stolperte nach wenigen Schritten über einen grossen Stein, schürfte mir schmerzhaft das Schienbein auf und fluchte laut. Ein Rascheln liess mich jäh verstummen. Etwas war da im Wald, rechts neben mir. Ganz nahe. Ein schnaubendes Schnaufen. Viel zu nahe.

Meine Haare stellten sich auf. Das Krachen von zerbrechenden Ästen. Etwas bewegte sich. Ich schrie auf. Ein Bär, dachte ich, ich darf nicht rennen. Ein Schwarzbär? Auf keinen Fall rennen, auf gar keinen Fall rennen! Ein tiefes Knurren. Ich machte einen Satz und rannte los, rannte in Richtung des rettenden Lichtscheins, rannte, bis ich mit voller Wucht in einen Zaun knallte, der vorher ganz sicher noch nicht da gewesen war. Ich landete auf spitzen Steinen, benommen, verletzlich. Da packte mich etwas am Oberarm. Ich schrie erneut, versuchte mich zu befreien.

«Doucement, doucement, jeune femme», hörte ich eine tiefe Stimme brummen.

«Mimi?», keuchte ich.

«Ebender. Nur die Ruhe, junge Frau.»

«Da war ein Bär.»

Er schüttelte den Kopf. «Nein, kein Bär. Sonst hätte Jules, mein Wolfshund, angeschlagen.»

«Aber ich habe ihn gesehen.»

«Mmh … wie gross war er denn, dieser Bär?»

Ich hörte seiner Stimme an, dass er sich über mich lustig machte. Mit einmal kam ich mir lächerlich vor. Ich rappelte mich auf und versuchte, meinen keuchenden Atem zu beruhigen. Ich zitterte. Mimi zupfte ein Blatt aus meinen Haaren. Seine Hände rochen nach Tabak. Was machte er eigentlich hier draussen? Hatte er mich gesucht?

«Er war sehr gross. Oder jedenfalls war er sehr laut», sagte ich und bemühte mich um einen festen Ton.

«Wahrscheinlich war es ein Waschbär. Kommen Sie. Sie sollten nicht allein in dieser Dunkelheit herumlaufen.»

***

Wir fuhren zurück ins Motel. Philipp setzte sich vor den Fernseher und ass ein vertrocknetes Sandwich. Ich hatte keinen Hunger. Mein Schienbein schmerzte von dem Sturz. Philipp desinfizierte die Schramme, und ich genoss den kleinen Moment körperlicher Nähe, auch wenn es nur darum ging, dass er mir Salbe aufs Bein schmierte. Sandy rief an. Sie hatte bereits von Vanessas Tod erfahren und auch von unserer Begegnung mit ihrer Mutter. Philipp stellte auf laut, sodass ich mithören konnte.

«Meg ist stundenlang neben dem Leichnam ihrer Tochter gesessen, halb wahnsinnig vor Schmerz. Sie hat niemandem was gesagt. Nicht einmal ihrer Familie.»

«Schrecklich, die Arme», sagte Philipp voller Mitgefühl. Ich dachte an das Gewehr in Megs Arm und an die Scheiss-Angst, die ich ihretwegen erlebt hatte, und schwieg. Sandy bat uns, morgen um acht Uhr ins Zentrum zu kommen, und wünschte uns eine gute Nacht. Ich ging duschen und schlief ein, sobald ich im Bett lag.

Kurz vor halb zwölf wurden wir durch einen zweiten Anruf von Sandy geweckt. Die kleine Amy war zwei Stunden zuvor gestorben. Sandy weinte.

VIER

Den Rest der Nacht verbrachten wir wach. Ich hätte mich gern an Philipp angekuschelt, an seinem mageren Körper Trost gesucht, aber ich wagte es nicht. Wir lagen beide in unseren Betten, während sich die Gedanken im Kreis drehten.

Gegen Morgen musste ich doch noch einmal eingenickt sein, denn der nächste Anruf riss mich aus einem komaähnlichen Zustand, aus dem ich mich minutenlang kaum befreien konnte. Ich sagte immer nur «was?», «was?», während Philipp erregt auf jemanden einredete und ich seinen Zorn deutlich wahrnahm, seine Worte aber nicht verstand. Philipp zog sich hastig an und war weg, bevor ich wusste, was geschehen war. Ich rappelte mich auf, spritzte mir kaltes Wasser ins Gesicht und versuchte, Philipp und anschliessend Sandy zu erreichen. Zu Fuss hätte ich sicherlich eine halbe Stunde zum Gesundheitsdienst benötigt, und woher konnte ich wissen, dass ich die beiden dort finden würde? Ich fluchte über meine Hilflosigkeit und über Philipp, der mich einfach so hocken liess. Ich hasste das Gefühl, warten zu müssen und nicht zu wissen, was los war.

Gegen halb zehn war Philipp endlich zurück. Ich hätte ihn am liebsten angeschrien, aber sein Gesichtsausdruck stoppte mich.

«Was ist geschehen?»

«Wir sind draussen.»

«Was soll das heissen?»

«Ich wurde zurückgepfiffen. Und das ist das Ende dieser Geschichte für mich. Für uns.»

«Was meinst du mit zurückgepfiffen? Und wer war das eigentlich heute Morgen?»

«Das war Eva Freshwater, meine Vorgesetzte bei Health Canada. Sie hat mich aufgefordert, unverzüglich nach Montreal zurückzukehren. Ich habe ihr gesagt, dass ich mitten in den ersten Abklärungen stecke. Dass diese Krankheit eine hohe Sterblichkeitsrate aufweise und immer mehr Menschen von der Little Creek Band betroffen seien. Ich habe ihr auch gesagt, dass das ganze Volk aussterben könnte, wenn nicht endlich etwas geschieht. Eva meinte, das sei ihr alles bekannt, aber die Kontrolle des Geschehens liege von jetzt an beim regionalen Gesundheitsdienst der ‹First Nations and Inuit›. Das sei eine Weisung von ganz oben, hat sie gesagt. Das war alles.»

«Eine Weisung von ganz oben? Was soll denn das bedeuten?»

«Woher soll ich das wissen, verdammt noch mal? Eva und ich hatten einen hässlichen Streit. Ich bin dann zu Sandy gefahren. Sie wusste bereits Bescheid. Der Stammesrat hat sich gestern Abend getroffen, und Horseshoe, dieses blöde, ignorante, sture Arschloch, hat die anderen davon überzeugt, dass sie auf unsere Hilfe verzichten wollen.»

«Aber Sandy –»

«Der Stammesrat hat das Recht auf Selbstbestimmung, das ist gesetzlich so geregelt. Sie nehmen dieses Recht in Anspruch.»

«Aber Sandy hat ihnen doch sicher gesagt, dass sie Hilfe braucht.»

«Die Ratsmitglieder haben Sandy nicht mal angehört, bevor sie die Entscheidung getroffen haben. Als ich in den Gesundheitsdienst kam, war sie gerade dabei, ihre Kündigung zu schreiben. Sie war so wütend. Aber dann hat sie lange mit Betty McMahon telefoniert. Sie könne ihre Leute jetzt nicht im Stich lassen, meinte sie. Und dann bin ich gegangen. Es ist eine Katastrophe. Und mir sind die Hände gebunden. Weisung von ganz oben, wenn ich das nur schon höre. Und gleichzeitig sterben hier ganze Familien.»

«Aber was ist, wenn sich diese Epidemie ausbreitet? Sollte Health Canada nicht zumindest abklären, was die Ursache dieser Krankheit ist? Und damit auch andere Menschen davor schützen?»

«Du meinst, das wäre ein Argument, um meine Chefin umzustimmen? Vergiss es! Wenn Madame Freshwater ein Ziel in ihrem Leben hat, dann ist es, niemandem auf die Zehen zu treten und sich keinen Ärger einzuhandeln.»

«Mmh, nicht so toll.»

«Ich muss hier raus», sagte er, packte seine Jacke und verschwand. Ich beobachtete ihn, wie er mit grossen, wütenden Schritten quer über den Parkplatz des Motels lief und in dem angrenzenden Wald verschwand.

Warum hatte ich mir bloss Philipps Leben und Arbeiten hier in Kanada so glanzvoll vorgestellt? Als er mir vor einem Jahr das erste Mal von dem Angebot erzählt hatte, war ich überzeugt gewesen, dass dies eine einmalige Chance für ihn darstellte. Und Amerika hatte für mich immer noch den Glanz ungeahnter Möglichkeiten gehabt, die Neue Welt eben. Sehr naiv.

Zwei Stunden später war Philipp zurück. Seine Wut war verpufft, als ob man die Luft aus einem Ballon herausgelassen hätte.

«Was mich fertigmacht, ist, dass ich hier völlig nutzlos bin», sagte er, während er eines seiner Hemden zusammenlegte und in den Koffer packte. «Ich bin hierhergekommen und habe gemeint, ich könne etwas für meine Leute tun, für die First Nations. Sie haben von Gesundheitsförderung gesprochen und mich aufgefordert, ein Präventionsprogramm für die Alten zu entwickeln. Ich war begeistert.»

«Ich weiss, Philipp, ich war ja dabei. Ich habe gedacht, eine solche Chance hat man nur einmal im Leben.»

«Aber dann war ich von Anfang an handlungsunfähig, eingeklemmt zwischen der nationalen Gesundheitsbehörde und dem unabhängigen Gesundheitssystem der First Nations, Inuit und Mestizengruppen. Und weisst du, was das Übelste ist? Meine Chefin hat das bewusst so geplant. Es war ihr vollkommen klar, dass ich nie auch nur das kleinste Gesundheitsprogramm würde realisieren können. Es ging nur darum, einen Trottel mit Diplom zu finden, der stillhält und dafür sorgt, dass kein Ärger entsteht, der Alibi-Indianer im Verein. Ich werde dafür bezahlt, nichts zu tun und darüber hundertseitige wohlformulierte Berichte zu schreiben, in denen in jedem zweiten Satz steht, wie effizient und effektiv unsere Arbeit ist. Das gibt einem so richtig das Gefühl, etwas Sinnvolles zu tun, findest du nicht?»

«Das wusste ich nicht.»

«Du hast dich ja auch nicht dafür interessiert, was ich hier mache. Ich habe seit Monaten keinen einzigen Patienten mehr behandelt. Du kennst mich. Ich brauche diesen Kontakt, ich bin gut mit Patienten, vor allem mit alten Menschen. Das ist das, was ich kann. Nichts anderes.»

Er sackte noch mehr zusammen. Ich musterte ihn wortlos, seine herabhängenden Schultern, seine Magerkeit, den bitteren Zug um seinen Mund. Ein Häufchen Elend, wie meine Grossmutter gesagt hätte. Er presste die Daumen an seine Schläfen und schloss einen Moment die Augen. Seine berufliche Situation war alles andere als erfreulich, das war mehr als klar. Aber da war noch mehr, was ihn belastete ... es war, als ob ihn aller Lebensmut verlassen hätte.

***

Wir packten und nahmen den Zug zurück nach Prince George. Ich fühlte mich unruhig und niedergeschlagen. Wir verliessen unverrichteter Dinge eine völlig chaotische Situation, eine lokale Epidemie, von der weder die Ursache bekannt war noch die Mittel, wie man eine weitere Verbreitung der Krankheit verhindern könnte. Wir liessen Sandy im Stich, genauso wie die erkrankten Menschen. Wenn ich an Amy und ihre Familie dachte, wurde mir übel. Es war doch nicht möglich, dass man dieses Sterben einfach hinnehmen musste. Und dies auf Befehl ihres eigenen Stammesrats. Das war grotesk. Eine einzige Katastrophe.

Eine Weile kaute ich auf dem Gedanken herum, dass diese Leute selbst für sich verantwortlich waren, dass es ihnen ja gerade darum ging. Dann mussten sie eben auch die Konsequenzen tragen ... aber verdammt, was hatte Amy dafür und alle übrigen, die krank geworden waren.

Der Stammesrat hatte unverantwortlich entschieden, aus einem falschen Stolz heraus. Aber was wusste ich schon über die Hintergründe dieser Entscheidung. Vielleicht war diese katastrophale Situation erklärbar durch das kollektive Trauma, das die Stellat'en erlebt hatten, und ihren starken Willen, sich ihre wiedererkämpfte Selbstbestimmung nie mehr einschränken zu lassen.

Philipp tat mir leid. Sein ganzer Elan war wie ausgelöscht. Er sah aus, als ob er in einem dunklen Loch gefangen wäre.

Einige Stunden später schien er sich mit einmal daran zu erinnern, dass ich neben ihm sass.

«Schöne Ferien verbringst du hier in Kanada», sagte er mit einem angestrengten Lächeln. «Es tut mir leid.»

«Und wie geht es jetzt weiter?»

Philipp holte tief Luft und zwang seine Mundwinkel noch weiter nach oben.

«Wir machen Ferien. Du wolltest doch Eulen sehen, nicht?»

Ich nickte.

«Wir gehen nach Montreal, ich muss noch schnell ins Büro und packen, und dann fliegen wir nach Vancouver zu den Schnee-Eulen. Und danach geht's zu den Kermodebären.»

«Sind das Grizzlys?»

Philipps Gesicht bekam wieder etwas Farbe, die starren Gesichtszüge belebten sich.

«Sie zählen zu den Schwarzbären, ihr Fell ist crèmefarbig oder sogar ganz weiss. Sie sind sehr selten, und ich finde sie wunderschön. Die meisten Kermodes leben auf Gribbell Island. Die Gitga'at nennen sie Mooksgm'ol, Spirit Bears, und verehren sie als heilige Bären. Einmal in meinem Leben möchte ich einen dieser heiligen Bären sehen. Das habe ich mir bereits als kleiner Bub gewünscht.» Und dann in deutlich trotzigem Ton: «Jetzt habe ich ja Zeit dazu.»

«Wie viele Bärenangriffe gibt es eigentlich pro Jahr in Kanada?»

«Wenn man sich korrekt verhält, passiert nichts.»

«Du hast meine Frage nicht beantwortet.»

«Ich habe keine Ahnung, Lou. Aber ich weiss, wie man sich verhalten muss, falls einer angreifen sollte, und wenn es dir lieber ist, nehmen wir für unsere Bärenbeobachtung einen Führer.»

«Wie muss man sich denn verhalten?»

«Das kommt darauf an, ob es sich um einen Schwarzbären oder einen Grizzly handelt. Wenn es ein Schwarzbär ist, der angreift, solltest du möglichst gross und wehrhaft wirken und Lärm machen. Wenn es ein Grizzly ist, dann stell dich tot, mach dich klein, roll dich zusammen und versuche, Gesicht und Bauch zu schützen. Meist lassen sie dich nach ein paar Minuten in Ruhe.»

«Nach ein paar Minuten? Soll das ein Witz sein? Und wie soll ausgerechnet ich mich gross machen? Ausserdem: Wie unterscheidet man einen Schwarzbären von einem Grizzly? Die Fellfarbe scheint nicht hilfreich zu sein.»

«Ein Ranger hat mir einmal gesagt: Wenn dir der Bär riesig vorkommt, ist es ein Schwarzbär. Wenn er nochmals einen Meter grösser ist, dann ist es ein Grizzly.»

Ich schnaubte empört, und Philipp versuchte mich erneut davon zu überzeugen, dass Bärenangriffe extrem selten vorkamen und praktisch unmöglich waren, wenn man sich richtig verhielt.

«Du hast mir doch mal erzählt, dass amerikanische Touristen ihre Europaferien nicht angetreten haben, nachdem in den USA eine Reportage über die offene Drogenszene am Platzspitz ausgestrahlt worden war. Sie hatten Angst, in Florenz, Paris oder Luzern von einem Zürcher Junkie angegriffen und mit Aids angesteckt zu werden. So kommst du mir im Moment vor, Lou.»

Das sass, das konnte ich nun nicht auf mir sitzen lassen. «Also gut. Auf zur Gribi-Insel. Wenn ich gefressen werden sollte, verstreu meine Asche auf dem Col du Loup im Massif des Maures.»

Philipp lächelte. Diesmal war es ein echtes Lächeln. «Die Insel heisst Gribbell, nicht Gribi.»

***

Ich war eben erst in Philipps grässlichem Gästezimmer eingenickt, da wurde ich bereits wieder geweckt. Jedenfalls fühlte es sich so an.

«Unser Zug fährt in einer guten Stunde. Komm, steh auf.»

«Ich habe gemeint, wir fliegen.»
«Es gibt eine kleine Programmänderung. Wir müssen auf dem Weg noch schnell nach Toronto.»
«Ich will aber nicht nach Toronto. Ich will schlafen. Und dann zu den Schnee-Eulen.»
«Ein Kollege von ‹Toronto Public Health› hat mich angerufen. Sie haben dort einen Patienten, der ähnliche Symptome aufweist wie die Stellat'en in Fort Fraser, meint er. Robert Jungen heisst der Patient. Wir müssen hin.»
«Hast du schon vergessen, dass du nichts mehr mit der Geschichte zu tun hast?»
«Ich will dem nachgehen. Das ist doch sehr merkwürdig und auch beunruhigend, wenn in Toronto die gleiche Epidemie auftreten würde.»
Es nutzte nichts, das Kissen über den Kopf zu ziehen. Ich war definitiv wach. Ich setzte mich auf und versuchte zu verstehen, was Philipp erzählte.
«Wie kommen die Typen aus Toronto überhaupt auf dich? In Toronto gibt es doch wohl genug Ärzte, die sich darum kümmern können.»
«Ich habe vor einer Woche im Public-Health-Newsletter einen Aufruf verfasst, man solle sich bei mir melden, wenn man auf einen solchen Fall stösst. Komm, mach vorwärts, Lou. Ich will den Mann sehen.»
Ich gähnte.
«Und die Weisung von ganz oben?», fragte ich.
«Scheiss drauf. Ausserdem muss meine Chefin gar nichts davon erfahren.»
«Nach Toronto fahren nur für einen einzigen Patienten? Ist das nicht etwas übertrieben?»
«Es sind nur gute fünf Stunden mit dem Zug. Komm schon!»
«Ich will schlafen. Ich warte hier auf dich.»
«Toronto ist auf dem Weg zu den Schnee-Eulen. Ich habe bereits ein Anschlussticket von dort nach Vancouver gebucht.»
Einen Moment überlegte ich mir, ob ich wütend werden sollte, aber ich war noch immer zu müde dazu. Ich seufzte und

rappelte mich auf. «Ich brauche einen doppelten Espresso und etwas zu essen.»

«Kein Problem. Es gibt sogar French Croissants.»

«French Croissants? Und das von jemandem, der mal gesagt hat, das Québécois sei das vornehmste Französisch der Welt.»

***

Unser Zug fuhr in strömendem Regen Richtung Westen. Auf dem Weg zum Gare Centrale in Montreal hatte es bereits zu tropfen begonnen. Nach wenigen Minuten war ein stetiges Giessen daraus entstanden, das nicht so aussah, als ob es so bald wieder aufhören würde. Der Zug war neu, allzu gut gefedert und roch nach Plastik. Philipp und ich sassen nebeneinander, er hatte mir den Fensterplatz überlassen. Während wir aus Montreal hinausgeschaukelt wurden, schlief ich ein. Ich erwachte, als Kaffee serviert wurde. Der Zug fuhr jetzt sehr schnell. Draussen flog eine Landschaft vorbei, die grau und trostlos aussah. Es sah aus wie in der Schweiz bei Dauerregen, nur viel, viel, viel leerer. Kaum Strassen oder Häuser, keine Einkaufszentren oder Fabriken, kein Ikea, kein Bauhaus, Conforama oder andere Scheusslichkeiten mitten in einer ausgeräumten standardisierten Landschaft, die wir «im Grünen» oder «auf dem Land» zu nennen pflegen.

Hier war nichts davon, nur eine flache Leere. Die Leere war schwarz-grün, wenn wir Wälder durchquerten, und grau, wenn es sich um Weizenfelder handelte. Wobei Feld wohl kaum die richtige Grössenbezeichnung war. Die wenigen Häuser, die wir von der Zuglinie aus sahen, waren alle einstöckig und schlicht. Philipp las die Unterlagen zur Krankheitsgeschichte des Patienten, die er von seinem Kollegen aus Toronto erhalten hatte. Ab und zu machte er sich Notizen, verglich Laborwerte, dachte nach.

Ich nickte wieder ein und erwachte abrupt mit dem Gefühl, keine Luft zu bekommen. Philipp musste mich während des Schlafens beobachtet haben. Als ich meine Augen öffnete, ruhte sein Blick mit einem Ausdruck von Trauer auf mir, der mich zutiefst erschreckte. Seine Mimik wandelte sich so schnell, dass ich nicht sicher war, ob ich diesen Moment bloss geträumt hatte.

«Du hast eine halbe Stunde geschlafen, Lou.»

Er schaute mich an, fragend, dann begreifend, dass ich um seine Trauer wusste. Unsere Augen trafen sich. Es war das erste Mal seit meiner Ankunft in Montreal, dass er mich wirklich zu sehen schien. Sein Körper an meiner Seite, so nahe, wirkte schwerer, grösser, realer. Die Philipp zugewandte Seite meines Körpers fühlte sich wach und voll an, die Haut warm, als ob alles Bewusstsein dorthin geflossen wäre. Ein seltsam schönes Empfinden. Ich holte tief Luft, atmete langsam aus. Was auch immer Philipp umtrieb, ich wollte lieber seine Angst, seine Wut, seine Trauer als diese kalte Distanz, die ich bis zu diesem Moment erfahren hatte. Ich schloss die Augen, versuchte das Gespürte festzuhalten. So lange wie möglich.

Philipp erläuterte mir die Organisationsstruktur der kanadischen Gesundheitsbehörde, die geteilten Zuständigkeiten und die damit verbundenen Schwierigkeiten. Ich lauschte schon bald nur noch dem Klang seiner Stimme, eingelullt in die Möglichkeit einer Zweisamkeit, die ich bereits aufgegeben hatte.

«Hörst du mir überhaupt zu?», fragte er irgendwann verärgert.

Ich richtete mich auf, nahm einen Schluck des längst kalt gewordenen Kaffees und lächelte Philipp an. «Ich bin ganz Ohr. Erzähl weiter.»

Den Rest der Zugreise berichtete mir Philipp von einer Weiterbildung, die er bei einem traditionellen Heiler der Cree besucht hatte. Von dem enormen Wissen, das die First Nations über Heilungsprozesse haben, von ihrer Spiritualität und ihrer Weisheit. Ich unterdrückte jede kritische Bemerkung, hörte zu und versuchte zu verstehen, was in meinem Freund vorging. Er erinnerte mich an den Philipp, den ich kannte, und gleichzeitig war er mir fremd. Wie ein Text, den man in eine fremde Sprache übersetzt und wieder zurückübersetzt hat, und zwar grottenschlecht.

An unseren Weg durch Toronto kann ich mich zu meiner Schande kaum erinnern. Es regnete noch immer, ich war müde und verunsichert. Irgendwann standen wir vor der Haustür eines gepflegten Häuschens aus dunklem Stein in einer Reihe mit neun solchen schmalen Häusern, die alle gleich aussahen bis auf die unterschiedlichen Farben von Türen und Fensterläden.

***

Robert Jungen sah nicht so aus, als ob er noch lange zu leben hätte. Seine Haut war grau und von einem Schweissfilm überzogen. Die Augen, die nichts zu sehen schienen, waren tief in den Höhlen versunken. Speichel lief aus einem Mundwinkel. Frau Jungen, eine gepflegte, stark gebräunte Frau mit einer blonden Farrah-Fawcett-Löwenmähne, wie sie vor dreissig Jahren modern gewesen war, wischte mit einer unnötig heftigen Bewegung sein Kinn sauber. Sie gab sich keine Mühe, ihren Ekel zu verbergen. Ich schrak zusammen, als Jungen laut aufstöhnte und sich gleichzeitig aufbäumte. Sein Bein zuckte, ja schlug regelrecht aus. Sein Gesicht war vor Schmerz verzerrt.

«Vor zehn Tagen war er noch völlig gesund», sagte seine Frau mit sachlicher Beiläufigkeit, als ob sie vom Ablaufdatum einer Packung Milch sprechen würde. «Ich habe keine Ahnung, wo er das aufgelesen hat.»

«Das ist eine Nervenkrankheit, Mom, nicht die Syphilis», schaltete sich die Tochter ein, die ihren Kopf kahl geschoren trug. Sie war ungeschminkt, schmal und bleich, mit riesigen dunklen Augen. Ein stärkerer Gegensatz zu dem Aussehen ihrer Mutter war kaum möglich.

«Syphilis *ist* eine Nervenkrankheit, meine Liebe», gab diese ungerührt zurück.

«Was sagt der Arzt?», fragte Philipp.

«Er meint, es sei etwas Neurologisches, und mehr könne er nicht sagen. Er wollte meinen Mann ins Spital einweisen, aber der Sturkopf hat sich geweigert. Was das für mich bedeutet, war ihm egal. Wie üblich.»

«Durst … ich brenne. Frau, gib mir Wasser», sagte Jungen mit erstaunlich kräftiger Stimme.

Ich fuhr herum. Der Mann war immer noch grau im Gesicht, aber seine Augen nahmen jetzt ganz offensichtlich wahr, was um ihn herum geschah. Er hatte dieselben Augen wie seine Tochter, sehr dunkel, erstaunlich gross.

«Wer sind Sie?», fragte er.

Bevor wir etwas erklären konnten, schob uns die Tochter zur Seite und kniete sich neben das Bett. «Daddy? Daddy, wie geht es dir?» Ihre Stimme zitterte.

Jungen streckte seine Hand aus, tätschelte den Kopf seiner Tochter und blickte dabei die ganze Zeit seine Frau an.

«So geht das seit Tagen», sagte Frau Jungen. «Mal geht es ihm besser, mal schlechter.»

Die Kälte dieser Frau ergriff mein Herz. Ich hatte Mühe zu atmen.

«Wie gesagt, er ist zu dieser Konferenz nach Vancouver gegangen, und als er zurückkam, war er krank. Ich weiss wirklich nicht, was er dort getrieben hat.»

«Es handelt sich wahrscheinlich um eine neurologische Krankheit, Madame. Ihr Mann hat sich ja wohl nicht absichtlich angesteckt», sagte Philipp mit bemüht ruhiger Stimme.

Frau Jungen verzog ihren Mund.

«Er hat seit Jahren keinen Tropfen Alkohol getrunken. Er bringt dir sein Geld nach Hause, was wirfst du ihm eigentlich vor?», sagte die Tochter wütend und erhob sich.

Mutter und Tochter standen sich gegenüber und starrten sich an. Zwei gross gewachsene, starke Frauen. Ein alter Streit, dachte ich. Ein uralter Streit.

«Durst. Ich brenne», kam es nochmals von dem Kranken.

Frau Jungen und die Tochter reagierten nicht, da richtete Philipp den Mann auf und reichte ihm einen Schnabelbecher. Er trank ein paar Schlucke und schloss die Augen. Philipp erklärte ihm, wer wir waren. Jungen gab mit einer müden Geste zu verstehen, dass er zugehört hatte. Dann begann Philipp ihn zu untersuchen, mass Körpertemperatur, Puls, Blutdruck, überprüfte die Reflexe und machte einfache neurologische Tests. Er stellte Jungen Fragen zur Krankheitsgeschichte, aber schon bald hatte der Mann keine Kraft mehr zum Reden.

«Dein Vater stirbt, Marie-Anne», sagte Frau Jungen, «verabschiede dich lieber jetzt von ihm. Morgen ist es vielleicht zu spät.»

Die Tochter hob ihre Hand, als ob sie ihre Mutter ohrfeigen wollte, dann liess sie ihre Hand langsam wieder sinken und brach in lautes Schluchzen aus. Frau Jungen schüttelte unwillig den Kopf, drehte sich um und verliess den Raum.

Philipps Augen begegneten den meinen. Er machte eine kleine Geste mit seinem Kinn in Richtung Tür. Ich nickte und verliess den Raum. Er wollte allein mit der Tochter sein. Im Wohnzimmer traf ich auf Frau Jungen, die in einer dicken Frauenzeitschrift blätterte. Sie sah kurz hoch, reagierte aber nicht. Ich liess mich auf einen zu grossen Ledersessel nieder und versank in einer fast liegenden Position. Ich hasse diese Dinger. Frau Jungen schien völlig entspannt, doch ich hatte den Eindruck, dass sie lauschte. Die einzigen Geräusche, die man hörte, waren das Ticken einer altmodischen Wanduhr und das Umblättern ihrer Zeitschrift. Ich schaute mich unauffällig um. Viel gab es nicht zu sehen. Der Raum war praktisch leer, die Wände kahl, ein weisses Ledersofa und passende Sessel, ein rauchgrauer Glastisch, ein überdimensionierter Flachbildschirm an der Stirnseite des Raumes, flankiert von zwei Boxen, das war alles. Die Sekunden vergingen langsam. Ich starrte meine Hände, meine unregelmässig geschnittenen Fingernägel an. Seit Jahren wollte ich meine Nägel maniküren lassen, aber das würde ich mir wohl mit achtzig Jahren noch vornehmen. Es schien einfach nicht zu meinem Leben zu passen.

Frau Jungen nahm sich eine neue Zeitschrift vom Stapel, eine geschätzt fünfhundertseitige Vogue. Es gab viele verschiedene Formen der Trauer, das hatte ich in den Jahren im Walmont gelernt. Es gab Menschen, die weinten und klagten, andere wurden wütend, es gab solche, die monatelang kaum mehr etwas assen, und andere, die gierig alles verschlangen, was auf ihrem Teller lag, ohne zu realisieren, was es war. Doch diese Frau hier, die empfand keine Trauer, keinen Schmerz. Sie liebte ihren Mann wahrscheinlich schon lange nicht mehr. Sie empfand eine Art kalter Wut, die sich gegen ihn und ihre Tochter richtete. Aber das waren alles Spekulationen.

Zwanzig endlose Minuten später kam Philipp, und wir verabschiedeten uns. Wir nahmen wieder die Strassenbahn, fuhren Richtung Downtown. Weit vor uns zeichnete sich die weltberühmte Skyline gegen den grauen Abendhimmel ab, überragt von dem schlanken hohen Turm, den selbst ich kannte. Der CN Tower, lange Zeit der höchste Fernsehturm der Welt.

«Und? Was meinst du?»

«Dieselben Symptome», begann Philipp, «dieselbe Entwicklung. Ich bin mir sicher, dass es sich um dieselbe Krankheit handelt, die bei der Little Creek Band ausgebrochen ist.»

«Und das ist der einzige Fall, der nicht in der Region Fraser aufgetreten ist?»

«Der einzige, von dem wir wissen.»

Eine Weile schwiegen wir, dann legte Philipp seine Hand auf meinen Arm. «Übrigens: Ist dir an dem Mann etwas aufgefallen?»

Ich lächelte, erfreut über diese Berührung, und er zog seine Hand hastig weg.

«Ausser, dass er im Sterben liegt?», fragte ich.

«Ich meine an seinem Äusseren.»

«Er sah krank aus.»

«Das meine ich nicht. Er hat hohe Wangenknochen, seine Augenform und seine Nase, seine Gesichtsform –»

«Ja?»

«Ich vermute, dass er indigene Vorfahren hat.»

«Der Name tönt eher deutsch, finde ich.»

«Dann hat er vielleicht deutsche und indigene Vorfahren.»

«Hast du die Tochter danach gefragt?»

«Ich habe es versucht, aber sie ist nicht darauf eingegangen. Ich habe ihr meine Handynummer gegeben, falls sie nochmals mit mir sprechen wolle. Irgendetwas hat sie zurückgehalten, da bin ich mir sicher. Ob es etwas Wichtiges ist, weiss ich nicht.»

Wir sprachen eine Weile über die Beziehung zwischen Jungen und seiner Frau, die uns beide schockiert hatte.

«Dieser Besuch hat uns nichts eingebracht als eine Depression», sagte Philipp schliesslich.

«Wir müssen unbedingt etwas essen. Du hast Hunger», sagte ich.

Philipp brauchte einen Moment, dann begann er zaghaft zu lächeln. Er schaute rasch auf seine Armbanduhr. «Ich weiss, wohin wir gehen. Die besten Steaks und Frites in Toronto! Es wird dir gefallen, Lou. Die Zeit reicht. Unser Flug geht erst um einundzwanzig Uhr.»

Das Restaurant in einem alten dreistöckigen Steinhaus hiess «Le Cheval Blanc», und man hatte kein Klischee ausgelassen. Da waren die rohen Steinmauern und das offene Cheminéefeuer, die auf mittelalterlich machten, die schwache Beleuchtung, die kleinen Tische mit den rot-weiss karierten Decken, die polierten Kupferkessel an den Wänden und die dezente Musikbeschallung. Französische Chansons, nicht wirklich überraschend, passend zu den Schwarz-Weiss-Fotos mit Ansichten vom Paris der vierziger und fünfziger Jahre. Fast alle Tische waren besetzt, die Stimmung war laut und fröhlich und das Essen wirklich sehr gut. Wir assen, wir tranken feinen Wein, und Philipp wirkte entspannter.

In der Sekunde als ich mit meiner Gabel die letzten Pommes Allumettes aufspiesste, tauchte rechts von mir ein schwarz gekleideter Arm auf und schnappte mir den Teller unter dem vollen Mund weg. Ich riss empört meine Augen auf. Philipp lachte laut auf, während ich noch immer nicht verstand, was das bedeuten sollte. Diese grobe Unhöflichkeit wird in Kanada offensichtlich als besonders guter Service verstanden. Ich brummelte etwas von Hinterwäldlern und Biberschwanzjägern, und Philipp amüsierte sich bestens.

Wir flogen pünktlich um einundzwanzig Uhr mit Air Canada los. Fünf Stunden bis Vancouver, die ich tief schlafend verbrachte. Ich schleppte mich taumelnd aus dem Flugzeug, schaffte es an Philipps Arm bis zu einem Taxistand und kann mich nicht erinnern, wie ich ins Hotelzimmer gelangt bin. Am Ende dieser Reise werde ich mir wie Obelix vorkommen, der seine Reise durch die Schweiz und über die Alpengipfel in einer Mischung aus Volltrunkenheit und Schlaf hinter sich brachte und auf die Frage, wie die Schweiz denn so sei, antwortete: «Flach.»

***

«Vielleicht war Jungen gar nicht an einer Konferenz», sagte ich, als wir am nächsten Morgen beim Frühstück sassen.

«Du meinst wohl, er hat sich drei Tage lang in einer üblen Spelunke mit Whisky volllaufen lassen?», gab Philipp gereizt zurück. «Und dann hat er sich bei einer Nutte den Tripper eingefangen?»

Mir platzte der Kragen. Ich knallte mein Glas auf den Tisch, dass der Orangensaft auf das Tischtuch spritzte. «Jetzt hör endlich auf mit deinem Selbstmitleid. Ich habe es verstanden, dass du zu einer armen Minorität gehörst, die von uns Weissen schrecklich diskriminiert wird. Wenn du es unbedingt willst, sag ich von jetzt an nur noch Winnetou zu dir. Ich weiss nur nicht, wie sich das damit verträgt, dass du in der Schweiz Medizin studiert hast, ein bekannter Geriater bist und ein Jahressalär von zweihundertfünfzigtausend Franken einstreichst. Du machst mich rasend mit deiner Indianer-Opferrolle.»

Philipp erstarrte. Schliesslich verzog sich sein Gesicht, bis es zerknautscht aussah. «Das habe ich wohl verdient», brummelte er knapp hörbar. «Ich geh mich rasieren. Und dann machen wir endlich Ferien und vergessen die ganze Geschichte. Du wirst staunen, British Columbia ist ein wahres Paradies.»

«Bist du sicher, dass wir Schnee-Eulen sehen werden? Ganz sicher? Woher weisst du das?»

«Ich habe recherchiert. Hier in Kanada nennt man sie übrigens Snowies. Wir werden ein Auto mieten, und los geht's.»

Wir erhielten einen 4x4, genauer gesagt einen Toyota Land Rover, wie mich Philipp korrigierte, und die erste halbe Stunde Fahrt zählte er mir die gesamte Spezialausrüstung des Fahrzeugs auf. Das interessierte mich zwar einen feuchten Kehricht, aber Philipp lebte sichtlich auf, seit er am beheizbaren Steuerrad sass, mit den Schalthebeln herumhebelte und schnittige Sportwagen überholte. Dieser Wagen war gerüstet für sämtliche Naturkatastrophen, und ich hoffte, dass wir dies alles nie benötigen würden.

Philipp klärte mich jedenfalls über alle Details auf. Es gab eine Seilwinde, um sich aus Sumpflöchern, Felsspalten oder Flüssen herauszuziehen, einen Manometer und Kompressor, falls man in extrem steinigem Gelände die Luft aus den Pneus rauslassen muss, zwei High Jacks, ein Untersetzungsgetriebe, nach Meinung von Philipp das Wichtigste überhaupt, eine Differenzialsperre und dazu ein Sandblech und Schaufeln. Ich sah weit und breit keine Sandwüste, aber mich fragte auch niemand nach meiner Meinung. Ich wollte Philipp die Freude nicht verderben und erkundigte mich nicht nach dem Benzinverbrauch des Ungetüms; eine Bemerkung zu seiner mir bisher gänzlich unbekannten Begeisterung für die technischen Details eines Benzinmotors oder einer Differenzialsperre – was auch immer das war – konnte ich aber nicht ganz unterdrücken. Seine Antwort bestand aus einem zufriedenen Knurren.

Zwei Stunden später machten wir in einem kleinen Ort halt, assen und tranken etwas. Vor der Weiterfahrt drückte mir Philipp einen Flyer in die Hand.

«Das hatten sie aufliegen. Da steht alles drin, was du wissen musst, wenn du einem Bären begegnest.»

Der Flyer war von der Vereinigung der kanadischen Nationalparks herausgegeben worden, sah offiziell und seriös aus. Nun gut, Informationen aus erster Hand, dachte ich und begann zu lesen.

Bären sind nicht zahm, freundlich oder knuddelig. Ihr Verhalten ist unberechenbar, und sie sind potenziell gefährlich.

«Sie sind potenziell gefährlich und unberechenbar, steht da», sagte ich.

«Lies weiter.»

Ein gefütterter Bär ist ein toter Bär. Lassen Sie niemals Esswaren, Reste, stark riechende Kosmetika oder Ähnliches liegen. Auch nicht innerhalb eines Fahrzeugs oder in Ihrem Zelt. Schon manches Fahrzeug wurde von einem Grizzly zerstört, weil der Halter ein Kaugummipapierchen liegen gelassen hat (siehe Foto).

Tja, der auf dem Foto abgebildete Wagen war tatsächlich kaputt. Das Dach eingedrückt, beide Türen zerdellt, die Fenster zerbrochen: Es sah aus, als ob eine Elefantenherde darübergaloppiert wäre.

Kinder immer bei sich behalten. Hunde an der Leine führen. Wandern Sie in Gruppen, nie allein. Niemals unter freiem Himmel schlafen. Falls Bären in Sichtweite sind: Die Bären versuchen, Ihnen auszuweichen. Machen Sie laute Geräusche, damit diese Sie hören und sich zurückziehen können. Achten Sie immer auf Zeichen, die darauf hinweisen, dass Bären in der Nähe sind. Stossen Sie auf Hinweise für Jagdbeute, wie kreisende Raben oder den Geruch von faulendem Fleisch, verlassen Sie den Ort sofort. Kadaver ziehen Bären an.
Beim Fischen: Ist ein Bär am Fluss, verlassen Sie den Ort. Haben Sie einen Fisch an der Angel, schneiden Sie die Leine durch. Nehmen Sie Fische im Fluss aus, waschen Sie Ihre Hände gut und wischen Sie diese nie an Ihren Kleidern trocken.
Generelle Informationen: Bären sind so schnell wie Rennpferde. Sie schwimmen ausgezeichnet, und Schwarzbären sind auch geschickte Kletterer. Sie sehen und hören gut und riechen extrem gut. Schwarzbären werden bis zu 270 kg schwer, Grizzlys bis zu 500 kg.
Bei einer unverhofften Begegnung: Schauen Sie dem Bären nie in die Augen. Er interpretiert das als Aggression.

Rennen Sie nicht. Entfernen Sie sich langsam. Sprechen Sie langsam und ruhig.
Greift der Bär an: Ist es ein Schwarzbär, sollten Sie versuchen, ihn mit lautem Schreien einzuschüchtern, machen Sie sich gross, drohen Sie mit einem Ast. Ist es ein Grizzly, dann stellen Sie sich tot und versuchen Sie, Gesicht und Bauch zu schützen, indem Sie sich zusammenrollen. Nach wenigen Minuten wird er von Ihnen ablassen.

Halleluja, dachte ich, wenn nach diesen wenigen Minuten noch was von mir übrig ist …

«Das Sicherste ist, wenn wir von jetzt an fasten, bis ich in Montreal wieder im Flieger sitze. Kaugummi ist auch nicht erlaubt», sagte ich.

Philipp lachte.

***

Es war bereits Abend, als wir an dem Ort ankamen, von dem Philipp gelesen hatte, dass sich die Snowies hier aufhalten würden. Die Gegend war geprägt von endlosen Weizenfeldern, Speichern, weiss gestrichenen Holzzäunen, Stromleitungen und ab und zu einer kleinen Ortschaft, die aus einer Ansammlung von einfachen Holzbauten bestand.

Wir parkierten an einem Geräteschuppen, der von rostigen Gerätschaften aus den letzten fünfzig Jahren Landwirtschaftsmaschinerie umgeben war, und gingen die letzten hundert Meter zu Fuss. Ich hatte mein Swarovski-Fernglas dabei. Auf der letzten halben Stunde Fahrt hatte ich es ausgepackt und sorgfältig geputzt.

«Sieht teuer aus», sagte Philipp nun.

«Das ist die neue Generation der SLC-Linie. Ein 8x56er mit super Randschärfe und weitem Sehfeld. Es ist mit asphärischen Okularlinsen ausgestattet, hat einen Transmissionswert von sechsundneunzig Prozent und eine Dämmerungszahl von 21,2 ISO.»

«Und was bedeutet das?»

«Damit sieht man auch in der Dämmerung sehr gut. Trotzdem nicht so schwer, nur gut tausendzweihundert Gramm. Gut handhabbar, zuverlässig auch unter schwierigen Bedingungen. Und es ist edelgasgefüllt, sodass es bis vier Meter Tiefe wasserdicht ist. Ich liebe es.»

Philipp hob seine Augenbrauen. «Nicht mal eine Differenzialsperre?»

Ich lachte. Ein erstes Zeichen, dass er seinen Humor wiedergefunden hatte. Der Fahrweg führte uns zu einer Gruppe von Leuten, die sich auf einem Hügel versammelt hatte. Schon von Weitem erkannte ich, dass es sich um Ornithologen handelte. Es war dieses konzentrierte Warten, die leisen Gespräche, das erwartungsvolle Lachen, das Naturbeobachtern wahrscheinlich rund um den Globus eigen ist. Und dann standen da auch Dutzende Fernrohre herum, und jeder Einzelne hatte zusätzlich Ferngläser umgehängt.

«Ornithologen», sagte ich zu Philipp. «Wir sind offensichtlich am richtigen Ort.»

Wir wurden mit gedämpften Stimmen begrüsst, neugierig beäugt und in Ruhe gelassen. Greg, ein junger Mann aus dem Nachbarort, erklärte uns etwas später, dass die Snowies jeden Abend von hier zur Jagd auffliegen würden. Er zeigte uns den Ort, wo sie sich den Tag durch aufhielten, direkt neben einem etwa acht Meter hohen Getreidesilo.

In diesem Moment ging ein Raunen durch die Gruppe, und alle packten hastig ihre Feldstecher. Ich auch. Ich starrte in die angegebene Richtung und sah nichts ausser Gebüschen und hohem Gras. Rings um mich brachen Entzücken und Begeisterung aus.

«There! Look, there!»

Und schon sah ich sie. Es musste ein Männchen sein, ein mächtiges Männchen, das sich vor dem letzten Blau des Abendhimmels abzeichnete. Er flog mit diesen langsamen, kraftvollen Flügelschlägen knapp über dem Boden. Was für ein starker Vogel! Ich lachte vor Freude.

«Lass mich auch schauen», bat Philipp neben mir.

«Two, three, four. There!»

Vier schneeweisse Eulen flogen direkt auf uns zu. Ich hielt den Atem an.

«Ich will auch, lass mich auch», drängte Philipp und zog ungeduldig am Schulterriemen meines Fernglases. Ich hielt das Ding eisern fest, als ob mein Leben davon abhinge. Dann nahm ich die Gläser von den Augen weg und begann zu lächeln.

«Sie kommen direkt auf uns zu. Schau», flüsterte ich.

Stille breitete sich aus. Die Eulen flogen nicht mehr als zwei Meter über dem Boden. Kam eine Anhöhe oder ein Gebüsch, stiegen sie etwas höher, überflogen das Hindernis und liessen sich danach sofort wieder sinken. Trotz ihrer immensen Grösse und der Kraft, die sie ohne Zweifel für diese Art des Fliegens aufwenden mussten, hörte man nicht das geringste Geräusch. Jetzt konnte man ganz deutlich die grossen orangen Augen erkennen. Diese Tiere waren unglaublich schön. Die Eulen drehten etwas gegen links ab und flogen in weniger als zehn Metern Entfernung an uns vorbei. Und schon waren sie spurlos im Halbdunkel verschwunden. Ich spürte Tränen in meinen Augen.

«Wie Geister», flüsterte Philipp neben mir. «Ich habe nicht das Geringste gehört. Wie ist das nur möglich?»

Rings um uns brach Jubel aus. Die Leute lachten, klopften sich auf die Schultern. Ich lachte ebenfalls und gab Philipp einen Kuss. «Danke, Philipp. Das war unglaublich!»

«Es war beeindruckend. Sogar für mich.»

«Eulen haben spezielle Federn, die das lautlose Fliegen ermöglichen. Sie sind ja nicht gerade schnell oder wendig. Sie müssen sich sozusagen anschleichen können.»

Die Gruppe löste sich nun rasch auf. Alle strebten nach Hause, und wir machten uns auf den Weg zum Hotel, das Philipp im Nachbarort reserviert hatte.

An diesen Abend kann ich mich kaum erinnern. Wir assen, wir gingen zu Bett. Getrennte Betten. Wir schliefen.

Am nächsten Tag waren die Eulen weg. Einer der Ornithologen, der als Letzter sein Fernrohr einpackte, meinte resigniert, er habe seine Ferien hier verbringen wollen, um die Snowies zu sehen. Und jetzt sei er einen Tag zu spät angekommen. So sei das eben, da könne man nichts machen.

FÜNF

Ich war wie besessen davon, noch einmal diese wunderbaren Eulen, diese Geisterseelen zu sehen. Sie hatten etwas Magisches in ihrem vollkommen lautlosen und doch kraftstrotzenden Flug. Das leuchtend weisse Aufblitzen ihres Gefieders, die riesigen orange leuchtenden Augen, diese Gesichter, die etwas Verschmitztes und doch so Wissendes an sich hatten. Geisterseelen – Philipps Sehnsucht, Teil der mystischen Kultur der Cree zu werden, hatte mich wohl angesteckt. Was auch immer der Grund war, ich wollte diese Vögel nochmals sehen.

Philipp gab meinem fiebrigen Drängen schliesslich nach. Wir surften eine halbe Stunde verschiedene Ornithologen-Sites an, suchten nach Blogs von Snowie-Fans, schickten E-Mails und erhielten erfreulich schnell Antworten. Am nächsten Tag reisten wir ostwärts. Zuerst mussten wir nach Vancouver. Dort nahmen wir einen Linienflug nach Calgary, stiegen in ein Kleinflugzeug für zwanzig Passagiere um, flogen diesmal ein Stück nordwärts, landeten auf einem Flugplatz, der kaum noch als solcher bezeichnet werden konnte, und kletterten dort in ein noch kleineres Flugzeug, das mit Schwimmern ausgestattet war. Für meinen Geschmack war diese Büchse viel zu klein. Philipp hingegen benahm sich, als ob er jeden Tag mit so einem Ding auf dem Wasser landen würde. Ich biss auf die Zähne und dachte an die Geisterseelen. Das Beaverhill Bird Observatory hatte auf seiner Homepage angegeben, dass eine Kolonie Snowies nahe der kleinen Stadt Muriel Lake brüten würde. Dort wollte ich hin, und zwar so schnell wie möglich.

Wir landeten auf dem Muriel Lake, direkt neben der gleichnamigen Stadt, wobei Städtchen der treffendere Ausdruck wäre, denn die Siedlung bestand aus maximal zwanzig Häusern. Ich wollte sofort los in Richtung Eulenkolonie, aber Philipp blieb unerbittlich. Zuerst musste die Übernachtung organisiert und gegessen werden, und dann – falls wir noch ausreichend Licht hatten – würden wir die Eulen suchen gehen. Ich gab zähneknirschend nach. Es dämmerte bereits, und ich musste zugeben, dass es wenig Sinn machte, sich jetzt auf die Suche zu begeben. Es existierten lediglich zwei Hotels in Muriel Lake, und eines davon war geschlossen. Wir mussten uns also nicht einmal entscheiden. Das «Lakeview» hatte vier Zimmer. Philipp wählte das grösste mit zwei Doppelbetten, das die schönste Sicht auf den See versprach. Das Esszimmer glich einer Wohnstube, ein Feuer brannte im Cheminée, und an den Holzwänden hingen Schwarz-Weiss-Fotos aus der Goldgräberzeit. Die Männer auf den vergilbten Bildern sahen durchs Band erschöpft, hungrig und dreckig aus. Das weibliche Geschlecht war damals noch nicht erfunden.

Wir wurden von einem Asiaten bedient. Wir waren die einzigen Gäste, und schon bald begann er mit uns zu plaudern und fragte nach dem Woher und Wohin. Yuki Ōshima führte das «Lakeview» zusammen mit seiner Frau Yayoi bereits in der dritten Generation. Seine Grosseltern waren nach dem Zweiten Weltkrieg aus Japan nach Kanada ausgewandert. Yuki kannte Europa erstaunlich gut. Er hatte in Narbonne Soziologie und Ethnologie studiert, war nach den drei Jahren in Frankreich auch einige Zeit in Deutschland, Italien, Belgien und Holland gewesen, wo er jeweils in der Gastronomie arbeitete, um seine Reisen zu finanzieren. Von der Schweiz kannte er Genf, Luzern und das Engadin, das seiner Meinung nach beinahe, aber nicht ganz so schön wie Muriel Lake war. Wir assen auf seine Empfehlung hin Karibou-Steaks, Country Cuts und eine Art Konfitüre aus hiesigen Beeren. Es schmeckte köstlich. Nach dem Essen setzten wir uns vor das Cheminéefeuer und tranken einen Whisky (ich) und drei Whiskys (Philipp). Danach fiel Philipp in eines der Doppelbetten und begann zu schnarchen. Ich las, drehte mich in meinem Doppelbett von einer Seite zur anderen, schaute die Decke an, las wieder ein wenig. Irgendwann dämmerte der Morgen. Ich wartete noch eine Stunde, dann rüttelte ich Philipp aus seinem Koma.

Eine Stunde später liefen wir zu Fuss auf einem schmalen Pfad dem See entlang. Die Luft war kühl und würzig. Wir bewegten uns durch hohe Gräser, durchsetzt mit Wildblumen, blühenden Büschen und einzelnen verstreuten Birken und Zitterpappeln. Am Ufer wuchsen hohe Gräser, Schilfpflanzen, und dazwischen blühten gelbe, rosa und dunkelrote Blumen, die ich nicht kannte. Man hörte nichts als unsere Schritte, schwatzhafte Vogelstimmen und das Sirren von Insekten. Hinter dem See zog sich ein dunkler Tannenwald steil eine Bergflanke hinauf. Der See lag vollkommen ruhig, die Spiegelung war perfekt. Der Kamm des Berges lag etwa dreihundert Meter über dem See. Ich musste lächeln. Hier sah es tatsächlich wie im Engadin an seinen schönsten Stellen aus. Nur störte nirgends ein Skilift, eine Strasse oder eine Hochspannungsleitung die atemberaubende Szenerie. Yuki Ōshima hatte recht.

Ich spürte eine tiefe Freude, am Leben zu sein, dies hier sehen zu dürfen. Die Morgensonne wurde wärmer, streichelte meine blossen Arme. Ich hatte Lust, laut zu lachen, zu singen.

Da zerriss ein wütendes Giiik, Giiik, Giik die Stille. Reflexartig warf ich meinen Kopf nach hinten, scannte den Luftraum über mir. Das war der Schrei eines Raubvogels, eines grossen Raubvogels. Wo war er?

Lautes Krächzen wies mir die Richtung. Dort! Auf der anderen Seite des Sees über dem Tannenwald kämpfte eine Horde Krähen mit einem grau-weissen Raubvogel. Dieser setzte sich erstaunlich gewandt zur Wehr. Sogar aus dieser Distanz fielen mir seine langen kräftigen Beine mit den dolchartigen Krallen auf. In der Schweiz hatten Mäusebussarde oder Milane im Kampf gegen die schwarzen Akrobaten keine Chance. Dieser Raubvogel aber war äusserst schnell und offensichtlich gefährlich für seine Gegner. Ich sah schwarze Federn fliegen, eine Krähe taumelte, ging zu Boden, wahrscheinlich ernsthaft verletzt, die anderen stoben auseinander, griffen wieder an, eine zweite Krähe fiel. Die übrigen flohen laut krächzend in die Baumwipfel. Der Raubvogel liess sich so rasch fallen, dass ich ihn beinahe aus den Augen verloren hätte, und tauchte ab in den dichten Wald. Weg war er.

«Was war denn das?», fragte Philipp.
Ich schüttelte den Kopf, schluckte. «Keine Ahnung.» Meine Augen waren noch immer auf den Punkt gerichtet, wo der Raptor mit dem Dunkel der Baumspitzen verschmolzen war.
«Ein Steinadler?»
«Nein, dafür war er zu wendig. Und die Farben stimmen auch nicht», sagte ich. «Das war ein grosser, kräftiger Raubvogel und ein unglaublich schneller dazu. So etwas habe ich noch nie gesehen.»
Wir gingen schweigend weiter auf eine Senke zu, wo sich die Snowie-Kolonie befinden sollte. Meine Augen schwenkten immer wieder zurück zu der Stelle, wo der Raubvogel verschwunden war. Vielleicht ein Fischadler? Aber die Farben und die Musterung stimmten nicht.
Wir sahen jetzt die Senke deutlich vor uns. Nichts bewegte sich. Die letzten hundert Meter gingen wir sehr langsam, blieben immer wieder stehen, nahmen unsere Ferngläser, beobachteten sorgfältig die gesamte Umgebung.
«Siehst du etwas?», fragte mich Philipp flüsternd.
«Nichts. Ist das wirklich die richtige Stelle?»
Philipp holte die handgezeichnete Skizze hervor, die er angefertigt hatte, verglich die Details. «Es muss hier sein, Lou. Ein Irrtum ist ausgeschlossen.»
Mit einem unguten Gefühl ging ich näher, bis ich beinahe über das erste Gelege gestolpert wäre, eine kleine Mulde gegraben vom Weibchen, leer bis auf ein paar zerbrochene Eierschalen.
«Oh nein! Das war wahrscheinlich ein Fuchs», sagte ich.
Äusserst vorsichtig gingen wir weiter, setzten jeden Fuss mit Bedacht auf den Boden. Und fanden drei weitere leere Brutmulden. Einen Meter vom letzten entfernt lag ein Häufchen graue Flaumfedern, durchsetzt mit winzigen Knochen. Die Überbleibsel eines getöteten Kükens. Ich bückte mich, berührte das seidenfeine Gespinst.
«Grausame Natur», sagte Philipp, hockte sich neben mich und legte seinen Arm um meine Schultern.

«Einfach nur Natur», sagte ich, aber meine Stimme zitterte dabei.

Ich liess meine Augen über den Himmel schweifen, doch ich wusste bereits, dass es vergeblich war. Hier würde ich keine Snowies mehr finden. Sie waren an einen sichereren Ort weitergezogen. Dafür sah ich einen grauen Schatten zwischen den Baumwipfeln auftauchen und blitzschnell wieder verschwinden.

«Hast du das gesehen?», fragte ich.

«Was meinst du?»

Angestrengt beobachtete ich das Waldstück, versuchte mit meinen Augen das Dunkel zu durchdringen. Da tauchte der Vogel jäh wieder auf, zog kurze, wendige Kreise etwa drei Meter über den Spitzen der Tannenbäume.

«Da. Schau!»

Ich sprang auf die Füsse. Philipp wurde von meinem Schwung zur Seite gestossen und protestierte lauthals.

«Ist das ein Falke?», fragte er.

«Zu gross, aber … siehst du das gebänderte Gefieder?»

«Du meinst die Streifen, die er hat?»

«Ja. Das könnte ein Habicht sein. Man sieht sie nur ganz selten, weil sie im Wald jagen.»

Der Raubvogel näherte sich dem See, war nun deutlich in allen Details sichtbar. Ich schätzte seine Flügelspannweite auf über einen Meter. Die Flügel hatten die typische Form von Raubvögeln, die vorwiegend in dichtem Wald lebten und jagten. Sie waren kurz, ziemlich breit und an den Spitzen rund. Damit können sie nicht sehr schnell fliegen, dafür sind sie extrem wendig und auch auf engstem Raum manövrierfähig.

«Siehst du die dunklen Streifen? Das ist typisch für den Habicht, helles Fellkleid mit dunkler Bänderung.»

Er flog nun tief, auch das war typisch für diese Art. Habichte jagen Eichhörnchen, Hasen, Krähen, Hühner, Tauben, ganz besonders mögen sie Küken …

Die Erkenntnis traf mich wie ein Stromstoss.

«Weisst du was, Philipp? Ich könnte wetten, das war dieser Kerl da, der die Eulenküken getötet hat.»

Ich ballte meine Fäuste und schrie den Vogel an, der über uns kreiste: «Nesträuber! Verfluchter Nesträuber!»

«Das kannst du doch gar nicht wissen, Lou.»

Der Vogel drehte ab, ob von meinem wütenden Schrei aufgescheucht oder von etwas anderem angezogen. Er flog in Kreisen auf den Wald zu, verschwand, tauchte an einer höher gelegenen Stelle am Berg wieder auf, aufmerksam, auf der Jagd nach einem unvorsichtigen Opfer. Ich wollte zusehen, wie er jagte, dachte ich, ich wollte sehen, wie er seine Beute schlug. Ich rannte los.

«He! Wo willst du hin? Warte doch, Lou!»

Ich hatte keine Zeit zum Diskutieren, ich musste dem Vogel folgen. Ich rannte auf dem kleinen Fussweg um die nahe gelegene Biegung des Sees herum, folgte einem Forstweg den Wald hinauf. Ich hörte den Schrei des Habichts weiter rechts und lief ohne zu zögern in den dichten Wald hinein. Hier ging es steil nach oben. Mein Herz wummerte, die Lunge schmerzte, meine rechte Wade krampfte sich zusammen, aber eine unerklärliche Wut trieb mich an. Der Kerl würde mich nicht abhängen!

Unter meinen Füssen rutschten Steine weg, polterten nach unten. Hier standen grosse Laubbäume, moosbedeckt, krumm vom Alter, umgeben von silberfarbenen Gräsern und leuchtend grünen Farnwedeln und eingetaucht in den würzigen Duft von feuchtem Waldboden. Während ich weiter nach oben lief, hörte ich das Stakkato eines Spechtes. Ich stolperte auf eine kleine Lichtung, in deren Mitte ein gerundeter schwarzer Fels lag, ein gestrandeter Wal, umgeben von winzigen rosafarbenen Blumen. Einen Moment blieb ich stehen, schöpfte Atem und versank in dem kitschigen Anblick. Dann rannte ich weiter. Ein dichter Mückenschwarm tanzte in einem Sonnenstrahl, der durch die dicht wachsenden Nadelbäume drang. Licht und Schatten wechselten in rascher Folge, während ich nach oben lief.

Weit unter mir hörte ich Philipp rufen. Ich antwortete, rannte weiter, sah bereits lichte Stellen zwischen den Baumstämmen, der Bergkamm war nicht mehr weit. Jeder Atemzug war nun ein Stechen, ich musste gehen, ich konnte nicht mehr. Ich blieb einen Moment stehen, schöpfte Atem, ging weiter und stand endlich oben. In diesem Moment tauchte der Habicht direkt neben mir auf, sauste so nahe an meinem Kopf vorbei, dass ich laut aufschrie, und segelte dann weg vom Hügelkamm in die weite Leere vor uns. Meine Augen folgten seinem Flug. Ich blieb wie angewurzelt stehen.

Vor mir dehnte sich eine Mondlandschaft aus, eine Ebene in Grau und Schmutziggelb, zerstört, verheert, so weit das Auge reichte.

Instinktiv wich ich zwei Schritte zurück. Direkt vor meinen Füssen brach der Berg ab, als ob ein Riese mit einer scharfen Schaufel das Erdreich weggebrochen hätte. Senkrecht unter mir lag nichts als Schutt, ganze Berge von Schutt, dazwischen tauchten riesige Becken auf, die mit einer mattschwarzen Flüssigkeit gefüllt waren. Der lehmige Boden war zerfurcht von tief eingeätzten Spuren schwerer Raupenfahrzeuge, die von monströser Grösse sein mussten. Löcher und Pfützen schillerten im giftigen Farbenrausch des Öls. In einer Entfernung von einigen hundert Metern sah ich eine merkwürdige Ansammlung von etwa zwei Meter hohen Pfählen, die in Reih und Glied standen. Es mussten Tausende davon sein, alle in exakt demselben Abstand. Ich kniff meine Augen zusammen, versuchte zu sehen, zu verstehen. Es waren Bäume, eine Armee frisch angepflanzter Bäume.

Ich liess meine Augen über diese Ödnis schweifen, deren Begrenzungen sich im Dunst auflösten. Weit entfernt Richtung Norden erahnte ich einen bewaldeten Berg, rechts davon glitzerte Wasser, vielleicht ein Fluss. Aber hier vor meinen Füssen, unter dem Flug des Habichts, war kein Leben. Kein einziger Baum war stehen geblieben. Kein Gras, kein Farn, keine Blume wuchs mehr. Aus einem rätselhaften Grund hatte man das Rad eines der riesigen Monstren zurückgelassen. Ich schätzte seinen Durchmesser auf über fünf Meter. Das Ding lag dort unten, Mahnmal der Giganten, die hier die Welt neu gestaltet hatten.

Schritte näherten sich. Philipp.

«Oh nein! Das ist ja grauenhaft», presste er hervor, stark keuchend von der Anstrengung. Er liess sich neben mich zu Boden fallen, senkte den Kopf, hob die Hände vor seine Augen. «Ich kann mir das nicht ansehen.»

Er keuchte weiter, liess seine Hände wieder sinken und starrte über das verlassene Schlachtfeld unter uns. Ich fasste nach seinem Arm.

«Ich wusste nicht, dass wir schon so nahe bei den Ölsandfeldern sind. Ich habe das nicht gewusst, sonst hätte ich dich nicht hierhergeführt», sagte er.

«Es ist nicht deine Schuld.»

«Das muss ein Teil des Athabasca Field sein.»

«Ich habe gedacht, die Ölfelder seien weiter im Norden. In Alaska.»

Philipp schüttelte den Kopf. «Hier in Alberta befindet sich eines der grössten Ölsandvorkommen der Welt. Die Fläche ist doppelt so gross wie Bayern. Aber ich habe nicht gewusst, dass es so weit im Süden beginnt. Das muss eines der ersten Abbaugebiete gewesen sein. Die Ölförderunternehmen sind bereits wieder weg. Und haben das hier zurückgelassen.» Philipp schwankte. Sein Gesicht war schneeweiss. «Weisst du, dass sie irgendwo eine Herde Bisons züchten und sich damit brüsten, dass die Natur hier schöner als je wiederhergestellt werde?»

Eine Weile schwiegen wir. Der Anblick erinnerte mich an einen Alptraum, der mich als Kind terrorisiert hatte. Ich biss mir auf die Lippe, bis es schmerzte.

«Lohnt sich dieser Abbau überhaupt?», fragte ich in bemüht sachlichem Ton. «Ich kann mir nicht vorstellen, wie man aus Sand Öl gewinnt. Es sieht so aus, als ob sie die ganze Erde umschaufeln müssten.»

«Das Öl in dem Athabasca Field ist nicht flüssig wie in Saudi-Arabien, sondern fest. Es ist ein Gemisch aus Sand, Wasser, Lehm und Bitumen, also Erdöl in fester Form. Es liegt in hundert Metern Tiefe. Diese hundert Meter werden mit riesigen Baggern abgebaut, und die Erde danach aufgeschüttet. Und das auf einer riesigen Fläche Land. Vorher müssen natürlich Tausende von Bäumen gefällt werden, die dem Abbau im Wege stehen. Schau dich doch um!»

Ich sagte nichts.

«Dazu kommt, dass das Gewinnen des Öls enorme Mengen Wasser benötigt», fuhr er fort. «An vielen Stellen wurde dabei das Grundwasser verunreinigt und der Boden verseucht. Ausserdem entstehen beim Abbau riesige Mengen Treibhausgase, darunter Stickoxide, Schwefeldioxid und Methan. Willst du noch mehr hören?»

«Eigentlich nicht ...»

«Es ist eine Drecksarbeit, das siehst du ja. Aber das Öl, das hier lagert, würde dafür reichen, den gesamten Verbrauch Kanadas für die nächsten fünfhundert Jahre zu decken.»

«Fünfhundert Jahre?»

«Jetzt kannst du dir vorstellen, was da auf dem Spiel steht», sagte Philipp. «Es geht um Geld, um Macht und um politische Unabhängigkeit, nicht nur für Kanada. Die USA sind neben Kanada die wichtigsten Förderer des Projekts.»

«Und dafür wird ein ganzes Land umgegraben. Gibt es denn niemanden, der sich gegen diese Zerstörung stellt?»

«Doch, natürlich gibt es das.» Philipps Stimme bebte vor Wut. «Nur nützt es nichts. In Kanada und weltweit haben Umweltorganisationen protestiert und sind vor Gericht gegangen. Und die First Nations haben sich zur ‹Yinka Dene Alliance› zusammengeschlossen. Diese Vereinigung wehrt sich vor allem gegen den Bau der Enbridge Northern Gateway Pipeline. Die Pipeline führt durch Land, das zu einem grossen Teil den First Nations gehört. Sie haben das Recht zu bestimmen, was auf diesem Land geschehen soll. Das hat Sandy ja schon erwähnt. Jetzt werden die Verträge und Bestimmungen zum Landrecht in Frage gestellt oder ausgehebelt. Und die Justiz Kanadas stützt diese Schweinerei.»

Meine Augen folgten dem Habicht, der in wendigen Kreisen über dieses versehrte Stück Land flog. Was wollte er bloss? Hier gab es kein Leben mehr. Vielleicht war es der Kontrast zwischen den beiden Welten dies- und jenseits des Bergkamms, der den Anblick so grauenhaft erscheinen liess.

«Sagt dir der Name Kitimat etwas?», fuhr Philipp fort.

Ich schüttelte den Kopf, Philipp nahm es gar nicht wahr.

«In Kitimat soll die Pipeline enden. Es ist ein kleines Städtchen an einer wunderschönen Küste. Dort soll ein gigantischer Öltankerumschlagplatz gebaut werden. Dieses Land gehört den Menschen der Sekani First Nation, aber ich weiss nicht, wie lange das noch so sein wird. Die kanadische Regierung will unbedingt, dass dieses Tankerterminal gebaut werden kann. Die Tanker sollen das Öl von Kitimat aus möglichst gewinnbringend nach Asien bringen. Gewinnbringend heisst gross, schwer manövrierbar. Die Küste dort ist überhaupt nicht geeignet für solche Schiffe, die See ist wild, es wimmelt von kleinen Inseln, Felsen. Dieser Küstenabschnitt war schon immer berüchtigt. Die Winterstürme können verheerend sein.» Philipp holte Atem. «Die Pipelines werden Leck schlagen, das machen sie immer. Und eines oder mehrere der Schiffe werden zerbrechen. Und niemand wird den Schaden je wiedergutmachen können.»

«Weshalb weisst du das eigentlich alles so genau?»

«Ich habe ja sonst nichts zu tun in meinem Job. Ich habe jede Menge Zeit zum Lesen. Die First Nations haben eine ganze Reihe Berichte zu Umweltschäden und der Gefährdung von Mensch und Natur erstellen lassen. Nur hat es nichts genutzt. In einem Bericht, den die Stellat'en und Sekani First Nation über die Ölpipelines erstellt haben, werden hundertachtzehn Lecks aufgelistet, die sich in den letzten fünfzehn Jahren ereignet haben. Die Betreiberfirmen haben die Lecks manchmal erst nach Tagen entdeckt. Da waren bereits Tausende Liter Öl ausgelaufen.»

«Ich kann nicht verstehen, dass so was in einem fortschrittlichen Land wie Kanada überhaupt geschehen kann. Ihr habt doch sicher strenge Umweltverträglichkeitsprüfungen für diese Anlagen. In der Schweiz wäre so etwas nicht möglich.»

«In der Schweiz?», unterbrach er mich wütend. «Komm mir nicht mit der Schweiz. Und was war mit Schweizerhalle? Was ist mit den krebserregenden Mülldeponien der Chemie, die ins Elsass verlegt wurden? Direkt neben Spielplätze und Sportanlagen der Gemeinden? Oder mit der Sondermülldeponie in Kölliken, wo keine Ratte mehr weiss, was da überhaupt gelagert wurde, geschweige denn was passiert, wenn das Zeug miteinander in Kontakt kommt? Wenn's um Geld geht, sind alle Länder und alle Regierungen gleich.»

«Kein Schwein», korrigierte ich ihn.

«Was, kein Schwein?»

«Man sagt auf Deutsch: kein Schwein weiss das, nicht: keine Ratte weiss das.»

«Willst du mich unbedingt zur Glut bringen?»

Ich biss mir auf die Zunge, um ihn nicht noch mehr zu ärgern. Immerhin darin war Philipp ganz der Alte. Wenn er müde oder wütend war, brachte er die deutschen Redewendungen durcheinander.

«Das meinst du jetzt aber nicht ernst, dass alle Regierungen gleich sind? Stell dir vor, diese Ölfelder würden im Sudan, im Irak oder in Nordkorea gebaut, da hätte die Bevölkerung nicht das Geringste zu sagen, und wer sich zu laut dagegen äussern würde, wäre wohl schnell in einem Folterkeller oder Erziehungslager verschwunden.»

Philipp verzog sein Gesicht. Er nickte widerstrebend.

«Du magst recht haben. Aber auch hier in dieser sogenannten Demokratie geschehen Dinge, die du dir nicht vorstellen kannst. Innerhalb des Rechtssystems, das so gedreht und gewürgt wird, bis das Richtige für die richtigen Leute herauskommt. Das finde ich im Grunde fast perfider. Unrecht wird zu Recht. Wie soll man sich da noch wehren?»

Unbemerkt hatte der Habicht an Höhe gewonnen und kreiste jetzt direkt über uns. Ich konnte seine kräftigen gefiederten Fänge bewundern und sah sein gebändertes Federkleid in allen Details. Er schien uns mit seinen kirschrot leuchtenden Augen anzustarren.

«Kannst du diese Sache überhaupt objektiv beurteilen?», fragte ich.

«Natürlich nicht, ich bin wütend. Nachdem man uns enteignet, vertrieben und kulturell beinahe vernichtet hat, haben wir endlich ein Recht auf einige Stücke Land bekommen, und zwar ein ewig währendes Recht nach kanadischem Gesetz. Und jetzt wird dieses Gesetz einfach umgestossen, weil es um verdammt viel Geld geht. Und alles, was uns wichtig ist, wird dabei zerstört. Wie kann ich da objektiv sein? Wo ist da das Recht?»

Philipp sprang auf die Füsse.

«Und jetzt will ich hier weg!»

Ich erhob mich schwerfällig und wollte Philipp folgen, da brauste der Habicht direkt vor mir in hoher Geschwindigkeit steil nach unten. Ich beugte mich nach vorn, so weit es ging, folgte mit meinen Augen der rasenden Silhouette, die rasch kleiner wurde. Der Raubvogel sauste mit angelegten Flügeln einen halben Meter über dem Boden direkt auf etwas Grau-Braunes zu, das neben dem Riesenpneu kauerte. Ein Kaninchen! Das kleine Tier raste los, sprang seitwärts in die Höhe, landete, rannte, schlug in höchster Not Haken, den wendigen, tödlichen Vogel im Nacken. Ich hielt den Atem an. Der Habicht, die Füsse im Flug weit nach vorn gestreckt, schlug seine Krallen in den Körper, Räuber und Beute gingen zu Boden, überschlugen sich und rollten zusammen weiter, blieben direkt vor einer der ölverschmierten Pfützen liegen. In einem Wirbel von Flügelschlägen und Zappeln richtete sich der kräftige Vogel auf, den kleinen Körper zuckend unter den Fängen. Das Grau-Braun färbte sich rot, bewegte sich nicht mehr, der Habicht hatte getötet.

Das Blut war der einzige rote Punkt in dieser schmutzig braunen Einöde. Tod und Leben, Tod und Leben, diese Worte gingen mir wie eine Litanei durch den Kopf, nur wo Tod ist, kann es auch Leben geben.

«Hast du das gesehen?», flüsterte Philipp, der sich wieder neben mich gestellt hatte.

Ich nickte, beobachtete, wie der Raubvogel den grazilen Körper des Kaninchens aufriss und zu fressen begann. Von Zeit zu Zeit hob er seinen stolzen Kopf, musterte aufmerksam die Umgebung mit seinen leuchtenden Augen. Grausame Natur, wunderschön, dachte ich.

Ich hatte einen grossen Raubvogel gesehen, wie er seine Beute schlug. Seit vielen Jahren hatte ich auf diesen Moment gewartet. Ich hatte es gesehen, ausgerechnet hier an diesem apokalyptischen, kaputten, hässlichen, zerstörten Ort.

***

Während des Abendessens im «Lakeview» waren wir beide still. Philipp war sichtlich in düstere Gedanken versunken, ich wusste nicht, was ich sagen sollte. Trösten mochte ich ihn nicht, denn auch ich war erschüttert von dem, was ich gesehen und erlebt hatte. Yuki schien den Umschwung unserer Stimmung wahrzunehmen, denn er war heute weit weniger gesprächig. Das Essen war sicherlich vorzüglich, aber es schmeckte mir wie Sägemehl.

«Ich möchte morgen von hier abreisen», sagte Philipp, als wir mit unseren Whiskys vor dem Cheminéefeuer sassen.

«Wohin?»

«Zur Gribbell Island. Zu den Geisterbären.»

«Auf die Tiere Kanadas, die Bären, die Eulen, die Kaninchen und die Habichte.»

Philipp verzog sein Gesicht zu einem angestrengten Lächeln, erwiderte meinen Trinkspruch und leerte sein Glas.

Bald danach gingen wir zu Bett. Ich fühlte mich völlig erschöpft, ging unter die Dusche und liess mich in mein Doppelbett fallen. Ich war beinahe schon eingeschlafen, da spürte ich Philipps Hand auf meiner Schulter.

«Bist du noch wach?», fragte er.

Ich setzte mich auf, wich zur Seite, damit er sich neben mich setzen konnte. Philipps Gesicht war von einer Traurigkeit gezeichnet, die weit über das hinausging, was wir an diesem Tag gesehen hatten.

«Ich fühle mich leer. Es macht alles keinen Sinn», sagte er.

«Was macht keinen Sinn?»

Er schwieg. Im Halbdunkel erkannte ich, dass er den schwarzen Pyjama mit knallgelber «Kill Bill»-Aufschrift trug, den ich ihm letztes Jahr geschenkt hatte.

«Mein Leben. Dieses verkorkste, ziellose Leben, das ich führe», sagte er endlich.

«Was ist bloss passiert, Philipp? Etwas muss dir zugestossen sein, seit du die Schweiz verlassen hast.»

Er setzte sich auf die Bettkante und liess sich Zeit mit einer Antwort.

«Ich hatte gehofft, hier in Quebec eine Form von Heimat zu finden. Aber ich gehöre nirgendwo dazu, weder zu den Cree noch zu den Frankokanadiern, genauso wenig wie zu den Schweizern.»

«Und warum ist das gerade jetzt so belastend für dich? Das beschäftigt dich doch seit Jahren.»

Er zuckte mit den Schultern. Seine blossen Arme hatten Gänsehaut.

«Du frierst. Komm.»

Ich legte mich wieder hin, hob die Decke, damit er darunterschlüpfen konnte. Er legte sich neben mich. Ich fühlte mich merkwürdig befangen. Philipp deckte sich zu, rollte sich mit dem Rücken zu mir zusammen und seufzte. Ich spürte seine kalten Füsse. Dann drehte er sich zu mir um und begann meine Schultern, meinen Hals zu streicheln. Als er die Haut unter meinem Schlüsselbein berührte, breitete sich eine wohlige Wärme in meinem Körper aus. Ich fasste nach seinen Schultern, zog den schmal gewordenen Körper an mich und umarmte ihn. Sein Haar roch nach Seife, seine Haut nach Philipp. Ich küsste seinen Hals.

Das einzig Gute daran, für längere Zeit getrennt zu leben, liegt in der Chance, seinem Gegenüber neu zu begegnen.

Seine Persönlichkeit, seinen Körper, sein Verhalten neu zu erforschen. In dieser Nacht verspürte ich das erste Mal das Bedürfnis, Philipp zu beschützen. Er schien mir verletzlich und von einer unerklärlichen Traurigkeit erfasst. Wir liebten uns mit verzweifelter Innigkeit, während Philipps Gesicht nass von Tränen war. In dieser Nacht liess ich ihn nicht los, hielt ihn umfangen, betrachtete sein im Schlaf entspanntes Gesicht. Und dachte das erste Mal in meinem Leben darüber nach, wie es wäre, ein Kind zu haben.

***

Um sieben Uhr dreissig klingelte Philipps Handy. Er nahm ab, und ich lauschte noch halb im Schlaf seinem kurzen Gespräch.

«Das war Sandy. Gestern sind sieben Personen neu erkrankt, alle aus der Little Creek Band. Nach wie vor ist die Ursache unklar. Sie hat angerufen, weil –»

Ein Pieps, das ein eintreffendes SMS meldete, unterbrach ihn. Er las es, schüttelte ungläubig den Kopf.

«Was ist los?»

«Das SMS ist von Jungens Tochter. Ihr Vater ist vor zwei Stunden gestorben. Sie wollte, dass ich weiss, dass er tatsächlich indigener Abstammung ist. Seine Mutter war eine Saik'uz, sein Vater Deutscher. Sie haben in der Familie nicht darüber geredet. Frau Jungen habe sich dafür geschämt, dass ihr Mann indianisches Blut hat.»

Ich starrte ihn an.

«Die Saik'uz sind Nachbarn der Little Creek Band. Du hast recht gehabt: Jungen war nicht in Vancouver an einer Konferenz. Er war in Fort Fraser und hat seine Verwandten besucht.»

«Verdammt! Das ist die Verbindung.»

«Der Stammesrat hat sich noch einmal beraten. Horseshoe ist dieses Mal überstimmt worden. Sie wollen, dass wir sofort kommen. Was soll ich tun?», fragte mich Philipp.

«Haben sie das auch deiner Chefin mitgeteilt?»

«Sandy sagt, wenn sie uns auf offiziellem Weg anfordert, würden wir nochmals mindestens drei bis vier Tage verlieren. Sie muss einen Antrag an Health Canada stellen, der muss zuerst von der Provinzregierung und dann von der Bundesverwaltung geprüft und genehmigt werden. Das letzte Mal dauerte das mehr als eine Woche.»

«An einem Tag sind sieben Personen neu erkrankt? An einem einzigen Tag?»

Philipp nickte. Sein Gesicht war blass. Er sah mich nur stumm an, wie erstarrt.

«Scheisse, Philipp! Was auch immer das Problem ist, es wird schlimmer, und zwar schnell.»

«Was soll ich tun?», fragte er noch einmal.

«Gehen wir. Rasch.»

SECHS

Dieses Mal begrüssten uns eine kleine Delegation des Stammesrates und weitere wichtige Persönlichkeiten des Ortes. Horseshoe war nicht darunter. Sandy liess uns keine Zeit, die Leute kennenzulernen, und scheuchte uns nach dem Händeschütteln in ihr Büro, wo sie uns über den Stand der Epidemie informierte. Sie dankte uns, dass wir so rasch gekommen waren, und entschuldigte sich für den Rauswurf, den wir das erste Mal in Fort Fraser erlebt hatten. Ich bat sie, den Antrag an Health Canada trotzdem zu stellen. Vielleicht würde das dazu führen, dass endlich ein ausreichend ausgestattetes Untersuchungsteam zusammengestellt würde.

Sie seufzte. «Ich kann es ja versuchen. Grosse Hoffnungen habe ich nicht, dass das klappt. Kommt, ich zeige euch, wo ihr arbeiten könnt.»

Sandy führte uns zu einem kleinen fensterlosen Büro, gab Philipp den Hausschlüssel, das Passwort für den Rechner, einen vorsintflutartigen Intel Pentium mit Windows NT, und eine Liste mit den wichtigsten Koordinaten der lokalen Gesundheitsversorgung. Auf dem Bürotisch lagen mehrere Stapel mit Krankengeschichten und medizinische Nachschlagewerke. An der Wand hing eine Karte des Gebiets im Massstab 1:25'000, auf der jemand von Hand ein unregelmässiges Muster von roten und einigen wenigen blauen Punkten eingefügt hatte. Bei knapp zwei Dutzend der Punkte hatte man von Hand einen schwarzen Rand angefügt.

«Diese Karte habe ich erstellt, um die Epidemie beschreiben zu können», sagte Sandy.

«Was bedeuten diese Punkte?», fragte ich.

«Jeder Punkt stellt einen Krankheitsfall dar. Rot bezeichnet Angehörige der Stellat'en, das sind alles Leute der Little Creek Band. Blaue Punkte sind Sekani. Der schwarze Rand bedeutet, dass jemand gestorben ist. Das ist handgestrickt, ich weiss. Aber ich habe die Punkte so genau wie möglich eingetragen.»

«Sehr gut, das ist schon mal wertvoll», sagte Philipp.

«Die Einheitlichkeit der Krankheitsfälle ist aber bisher immer noch nicht mittels Laboruntersuchungen verifiziert.»

«Kannst du uns mehr über dieses Punktemuster erzählen? Wer die Erkrankten sind? Wie die Personen miteinander verwandt sind? Solche Dinge?», fragte ich.

Sandy ging zur Karte, zeigte auf eine Stelle, die mit sechs roten Punkten markiert war, vier davon mit schwarzem Rand. «Das da ist die Farm der Familie Muller, von der ich euch bei eurem letzten Besuch erzählt habe. Oder besser gesagt: Das war mal ihre Farm. Ich weiss nicht, wer den Betrieb übernehmen wird. Die Eltern, Pit und Kim, sind schon nach wenigen Tagen Krankheit gestorben. Etwas später die beiden jüngeren Kinder. Die älteren Kinder, zwei Jungs, leben noch, wenn auch in schlechtem Zustand. Ich bin keine Neurologin, aber ihre Hirnfunktionen scheinen stark beeinträchtigt zu sein. Sie liegen auf der Intensivstation in unserem Regionalspital. Falls sie überleben, werden sie wahrscheinlich lebenslang stark behindert sein. Mit der Familie Muller hat die Krankheit angefangen. Und bei ihnen war der Krankheitsverlauf auch besonders heftig. Weshalb, weiss ich nicht.»

«Sie könnten besonders anfällig sein für den Erreger oder was auch immer die Ursache ist. Oder sie könnten stärker oder länger exponiert gewesen sein», sagte ich.

Wir studierten die Karte.

«Ist dir in der Zwischenzeit vielleicht etwas Neues eingefallen? Irgendetwas Besonderes an der Lebensweise der Mullers oder an ihrem Wohnort?», fragte ich nochmals.

Sandy überlegte. «Sie waren eine ganz typische Familie für diese Gegend. Mir fällt absolut nichts Aussergewöhnliches ein. Ich habe mir dazu ja auch schon Gedanken gemacht. Tut mir leid.»

«Hatte Kim noch einen Job?»

«Nein, ich glaube nicht. Sie hat Webarbeiten gemacht und verkauft und sonst für die Farm und die Kinder gesorgt. Und sie war aktiv bei ‹idle no more›.»

«Was ist ‹idle no more›?», fragte ich.

«‹Idle no more›? Schluss mit dem Leerlauf. Hast du wirklich noch nie davon gehört? Da haben sich vor ein paar Jahren vier Frauen zusammengetan, die die Schnauze von Harpers Regierung voll hatten. Die vier Frauen, das waren Nina Wilson, Sheelah McLean, Sylvia McAdam und Jessica Gordon. Drei davon sind indigene Frauen, und das ist kein Zufall. Es ist eine Bewegung von ganz unten. Ein friedlicher, aber enorm wirkungsvoller Protest der indigenen Frauen.»

Sandy lächelte.

«Tut mir leid, aber ich bin wirklich sehr stolz auf diese Sache. Die vier Frauen haben es irgendwie geschafft, dass in kürzester Zeit in ganz Kanada, dann in den USA und sogar in einigen Städten in Europa Flashmobs stattfanden. Wie aus dem Nichts sind indigene Frauen in den grössten Malls von Kanada, in Toronto, Vancouver, in Montreal und in Ottawa, aber auch in der Mall of America in Minnesota aufgetaucht und haben traditionelle Round Dances gemacht oder spontane Demonstrationen organisiert. Es war immer friedlich, aber sehr effektvoll.»

«Was wollten sie damit erreichen? Um was geht es?»

«Sie wehrten sich gegen die neuen Gesetze, die Stephen Harper erlassen hat. Diese Gesetze haben die Rechte der indigenen Völker Kanadas massiv beschnitten und gleichzeitig unseren Naturschutz mehr oder weniger abgeschafft. Sie protestierten insbesondere gegen die Bill C-45.»

Sandy streckte sich, massierte ihren Nacken und stöhnte.

«Die Regierung Harper hat immensen Schaden angerichtet», fuhr sie fort. «Die Bill C-45 löste ein älteres Gesetz ab. Es geht dabei eigentlich um die Sicherung der Transportwege zu Wasser. Das alte Gesetz wollte sicherstellen, dass die Kanadier sich frei auf den Wasserwegen bewegen und Handel treiben können. Das war früher sehr wichtig. Und als Nebeneffekt hatte dieses Gesetz eine wichtige Schutzwirkung. Sämtliche Wasserwege, auch die kleinen Flüsse, durften nicht verbaut werden. Die Bill C-45 hat diesen Schutz aufgehoben, damit die Ölpipelines gebaut werden können, und zwar durch ein Gebiet mit rund achthundert

Flüssen und Seen. Gerade diese Gebiete sind hochwertige und verletzliche Ökosysteme. Sie sind jetzt nicht mehr geschützt. Und das gegen den ausdrücklichen Willen der First Nations, die den grössten Teil dieses Landes besitzen. Stell dir vor, diese verdammte Ölpipeline soll genau durch das wichtigste Laichgebiet der Lachse führen.»

«Ich habe gemeint, dass die First Nations in solchen Fragen angehört und ihre Meinung berücksichtigt werden muss», sagte ich.

«Ja, das haben wir alle gemeint. Aber das neue Gesetz erlaubt den Bau der Enbridge Northern Gateway Pipeline, welche das Athabasca-Ölsandvorhaben mit dem Pazifik verbinden soll. Und dieses Projekt soll unbedingt realisiert werden, koste es, was es wolle. Stell dir mal vor, was passiert, wenn es im Laichgebiet der Lachse zu einer Ölpest kommt.»

«Warum eigentlich indigene Frauen? Das sollte die Männer genauso interessieren.»

«‹Idle no more› ist auch ein Protest gegen die männlich beherrschte Elite der First Nations. Wir haben einen weiblichen Chief, aber es sind immer noch meistens Männer, welche unsere Stämme führen und zum Chief oder Vorsitzenden einer First Nation gewählt werden. Viel zu lange haben sie – aus Sicht der Frauen – die Spiele der Regierung mitgemacht, sich vertrösten lassen oder vielleicht auch von diesem System profitiert. Korruption ist auch bei uns ein Thema, leider. Die Frauen hatten jedenfalls genug und haben das zu ihrer eigenen Sache erklärt. Später haben sich der Bewegung auch Männer angeschlossen, und von Anfang an wurde der Protest von Weissen mitgetragen. Einige Gruppen sind leider nicht beim friedlichen Protest geblieben. Es wurden wichtige Zugstrecken blockiert und solche Dinge. Die Gründerfrauen haben sich davon distanziert. Ihre Vision ist wichtig, finde ich. Viele Kanadier haben sich ihrer Vision angeschlossen.»

Sandy schloss einen Moment ihre Augen.

«Also, wie haben sie das formuliert … Es geht darum, dass das indigene Wissen und die indigene Souveränität zum Tragen kommen für den Schutz von Wasser, Luft, Land und den Erhalt aller Kreaturen für zukünftige Generationen. Gut, nicht?»

Sandy lächelte, dann stand sie auf, griff sich einen vollgepackten Ordner aus dem Büchergestell.

«Frag mich nur nie nach ‹idle no more›, sonst bekommst du wieder ein Heldinnenepos zu hören. Aber jetzt müssen wir wirklich weitermachen.»

Sandy händigte uns eine Tabelle mit den bisherigen Krankheitsfällen aus. Darauf waren die Namen, ethnische Zugehörigkeit, Wohnorte, Geschlecht, Alter, Zeitpunkt des Auftretens der ersten Symptome und die Symptome selbst aufgeführt. Ich überflog die ersten beiden Seiten. Es handelte sich teilweise um einzelne Personen, oft aber um mehrere Familienangehörige. Das zeigte auch das Muster auf der Karte. Bei ethnischer Zugehörigkeit war immer indigen angekreuzt, dazu Stellat'en; ab und zu tauchte ein indigen, Sekani auf.

Philipp telefonierte mit dem Labor, das die Blut- und Urinproben erhalten hatte. Das Gespräch war kurz, und Philipps Stimme klang eindeutig verärgert, als er seinen Gesprächspartner bat, die fehlenden Analysen endlich vorzunehmen.

«Sie haben noch nicht alle Tests gemacht», sagte er zu uns, «aber etwas Wichtiges haben sie immerhin festgestellt. Bloss haben sie vergessen, es uns mitzuteilen, die verdammten Idioten.»

«Und?»

«Sie haben in allen Urinproben der Patienten Eiweiss gefunden.»

«Protein im Urin? Das heisst, die Nieren arbeiten nicht mehr richtig. Das spricht ebenfalls gegen Gehirnentzündung», sagte Sandy.

«Was ist mit Gift?», fragte ich. «Könnte es eine chronische Vergiftung sein? Aber dazu passen wiederum die akuten Verläufe nicht.»

Philipp und Sandy befassten sich detailliert mit den verschiedenen Symptomen. Einschränkung des Gesichtsfeldes in hundert Prozent der Fälle, Fieber in zwanzig Prozent der Fälle, dazu eine Vielzahl an neurologischen Symptomen, die vor allem Motorik, Störungen des Gleichgewichts, Sehen und Kognition betrafen. Bei den schweren Verläufen kamen nach einigen Tagen bis Wochen Koma und Tod dazu. Ich ging nochmals zu der Karte. Rings um den Fraser Lake waren zahlreiche rote Punkte eingezeichnet. Einige Cluster waren weiter entfernt. Auf den ersten Blick zeigte sich kein erkennbares Muster, ausser dass viel mehr rote als blaue Punkte vorhanden waren und etwa zwanzig Prozent der Fälle einen schwarzen Rand aufwiesen. Automatisch suchte mein Auge nach den Flussläufen, der möglichen Trinkwasserversorgung. Das Telefon klingelte wieder. Diesmal ging es um die Frage eines Rentenanspruchs, wenn ich es richtig mitbekommen habe. Als Sandy sich wieder zu uns setzte, seufzte sie.

«Tut mir leid. An diese dauernden Unterbrechungen muss man sich gewöhnen. So geht das jeden Tag.»

Wie als Bestätigung des Gesagten öffnete sich die Tür und eine ältere Frau, die bereits bei unserer Begrüssung anwesend gewesen war, streckte ihren Kopf herein.

«Sandy? Hast du vielleicht etwas von diesem Gardner gehört?», fragte sie. «Entschuldigung, störe ich gerade?»

«Macht nichts. Darf ich vorstellen: Mary Young, unser Chief. Und das sind Dr. Laval und Louisa Beck, die Experten von Health Canada, die uns bei der Abklärung der Epidemie unterstützen.»

«Wunderbar. Wir können jede Hilfe brauchen», sagte sie. «Wenn ihr etwas Neues herausbekommt, meldet euch sofort. Und Sandy: Wir haben morgen Ratssitzung. Wenn dieser Gardner nicht auftaucht, können wir nicht über den Landverkauf entscheiden. Wenn er sich also melden sollte … Ich bin hinten im Ratszimmer.»

«Ja, mache ich.»

Der Kopf verschwand, und Sandy erklärte uns, dass Mary Young seit sieben Jahren Chief der Stellat'en von Fort Fraser war.

Ich zögerte, wagte dann dennoch zu fragen: «Macht ihr das

nichts aus, dass so viele Menschen ihres Volkes erkrankt und sogar gestorben sind? Sie wirkte nicht wirklich interessiert.»

«Ach ... Das täuscht, Mary hat einfach viel um die Ohren. Sie ist Chief geworden mit dem Slogan ‹Vorwärts, nicht rückwärts geht's in die Zukunft›. Damit hat sie die jungen Leute angesprochen. Sie hat versprochen, dass sie uns eine Zukunft bieten und trotzdem die Traditionen wahren werde – wie das auch immer gelingen kann. Ich glaube, sie tut einfach so, als ob die Krankheit nicht existieren würde. Steckt ihren Kopf in den Sand.»

Philipp und Sandy berieten sich weiter über die verschiedenen Symptome. Sie drehten sich im Kreis. Wir kommen nicht vom Fleck, dachte ich. Und die Zeit drängt. Wir mussten irgendwie zum Kern der Sache kommen. Nochmals von vorn.

«Warum werden fast nur Leute von der Little Creek Band krank?», fragte ich.

«Ich weiss es nicht. Es scheint wie ein Fluch ... oder jemand will die Little Creek Band auslöschen. Ende des 18. Jahrhunderts waren wir schon einmal am Rand des Aussterbens, aber dann ist die Band wieder angewachsen.»

Sandy erhob sich, ging zur Karte und begann zu erklären. Fort Fraser war im Zentrum der Karte. Das Reservat der Little Creek Band erstreckte sich südwestlich des Sees. Sandy wies auf eine Anhäufung von fünf roten Punkten und einem roten Punkt mit einem schwarzen Rand, etwas westlich von Fort Fraser.

«Das hier ist die Familie von Arthur und Emily Nooski. Sie gehören zur Little Creek Band. Emily ist aktiv bei ‹idle no more›, und sie und ihr Mann haben sich gegen den Pipelinebau engagiert. Sie haben drei Kinder. Die ganze Familie ist schwer krank. Der zweijährige Norman ist vor zehn Tagen gestorben.»

«Das sind aber sechs rote Punkte», sagte ich.

«Emilys Onkel Jacob John wohnt mit ihnen zusammen. Er ist als einer der Ersten erkrankt.»

Sie zeigte auf einen weiteren roten Punkt, zwei Meilen weiter südlich.

«Das ist Cynthia McMillan, achtundsiebzig Jahre alt. Sie lebt mit ihrer Schwester Emma zusammen, die aber bisher völlig gesund scheint. Sie gehören ebenfalls zur Little Creek Band. Cynthia hat seit letztem Dienstagabend heftige Kopfschmerzen und visuelle Störungen. Ich habe bei ihr über neununddreissig Grad Fieber gemessen. Emma ist auch schon fünfundsiebzig Jahre alt. Aber sie hat eine Ausbildung in Krankenpflege und kann sich um ihre Schwester kümmern. Beide Schwestern sind gegen den Pipelinebau.»

Ich schaute mir die Verläufe der Flüsse an. Konnte das Trinkwasser verunreinigt sein? Durch das Gebiet der Little Creek Band verlief nur ein einziger Fluss, der White River, der aber von mehreren Quellen gespeist wurde. Viele der Punkte waren ganz in der Nähe des Flusslaufs. Eine Ausnahme waren die McMillans, die mehrere Meilen davon entfernt wohnten.

«Haben die McMillan Schwestern eine eigene Quelle?», fragte ich.

«Nein. Sie erhalten ihr Trinkwasser vom White River. Da gibt es einen unterirdischen Nebenarm, und ihr Brunnenschacht stösst in dreissig Metern Tiefe auf diesen Arm.»

«Könnte das Trinkwasser Ursache der Epidemie sein?», fragte Philipp.

«Ich kann es nicht ausschliessen», sagte Sandy, «aber ich glaube es nicht. Hier», sie zeigte auf einen Ort einige Meilen nördlich der McMillan-Schwestern, «das sind die Garretts. Die haben eine eigene Trinkwasserversorgung. Eliza Garrett ist krank, ihr Mann nicht. Sie trinken beide dasselbe Wasser.»

«Vielleicht reagieren die einen anfälliger auf den Erreger oder das Gift, sind aus welchem Grund auch immer vulnerabler dafür», sagte ich.

«Ich könnte das Vermessungsamt anfragen, ob sie uns eine Karte der unterirdischen Flussarme ausleihen. Dann kannst du genau sehen, wer sein Wasser von welchem Fluss oder welcher Quelle bekommt», sagte Sandy.

«Ja, das könnte wichtig sein.»

Ich folgte dem Hauptlauf des White Rivers mit dem Finger und stiess auf weitere rote Punkte und mehrere schwarz gerahmte Punkte.

«Habt ihr hier irgendwo eine Deponie im Oberlauf des Flusses? Oder eine andere Quelle für chemische Abfälle oder Verunreinigungen, irgend so etwas?»

Sandy schüttelte den Kopf.

«Wird vielleicht irgendwo Gold abgebaut?», fragte ich.

«Nein.»

«Haben die kranken Kinder auffällig pinkfarbene Wangen, Fingerspitzen oder Zehen?»

«Nein.»

«Oder hat sich bei jemandem die Haut geschält?»

«An was denkst du?»

«Radioaktivität? Wäre das eine Möglichkeit?»

«Nein, niemand hatte solche Symptome.»

«Und wenn da jemand wirklich die Band auslöschen will? Du hast erwähnt, dass viele der Erkrankten sich gegen die Pipeline engagiert haben.»

Sandy erhob sich. «Ich habe eine Liste mit den Leuten zusammengestellt, die aktiv am Widerstand gegen die Pipeline beteiligt sind. Hier!»

Sie reichte mir eine Liste, und ich begann die Namen der Erkrankten aus der Tabelle abzugleichen. Da waren zu viele Übereinstimmungen, viel zu viele Übereinstimmungen, dachte ich. Das konnte kein Zufall sein.

In diesem Moment hörten wir Stimmen von draussen. Mary Young und Hank Horseshoe traten ein.

Sandy erhob sich rasch. «Chief», sagte sie, dann nickte sie Hank Horseshoe zu.

«Ihr kennt euch ja bereits», sagte Mary Young. «Stammesrat Horseshoe hat mich gebeten, bei diesem Gespräch anwesend zu sein. Hier bin ich also.» Sie wandte sich an Horseshoe. «Und halte dich bitte kurz. Wir sind alle sehr beschäftigt.»

«Vielleicht war es ein Fehler, dass ich mich gegen eure Unterstützung verwahrt habe», sagte Horseshoe in einem Ton, der das Gegenteil ausdrückte. «Das wird die Zukunft zeigen. Aber nun gut, der Rat hat entschieden, und ich hoffe, dass ihr diese Sache in den Griff bekommt. Und zwar rasch. Als Stammesrat verlange ich, dass ihr mich regelmässig über eure Schritte und den Stand der Untersuchung informiert.» Er liess seinen Blick über die Papierberge, den Tisch voller loser Notizen und aufgeschlagenen medizinischen Wälzer schweifen. «Das reinste Chaos. Es würde mich sehr wundern, wenn bei dieser Übung etwas herauskommt. Man kann nur hoffen, dass es unseren Leuten nicht noch mehr schadet.» Er wandte sich zum Gehen.

Mary verdrehte die Augen, um Sandy zu zeigen, was sie von Horseshoes Meinung hielt, und folgte ihm.

«Ist dieser Gardner nun endlich aufgetaucht?», hörten wir Horseshoe noch fragen.

«Nein, bis jetzt nicht. Aber er kommt bestimmt noch.»

«Mein Angebot steht, das weisst du.»

«Ja, ja. Ich weiss, Hank.»

Ein zustimmendes Knurren und dann waren die beiden im Flur verschwunden.

Ich zeigte Philipp und Sandy das Ergebnis meines Abgleichs.

«Das kann doch kein Zufall sein», rief Philipp. «Jemand versucht systematisch, die Gegner der Pipeline zu töten. Leute von der Enbridge! Oder jemand anders, der durch den Bau profitiert.»

«Moment, das ist eine reine Hypothese, das –», versuchte ich ihn zu bremsen, wurde aber sofort wieder unterbrochen.

«Und wenn es die kanadische Regierung selbst ist? Oder die USA? Der CIA, der Geheimdienst? Es wäre ja nicht das erste Mal.»

«Stopp, Philipp! Solche offensichtlichen Übereinstimmungen muss man immer hinterfragen», sagte ich. «Was, wenn ein dritter Faktor, der mit dem Widerstand *und* mit der Krankheit zusammenhängt, Ursache des Ganzen ist?»

«Und was könnte das sein?», fragte Philipp und schaute Sandy an.

«Keine Ahnung. Ich weiss es nicht», sagte Sandy.

«Hast du die Patienten gefragt, was sie essen und trinken?», nahm ich den Faden wieder auf.

«Ich bin bisher nicht dazu gekommen, das systematisch zu erfassen», sagte Sandy. «Betty McMahon sagt, dass sie viel Gemüse kocht und überhaupt versucht, gesund zu essen. Sie kauft Früchte und Gemüse aus dem Supermarkt neben der Tankstelle. Fleisch gibt es eher selten, da sie selbst Vegetarierin ist.»

«Isst sie Fisch?»

«Ich weiss es nicht. Das habe ich vergessen zu fragen.»

«Wie steht es mit dem Lachs?», fragte ich. «Raubfische stehen an der Spitze der Nahrungsmittelkette. Wenn es im Wasser Gift hat, reichert sich das bei den Raubfischen an.»

«Denkst du an Quecksilber?», fragte Philipp.

«Die Lebensmittelkontrolle überprüft das regelmässig», sagte Sandy. «Das ist Vorschrift, da wir den Lachs exportieren. Das Fleisch ist einwandfrei, jedenfalls geht das aus den Tests hervor.»

«Ausserdem passt Quecksilbervergiftung nicht zu den Symptomen», sagte Philipp. «Bei unseren Patienten fehlen die Bauchschmerzen, das Erbrechen, der blutige Stuhl und das Nierenversagen. Nein, das passt nicht.»

Sandy liess einen Moment ihren Kopf hängen und presste die Zeigefinger auf ihre Schläfen. Ihr Gesicht verzerrte sich, als sie den Kopf wieder hob und vorsichtig gegen links und rechts drehte. Sie hatte sichtlich Schmerzen.

Sie holte ein medizinisches Nachschlagewerk vom Büchergestell, blätterte darin herum, las kurz, blätterte weiter, vor und zurück, es wirkte völlig ziellos, während Philipp mehrere Telefonate machte. Nicht erfolgreich, entnahm ich seinen Worten. Eine junge Frau in einem rosa Kittel mit Logo des Gesundheitszentrums unterbrach uns und bat Sandy, sich einen kleinen Jungen anzuschauen.

«Es tut mir leid, dich zu stören, Sandy. Ich weiss, dass du alle Hände voll zu tun hast. Aber es ist Jonah Blackwater mit seinem Kleinen. Samy hat seit einigen Tagen Husten, und Jonah lässt sich nicht davon abbringen, dass es eine Lungenentzündung ist. Er will unbedingt, dass du den Kleinen untersuchst. Wir sind ihm zu wenig kompetent. Du kennst ihn ja.»

Die Frau lächelte bei diesen Worten. Sandy stellte sie als Rosa Lopez, Gemeindeschwester, vor. Dann erhob sie sich und drückte stöhnend ihr Kreuz durch.

«Willst du mitkommen und mir mit Jonah und seinem Enkel helfen?», fragte sie zu mir gewandt. Sie lächelte und fügte hinzu: «Er lässt sich vielleicht beruhigen, wenn er sieht, dass wir hier sogar Spezialisten aus Montreal hinzuziehen.»

«Musst du das wirklich selbst machen, Sandy? Wir kommen nicht vom Fleck, und wir dürfen jetzt keine Zeit mehr verstreichen lassen. Es gibt noch so viel zu tun.»

«Du hast recht, aber Jonah Blackwater ist etwas ganz Besonderes. Und wenn ich nicht einmal mehr für ihn und seinen Enkel etwas Zeit übrig habe, nützt alles nichts mehr.»

Jonah Blackwater und Samy sassen eng aneinandergekuschelt auf einem alten, gefährlich schiefen Sofa im Behandlungszimmer. Als Erstes fiel mir Samys Gesicht auf. Ich stutzte, versuchte mir nichts anmerken zu lassen. Der Kleine hatte einen auffallend kleinen Kopf, merkwürdige Segelohren, die zu tief am Kopf lagen, eine kaum sichtbare Oberlippe und – das eindeutigste Zeichen – zwischen Nase und Lippe verlief eine glatte Fläche, ohne das übliche Grübchen. Ein glattes Philtrum ist eines der Kardinalmerkmale für das Fetale Alkoholsyndrom. Seine Mutter hatte während der Schwangerschaft Alkohol getrunken und ihren Sohn damit schwer geschädigt.

Blackwater war alt, aber es fiel mir schwer, sein genaues Alter zu schätzen. Er sah aus, als ob er rasch gealtert wäre. Sein Rücken war gekrümmt, er liess seine Schultern hängen, der Kopf wirkte zu schwer für den dünnen Hals, ein schmales Fragezeichen. Aber die Liebe zwischen Grossvater und Enkel war so deutlich wahrnehmbar, dass der Raum davon ausgefüllt schien. Der alte Mann begrüsste Sandy herzlich und mich deutlich distanziert. So viel zu meinem guten Einfluss. Ich setzte mich etwas abseits auf einen Stuhl und beobachtete die Unterhaltung.

Sandy hörte sich zunächst die Klagen und Sorgen von Blackwater an, die sich alle um das Wohlergehen seines Enkels drehten. Dann wurde Samy untersucht, seine Lunge abgehorcht, etwas Blut genommen, was zu grossem Geschrei und Wehklagen führte. Blackwater wiegte den Kleinen im Arm und tröstete ihn liebevoll, dann wurde wieder etwas geplaudert. Schliesslich reichte Sandy dem alten Mann eine Flasche mit einer braunen Flüssigkeit.

«Und das hilft?», fragte er.

«Natürlich hilft das», gab Sandy empört zurück. «Fünfmal täglich einen Löffel voll. Und er soll viel Tee und Wasser trinken.»

«Gut. Dann bekommt er das, sobald wir wieder zu Hause sind. Und dann muss ich los, um Little Joe suchen zu gehen. Ein Ranger hat ihn bei der alten Milligan Farm gesehen. So ein freches Vieh, das ist jetzt das dritte Mal dieses Jahr.»

«Viel Glück», wünschte Sandy.

«Was ist mit dem Kleinen?», fragte ich, nachdem die beiden Hand in Hand abgezottelt waren.

«Abgesehen vom Offensichtlichen meinst du? Nimmst du auch einen Kaffee?»

«Sehr gern. Er hat ein FAS, ein Fetales Alkoholsyndrom, nicht?», fragte ich.

«Ja. Bis seine Mutter gemerkt hat, dass sie schwanger ist, war es bereits zu spät. Im zweiten Trimenon hat sie einen Entzug gemacht, wieder abgebrochen, weitergetrunken. Auch nach der Geburt hatte Samy keine guten Karten. Die Eltern haben sich kaum um ihn gekümmert. Einige Monate war er bei einer Pflegefamilie, dann wieder zu Hause. Bis sein Grossvater gekommen ist und sich um ihn gekümmert hat, war sein Leben wahrscheinlich ziemlich grässlich.»

«Und was hat ihm heute gefehlt?»

«Ach, nichts. Samy hat nur ein wenig Husten. Ich habe ihnen eine Flasche Sanddornsirup mitgegeben. Jonah habe ich gesagt, es sei ein sehr teures Medikament, und er solle es sparsam einsetzen. Wetten, nächste Woche kommt er, um die nächste Flasche zu holen?»

Sie lachte, und ich erkannte in diesem Moment, dass Sandy eine schöne Frau war.

«Er liebt diesen Jungen über alles. Und Samy – nun, ich denke, er hat jetzt trotz seiner Behinderung ein schönes Leben. Schöner als viele andere Kinder jedenfalls.»

«Was ist mit Samys Eltern?»

«Seine Mutter ist vor drei Jahren abgehauen. Man kann ihr keinen Vorwurf machen. Jonahs Sohn, Mitch, hat sie im Suff fast umgebracht, und das nicht nur einmal. Samys Eltern sind beide schwere Alkoholiker. Die Kinder büssen für die Sünden der Eltern. Das scheint mir nicht fair.»

«Geht er in eine Schule?»

«Nein. Die nächste Schule, die ihn fördern könnte, ist in Prince George. Und Jonah weigert sich strikt, ihn wegzugeben. Der Kleine ist sein Leben. An ihm kann er alles wiedergutmachen, was er früher verbockt hat. Und das ist nicht wenig.»

In der Zwischenzeit waren wir in der kleinen Küche des Verwaltungszentrums angekommen. Eine Kaffeekanne stand auf einer Wärmplatte, und Sandy schenkte uns beiden einen Becher ein. Ich nahm einen Schluck. Mein Gott, war das Zeug bitter. Sandy lachte wieder, als sie mein Gesicht sah.

«Ihr vertragt nichts, ihr Weissen.»

«Das ist Rassismus!»

«Na gut, ich entschuldige mich. Ihr rosafarbenen Weichlinge seid geschmacklich herausgefordert, wenn es darum geht, richtigen Kaffee zu geniessen.»

Sandy liess sich auf einen Stuhl plumpsen und schloss einen Moment ihre Augen. «Verdammt, bin ich müde.»

«Was hat Jonah verbockt? Er sieht aus wie der Bilderbuch-Grossvater, den man selbst nie hatte, nicht?»

«Mmh. Heute schon. Früher – lass mich überlegen. Er war einige Jahre im Gefängnis wegen Totschlags. Eine Schlägerei im Suff, die ausser Kontrolle geraten ist. Er war mehr als zwanzig Jahre lang schwerer Alkoholiker, hat seine Kinder und seine Frau geschlagen. Willst du noch mehr hören?»

«Ja.»

«Es ist zu einfach, wenn man sagt, dass die Probleme von Generation zu Generation weitergegeben werden. Als ob der Einzelne keinen Einfluss auf sein Schicksal hätte. Das stimmt nicht. Es gibt viele Menschen, die eine schwierige Kindheit hatten.»

Sie lachte, aber es klang nicht fröhlich.

«Du kennst doch den Anfang von Anna Karenina?»

Verwirrt über diesen Themenwechsel schüttelte ich den Kopf.

«Anna Karenina von Tolstoi. Alle glücklichen Familien gleichen einander, jede unglückliche Familie ist auf ihre eigene Weise unglücklich. Wir haben hier jede Menge Familien, die auf ihre eigene Weise unglücklich sind, wenn du verstehst, was ich meine. Aber immer wieder gibt es Leute, die sich aus der Vergangenheit befreien und einen anderen Weg einschlagen. So wie Jonah, und deshalb ist er mir teuer. Los, komm, wir müssen zurück an die Arbeit.»

Auf dem Weg zurück stöhnte Sandy auf, als sie einen älteren Mann auf sich zusteuern sah. Er war gross und schlank, beinahe ausgemergelt, trug ein altes Holzfällerhemd, eine verdreckte Arbeitshose, schwere Schuhe und auf dem Kopf einen Cowboyhut, der schon bessere Tage gesehen hatte. Als er näher kam, sah ich ein offenes Gesicht, kluge Augen.

«Jimmie Sherman, eine Art Onkel», stellte er sich vor und zwinkerte mir zu.

«Ausserdem ist er der ehemalige Schulleiter von Fort Fraser und der beste traditionelle Heiler von ganz British Columbia», ergänzte Sandy.

Jimmie Sherman? Diesen Namen hatte Philipp erwähnt. Das war doch der Heiler, der ihn so beeindruckt hatte.

«Du schmeichelst mir immer nur dann, wenn du mich verarschen willst, Sandy Delmare. Was ist los?»

«Nichts, ich bin nur gerade in Eile.»

«Ich denke, du würdest dich besser mal hinsetzen und in Ruhe nachdenken, als herumzurennen. So löst du das Problem nicht.»

Sandy seufzte. Ich konnte ihr ansehen, dass sie genervt war, aber sich Mühe gab, es nicht zu zeigen.

«Wann hast du endlich mal eine Stunde Zeit, damit ich dir von diesen kranken und toten Tieren erzählen kann?», fragte Sherman und versperrte uns den Weg. «Du wimmelst mich jetzt schon seit Tagen ab.»

«Heute nicht und morgen auch nicht. Du weisst doch, was los ist. Ich habe bis über alle Ohren zu tun und weiss noch immer nicht, was die Ursache dieser Krankheit ist.»

«Es dauert nicht lange, ich kann mich kurzfassen, wenn ich will.»

«Bitte, Onkel. Ich kann mich nicht auch noch um Tiere kümmern, so leid es mir tut. Ich weiss, dass dir die Natur sehr wichtig ist, aber hier sterben Menschen. Das hat Priorität. Und jetzt müssen wir weiter.»

«Warte. Du irrst dich. Die Menschen haben keine Priorität. Und weisst du, weshalb? Weil sie untrennbar mit der Natur verbunden sind. Alles ist eins, Mensch, Tier, Erde.»

«Ich kann die Erde nicht retten.»

«Es geht nicht darum, stell dich nicht dümmer, als du bist. Wenn die Menschen nicht mehr in Harmonie mit der Natur leben, werden sie krank. Darum geht es. Wir wurden vom Schöpfer geschaffen, um für die Mutter Erde zu sorgen. Wir sind verantwortlich dafür, eine gute Beziehung zu allen Wesen auf unserem Land zu pflegen. Du weisst doch, was Trickster Coyote zu Raven gesagt hat?»

«Bitte, Onkel», brachte Sandy in verzweifeltem Ton hervor. «Ich kann jetzt nicht.»

«Soll ich das übernehmen?», fragte ich. «Es würde mich interessieren, etwas von diesem Tiersterben zu erfahren. Es könnte wichtig sein.»

«Ja. Das ist eine gute Idee», sagte Sandy rasch. «Louisa ist eine bekannte Epidemiologin, und sie kennt sich auch sehr gut mit Tierkrankheiten aus.»

Sherman musterte mich, gab mir seine Adresse und Telefonnummer und ging zufriedengestellt davon.

«Vielen Dank, Louisa. Das entlastet mich wirklich. Er ist ein echt sturer Hund.»

«Sie kennt sich auch sehr gut mit Tierkrankheiten aus?», imitierte ich Sandys Worte.

Sie lächelte. «Du machst das schon, ich habe volles Vertrauen in dich.»

SIEBEN

Es war gegen fünfzehn Uhr, als Philipp und ich aufbrachen, um zuerst zu der Farm der Garretts und dann zu den Schwestern McMillan zu fahren. Sandy gab uns eine Wegbeschreibung, eine Karte, und wir durften wieder den kleinen Pick-up des First Nations Gesundheitsdienstes benutzen.

Ich war froh, dass wir endlich raus und an die frische Luft kamen. Mir schwirrte der Kopf von all den Informationen und Geschichten, die ich erfahren, und von den Menschen, die ich in diesen wenigen Stunden im Gesundheitszentrum kennengelernt hatte. In meinem Hinterkopf kündete sich ein Druck an, der schon bald in heftige Kopfschmerzen übergehen könnte. Aber dafür war jetzt keine Zeit. Philipp hatte auch schon frischer ausgesehen. Auf dem Parkplatz machte ich einige Dehnübungen und versuchte meinen verkrampften Nacken zu lockern.

«Wenn diese Geschichte vorbei ist, gehen wir ein paar Tage in ein Wellnesshotel, was meinst du?», fragte Philipp.

Vor meinem inneren Auge leuchteten farbenfrohe Lämpchen auf, und ich sah uns nach stundenlangem warmen Baden entspannt in einem grossen Bett liegen. Das Hotelzimmer hätte ein Panoramafenster mit Sicht auf den aufgewühlten Pazifik direkt unter uns, wir würden Wein trinken und dann superschönen Sex haben.

«Das wäre nett», sagte ich.

Simon Garrett stand neben einem alten Traktor. Er hielt einen Engländer in der Hand, der hier ganz sicher einen anderen Namen hatte. Sein kariertes Flanellhemd und seine Jeans waren fleckig von Motorenschmiere, seine Hände schwarz. Er trug ein völlig verblichenes Baseball-Cap, das zu klein geschnitten war, als ob er es als Fünfjähriger erhalten hätte und nun rausgewachsen wäre. Ein mächtiger Bauch wölbte sich über seinen Jeans.

Voller Misstrauen starrte er auf unser Auto und versuchte zu erkennen, wer darin sass.

«Ich habe das Gefühl, dieses Gespräch könnte schwierig werden und lange dauern», sagte Philipp. «Vielleicht reagiert er besser auf Frauen. Solche Typen lassen sich von Frauen leichter um den Finger wickeln, das sieht man ihm an.»

«Ich bin nicht der ‹Um-den-Finger-wickel-Typ›, das weisst du.»

«Du täuschst dich. Ich schlage vor, du redest allein mit ihm, ich fahre zu den Schwestern McMillan und hole dich in einer Stunde wieder ab.»

Ich seufzte. Und wenn der Mann gar nicht mit mir reden wollte?

«Also gut. Aber spätestens in einer Stunde bist du wieder hier. Schwöre es.»

Ich stieg aus, Philipp gab Gas, die Räder rutschten einen Moment, dann fuhr er davon. Ich ging auf den Farmer zu.

«Mister Garrett? Ich komme von Health Canada. Wir unterstützen Dr. Delmare bei der Bekämpfung der Epidemie hier im Gebiet. Können wir miteinander reden?»

«Keine Zeit, das sehen Sie doch. Jetzt, wo meine Frau krank ist und die Kinder auch nicht helfen können, muss ich alles allein machen.»

«Sind Ihre Kinder auch krank?»

«Nein. Die sind im Internat. Prince George High School. Sie sollen nicht im Reservat in die Schule gehen.»

Von hinten kam ein Hund, den Schwanz zwischen den Hinterbeinen eingeklemmt. Er hatte ein schwarz-weiss gemustertes Gesicht. Als ob er meinen freundlichen Blick wahrgenommen hätte, kam er auf mich zu, wollte meine Hand beschnuppern. Der Mann gab ihm einen nicht allzu gemeinen Fusstritt.

«Hau ab», sagte er und dann zu mir gewandt: «Der will nur betteln. Hat sein Futter schon gehabt. Nutzloses Vieh, sollte auf die Schafe aufpassen. Wir haben hier Wölfe. Aber der hat Angst, schon immer gehabt. Meine Frau hat ihn sich ausgesucht. Wegen seinem hübschen Gesicht.» Er spuckte auf den Boden. Dann zündete er sich eine Zigarette an, nahm gierig einen tiefen Zug. «Wenn meine Frau stirbt, ist Schluss mit der Töle.»

Ich erstarrte innerlich. Der Mann schien völlig gefühllos.

«Also, was wollten Sie wissen? Sie haben genau fünf Minuten.»

«Wollen Sie denn nicht, dass Ihre Frau wieder gesund wird?»

«Was reden Sie denn da? Wollen Sie mir was anhängen oder was?»

«Nein, aber ich benötige Informationen, um herauszufinden, was hier los ist. Warum Ihre Frau und all die anderen krank geworden sind.»

Er blinzelte und räusperte sich. «Wollen Sie einen Kaffee?»

Er lud mich in sein Haus ein und bereitete einen ausgezeichneten Kaffee zu. Nach dem ersten Schluck und einem Kompliment von meiner Seite war er versöhnlicher gestimmt und kam trotz der zuvor geäusserten Zeitnot ins Plaudern. Er wies auf eine vergrösserte Schwarz-Weiss-Fotografie, die in einem vergoldeten Holzrahmen an der Wand hing.

«Mein Urgrossvater, Chief Paul Whitesox, und seine Frau Roberta.»

Es war in der Tat ein faszinierendes Bild. Der Chief und seine Frau waren beides eindrucksvolle, stolze Gestalten mit harten Gesichtern. Der Chief trug eine dieser Federhauben und einen dunklen Anzug. Die Frau hatte ihre Haare unter einem Kopftuch versteckt und war in einen langen Rock aus schwerem Stoff gekleidet. Darunter schauten verzierte Mokassins hervor. Die Eheleute schauten ernst in die Kamera, hatten beide die Mundwinkel stark nach unten gezogen.

Ihre Gesichter legten Zeugnis eines langen Lebens voller Anstrengungen, Entbehrungen und Leiden ab. Ich hatte solche Porträts, solche Gesichter, auch in der Schweiz gesehen. Es waren Menschen aus Bergdörfern, geboren Ende des 19., anfangs des 20. Jahrhunderts. Sogar die Kleidung schien mir ähnlich zu sein, mit Ausnahme der Kopfbedeckung des Mannes natürlich.

Er wies auf ein zweites Bild, das Porträt einer etwa vierzigjährigen Frau. «Meine Grosstante Anna-Katharina Blackwater.

Da war sie wohl Mitte vierzig. Heute ist sie dreiundachtzig Jahre alt. Hat viel erlebt.»

Das Gesicht faszinierte mich. Die Frau hatte eine wunderbare Ausstrahlung, fröhlich und stark zugleich.

«Wir sind Stellat'en, unsere Sprache ist Dakelh, aber vielleicht wissen Sie das ja bereits. Aka ist bekannt dafür, dass sie unsere alten Traditionen kennt. Sie ist wohl die Einzige, die unseren Dialekt noch fliessend sprechen kann, die alle diese Ausdrücke für die verschiedenen Lachsarten kennt, für das junge Karibu, für die verschiedenen Beeren, die man essen kann. Aber damit ist es jetzt bald vorbei. Sie ist krank. Hat auch diese Scheiss-Krankheit erwischt.»

«Das tut mir sehr leid. Ich wünschte, wir wüssten endlich, warum so viele Menschen Ihrer Band krank geworden sind, und dass wir Ihnen helfen könnten.»

«Stellen Sie endlich Ihre Fragen, ich muss wieder zur Arbeit.»

«Wann ist Ihre Frau krank geworden?»

«Das war vor zehn Tagen, warten Sie, am Mittwoch ist sie morgens nicht aus dem Bett gekommen. Hatte Kopfschmerzen. Am Abend dann Fieber, konnte nicht mehr richtig sehen. Seither ist sie nicht mehr aufgestanden. Muss alles allein machen, sogar kochen.»

«Und Sie? Fühlen Sie sich wohl?»

«Habe Probleme mit dem Rücken. Das geht schon ewig so. Seit ich achtundsiebzig von diesem gottverdammten Mustang runtergefallen bin. Rodeo von Laveen. Aber das interessiert Sie wohl kaum. Vorletzte Woche hatte ich eine Grippe. So mit Kotzen und Scheissen. Üble Sache, das gibt's ab und zu. Konnte drei Tage lang nichts bei mir behalten. Dabei war damals das Essen bei Dany George. Hab ich verpasst, Scheisse. Nur Pech zurzeit.»

«Was für ein Essen?»

«Ach, die Georges sind unsere Nachbarn, und sie laden uns ab und zu ein. Kocht gut, Danys Frau. Steaks und Fritten sind mein Lieblingsgericht.»

«Haben Sie eine Ahnung, weshalb Ihre Frau krank geworden ist? Was die Ursache sein könnte?»

«Nicht den blassesten Schimmer. Nein, wirklich nicht.»
«Ist sie zu dem Essen der Familie George gegangen?»
«Ein gutes Essen würde sie nie auslassen.»
«Und die Familie George: Wurden sie auch krank?»
«Das müssen sie die Leute schon selbst fragen. Ich habe keine Zeit zum Rumtratschen, während auf der Farm alles den Bach runtergeht.»
«Wo ist Ihre Frau? Kann ich mit ihr sprechen?»
«Sie ist im Spital in Prince George. Konnte nicht auch noch zu ihr schauen, sie waschen und das alles. Aber die redet eh nichts mehr. So eine Scheisse.»
Ich fragte nach Essensgewohnheiten, Arbeitsumgebung, Trinkwasserversorgung, nach Unterschieden zwischen den Eheleuten wie getrennt unternommene Reisen, Ausflüge oder unterschiedliche Hobbys. Das führte alles zu nichts. Die Antworten waren kurz, und Garrett wurde immer ungeduldiger. Ein Hupen unterbrach uns. Garrett meinte, er müsse jetzt wirklich wieder arbeiten. Ich dankte für den Kaffee und ging.
«Hast du was rausbekommen?», fragte mich Philipp.
«Ich glaube nicht. Garrett hatte eine Art Magen-Darm-Grippe. Jetzt ist er wieder ganz gesund. Die Kinder sind gesund. Sie leben nicht bei den Eltern, sondern in einem Internat. Und Garrett hat eine Essenseinladung bei seinen Nachbarn verpasst. Es gab Steaks und Fritten. Wir sollten noch bei dieser Familie George nachfragen, ob sie nach dem Essen krank geworden sind.»
«Steaks? Rinderfleisch kann alles Mögliche auslösen, aber nicht die Symptome, die wir hier beobachten. Ich habe bei den Schwestern McMillan auch nicht mehr erfahren. Sie haben keine Ahnung, sagt die Schwester der Kranken. Sie haben nichts an ihrer Lebensweise geändert. Sie leben den Traditionen folgend seit mehr als dreissig Jahren.»

***

Zurück im Gesundheitsdienst besprachen wir die neuesten Informationen über die Krankheitsfälle. Zwei neue Erkrankungen waren gemeldet worden, eine ältere Frau musste gestern Abend hospitalisiert werden, ein Kind wurde nach Vancouver verlegt.

«Lizzie ist sieben Jahre alt. Die Familie Dunstan hat dort Verwandte, Lizzies Onkel. Ich versuche ihn zu kontaktieren, damit er das Mädchen heute noch besuchen kann. Die behandelnde Ärztin ist informiert. Jetzt muss ich den Mann nur noch finden. Offensichtlich zieht er oft um.»

«Warum suchen Lizzies Eltern den Onkel nicht selbst und rufen ihn an?»

«Sie haben zurzeit kein Telefon und kein Internet. Sie haben die Rechnungen nicht bezahlt.»

Wir wurden von der Ankunft der Stammesräte unterbrochen, die vor ihrer Besprechung alle noch rasch bei Sandy hereinschauten und fragten, ob es etwas Neues gäbe. Chief Mary Young wirkte ungeduldig und unzufrieden. «Es kann doch nicht sein, dass du noch immer nicht weisst, was da los ist, Sandy. Was stimmt denn nicht mit unserem System? Wenn das Ganze in Vancouver in einem reichen weissen Stadtteil passiert wäre, dann wäre die Sache längst aufgeklärt und alle Patienten geheilt. Wetten wir?»

«Möglich. Du weisst selbst, wie knapp unsere Mittel und Möglichkeiten sind», antwortete Sandy.

«Und wenn dieser Gardner jetzt nicht subito auftaucht, wird auch nichts aus unseren Umbauplänen für das Pflegeheim.» Mary schüttelte den Kopf, dann sagte sie an uns gewandt: «Das ist eine Katastrophe. Ich kann es gar nicht verstehen. Jake Gardner ist ein reicher Investor, der uns Land abkaufen will, um ein Feriencamp am Falls Creek zu bauen. Es gibt dort einen hübschen Fluss, der durch ein schmales Tal fliesst, eingerahmt von steilen Felswänden und weiter oben einige kleine Wasserfälle. Ich war als Kind oft dort. Der Ort hat einen ganz eigenen Zauber. Gardners Bauvorhaben ist absolut vorbildlich, was den Naturschutz angeht. Eine wirklich gute Sache, und wir brauchen das Geld dringend. Zuerst war der Mann so interessiert, hat in Baupläne und Abklärungen investiert, sogar eine Umweltverträglichkeitsprüfung hat er erstellen lassen, und jetzt ist er einfach von der

Bildfläche verschwunden, geht nie an sein Handy, ich verstehe das nicht.»

«Hank würde dieses Landstück doch auch kaufen, nicht?», fragte Sandy.

«Ja, schon. Er will seine Jagdhütte hinten im Tal weiternutzen können. Aber er bietet bloss die Hälfte der Summe, die Gardner offeriert hat. Und wir brauchen ein neues Heizsystem für das Pflegeheim.»

Als ob er es gehört hätte, erschien in diesem Moment Hank Horseshoe, diesmal in Anzug, Krawatte und Cowboyhut. Auch in diesem Aufzug wirkte er wie eine Kreuzung aus Woody Allen und Crocodile Dundee. Er grüsste Sandy knapp und unfreundlich. Ob wir nun endlich wüssten, was hier los sei, knurrte er. Das hier seien *seine* Leute und *sein* Land. Endlich ging er. Wir atmeten erleichtert auf.

«Ich werde mit Mary reden», sagte Sandy, und ihre Stimme vibrierte vor Ärger. «Sie soll ihn endlich an die Kandare nehmen, das ist nicht *sein* Land. Das ist *unser* Land.»

«Wenigstens macht er uns keine Probleme mehr», sagte Philipp.

Sandy zuckte mit den Schultern. «Du hast recht. Man sollte sein Gerede nicht zu ernst nehmen. Hank hat sich vor drei Monaten den Knöchel gebrochen, und seither ist er übel gelaunt. Das ist typisch für einen Menschen, der draussen sein sollte und immer in Bewegung. Der hält das fast nicht aus, wenn er sich wochenlang ruhig halten muss. Jetzt ist er wieder arbeitsfähig, er sollte sich also langsam beruhigen, verdammt noch mal, anstatt mir das Leben schwer zu machen.»

«Hat er eigentlich ein grosses Unternehmen?», fragte ich.

«Nein. Im Moment sind sie bloss zu dritt. Er bietet Jagdausflüge für Touristen an und ist ein wirklich guter Jäger. Ich kenne niemanden, der so viel über das Leben unserer Wildtiere weiss. Da kommen Männer sogar aus Europa, um mit ihm zu jagen. Das Ganze läuft traditionell ab. Hank ist überhaupt sehr traditionell, unterstützt die Elders, das ist unser Rat der Ältesten. Hier, schau, das ist seine Homepage.»

Die Eingangsseite von wildfire.com zeigte einen liegenden mächtigen Schwarzbären, der seltsam platt auf dem Bauch lag, die Vorderbeine von sich gestreckt, offensichtlich tot, dahinter zwei strahlende Männer, beide mit Flinten oder Gewehren, oder wie diese Waffen auch immer genannt werden, in den Händen. Darunter rot unterlegt die Bildunterschrift: «Wir bieten dir die Jagd deines Lebens in der schönsten Landschaft der Welt. Bär, Elch, Karibu, Wolf, Bergziege und Hirsch, such es dir aus. Fischen als Option.»

Ich scrollte nach unten. Weitere erlegte Tiere, weitere strahlende Männergesichter. Auf einem Foto sah man einen Schwarzbären, der auf einem kleinen Motorboot lag und es mit seinem mächtigen Körper vollkommen ausfüllte, der schwere Kopf und die Vorderpfoten hingen über die Reling hinaus.

Die Bergziegen, allesamt in schneebedecktem steilem Gelände oberhalb der Waldgrenze erlegt, sahen aussergewöhnlich schön aus. Sie waren deutlich grösser als unsere Ziegen, mit dichtem schneeweissem halblangem Haar, kräftigen Beinen, fast schwarzen, leicht gebogenen Hörnern und einem aussergewöhnlich würdevollen und intelligenten Gesicht. Ich hatte diese Tiergattung noch nie gesehen. Die geschossenen Rothirsche trugen mächtige Geweihe, der Elch war sowieso gigantisch, und die Lachse sahen aus, als ob sie zwanzig Kilo schwer wären. Man konnte sich seine Trophäe nach Grösse, Fellfarbe und anderen Merkmalen aussuchen und sich mittels Trucks, Boot oder Pferd auf den Jagdausflug begeben.

Horseshoe wurde als Tierkenner, ausgebildeter Biologe und Vorsitzender der Jagdvereinigung von British Columbia vorgestellt. Seine Liebe zur Natur, sein Einsatz für den Erhalt der Wälder Kanadas und sein Respekt vor der traditionellen Lebensweise der Stellat'en wurden gerühmt. Die Jagd mit wildfire.com erfolge in Harmonie mit der Natur auf traditionelle Weise bei einer aussergewöhnlich hohen Erfolgsquote, was nur durch profunde Kenntnisse der Wildtiere Kanadas möglich wäre.

«Wo hat Horseshoe Biologie studiert? Hat er nicht immer hier im Reservat gelebt?», fragte ich.

«Oh nein, im Gegenteil. Er ist in Kalifornien aufgewachsen, ich glaube, in der Nähe von Los Angeles auf einer Farm, wo sein Dad einen Job hatte. Hank war bereits über vierzig Jahre alt, als er zurückgekommen ist. So konservativ wie Hank ist kaum ein anderer hier im Reservat. Das ist typisch für diejenigen, die nicht hier aufgewachsen sind und aus Überzeugung zurückkommen. Die sind viel extremer und sturer in ihren Ansichten, so etwa wie wiedergeborene Christen oder Ex-Raucher.»

«Aber weshalb ist er so vehement gegen unsere Unterstützung? Ich kann das nicht verstehen», sagte ich.

«Nun – das hat natürlich seine Geschichte. Ich will nicht bei Adam und Eva anfangen, aber dir ist ja sicherlich bekannt, dass wir viele Jahrzehnte keinen Pieps machen durften, ohne dass der jeweilige Indian Agent seinen Segen dazu gegeben hat. Diese Typen wurden von der Provinzregierung eingesetzt, um die Bands zu kontrollieren, und zwar bis in die privatesten Angelegenheiten hinein. Es waren oft faschistische Schweine, die kann man nicht anders bezeichnen. Unsere Kultur und als Teil davon auch unsere Heilkunst wurden unterdrückt und verboten. In den letzten Jahren haben wir uns das Recht auf unsere Kultur, unsere Sprache und die traditionelle Lebensweise wiedererkämpft. Da reagieren eben manche Leute sehr empfindlich, wenn unser Recht auf Selbstbestimmung wieder in Frage gestellt wird.»

«Darum geht es doch gar nicht», sagte Philipp. «Ich bin überhaupt nicht gegen die traditionelle Heilkunst, im Gegenteil.»

«Das siehst du so und ich auch, aber Horseshoe eben nicht.»

«Und was ist da los wegen diesem Typen, diesem Gardner, den alle suchen?», fragte ich weiter.

«Gardner ist wohlhabend, ein richtig reicher Sack. Ich habe ihn mal gegoogelt. Er ist im Osten Kanadas aufgewachsen und hat viel Geld mit Erziehungscamps gemacht. Mary ist ganz begeistert von seiner wunderschönen ökologischen Feriensiedlung, die er bei uns bauen will. Aber eigentlich handelt es sich um ein Jugendheim. Da werden verhaltensauffällige und delinquente Jugendliche ‹korrigiert›, wie das genannt wird. Ein grässlicher Ausdruck, nicht? Gardner betreibt eine ganze Kette solcher

Heime, es scheint, das läuft gut. Gardner hat sehr viele Kunden aus den USA. Die schicken ihre Kids in so ein Camp, und zwei oder drei Monate später ist der Sprössling tipptopp erzogen, gehorcht wieder und hat Manieren.»

«Und was hat das mit dem Umbau des Pflegezentrums zu tun?»

«Er bietet eine ganze Menge Geld dafür, uns beim Falls Creek ein Stück Land abkaufen zu können. Er will dort das ‹Oak Tree Holiday Camp› bauen, mit Sportplatz, Pool und allem Drum und Dran. Wir brauchen das Geld dringend. Und jetzt, wo der Stammesrat entscheiden soll, taucht der Typ nicht auf.»

«Ich finde, wir haben jetzt genug geplaudert», mischte sich Philipp ein. «Machen wir weiter.»

«Es ist aber nicht nur Horseshoe, der uns nicht hier sehen will», sagte ich.

«Wie meinst du das?», fragte Sandy.

«Dieser Ranger, den wir bei Meg Nipshank angetroffen haben … Jim Jarmush? Nennt man ihn nicht so?»

Sandy lächelte und nickte. «Ein guter Mann.»

«Er hat gesagt, dass die Einheimischen vor uns gewarnt wurden», fuhr ich fort. «Es heisst, man solle nicht mit den Ärzten von Health Canada reden. Aber wenn sie nicht mit uns reden, haben wir kaum eine Chance, herauszufinden, was hier los ist.»

«Ach, verdammt. Mary muss dafür sorgen, dass die Leute mit euch kooperieren. Das alles ist eine einzige Katastrophe.»

«Solche Schwierigkeiten tauchen bei vielen epidemiologischen Untersuchungen auf, das ist nichts Ungewöhnliches», sagte Philipp und tätschelte Sandys Hand.

«Wir sind beim Trinkwasser stecken geblieben», sagte ich.

«Mmh, ich glaube nicht, dass das die Ursache der Epidemie sein kann», sagte Sandy. «Schaut mal da im Norden von Fort Fraser, am Highway 27, da lebt Joe Simon, direkt daneben die Familie Arnold und etwas westlich davon Cordelia und Roger Sinclair.»

Sandy zeigte auf eine weitere Ansammlung von roten Punkten, darunter der einzige violette Punkt auf der ganzen Karte.

«Roger Sinclair ist der einzige Weisse, der krank geworden ist. Ich habe den Fall violett markiert. Die Sinclairs leben bereits in zweiter Generation im Reservat. Aber diese Leute dort haben eine eigene Trinkwasserversorgung, und zwar vom unterirdischen See, der vom Snowy River gespeist wird. Da gibt es keine Verbindung zum Sandy River.»

«Auch keine unterirdische? Bist du sicher?»

«Hallo zusammen», kam eine leise Stimme von der Tür. «Ist Mary schon oben?»

Eine alte Frau kam lächelnd auf Sandy zu und grüsste sie. Sie trug einen prächtig bestickten weinroten Kaftan mit viereckigem Ausschnitt, türkisfarbene Pluderhosen und in die Jahre gekommene Adidas-Turnschuhe. Ihre Haare waren lang und glänzend schwarz, der Haaransatz grau, und sie hatte ihre Augen mit Kajal geschminkt. Eine blumige und süsse Duftwolke umhüllte sie.

«Bernie, das sind Philipp Laval und Louisa Beck, die aus Montreal gekommen sind, um uns zu helfen», stellte uns Sandy erneut vor.

Diesmal fiel die Begrüssung anders aus. Wir wurden umarmt und geküsst. Bernies Duft war mir vertraut. Was war das bloss? Er hatte etwas Altmodisches an sich, das mich an Hippies erinnerte. Ah ja: White Musk von Body Shop. Die alte Frau wandte sich wieder an Sandy. «Hat sich dieser Jake Gardner bei dir gemeldet?»

«Nein, Mary hat auch schon gefragt.»

«So ein Ärger. Wir wollten mit ihm den Landverkauf besprechen.»

Sie verabschiedete sich und wünschte uns Gottes Segen bei unserer Arbeit.

«Bernie Brooks ist ebenfalls Stammesrätin», erklärte uns Sandy, nachdem sie den Raum verlassen hatte. «Sie hat früher in der Krankenpflege gearbeitet und ist auch als Hebamme ausgebildet. Da seht ihr es! Ihr seid willkommen.»

Die folgende halbe Stunde diskutierten wir weiter. Es kam nichts Neues dabei heraus. Ich fasste das wenige zusammen. «Es sind fast nur Personen aus der Little Creek Band, einige wenige

Sekani und ein einziger Weisser krank geworden. Etwa sechzig Prozent der Fälle sind weiblich, gut dreissig Prozent sind Kinder unter sechzehn. Gestorben sind zweiundzwanzig Prozent. Bei den Todesfällen zeigt sich eine leicht erhöhte Sterblichkeit der Personen über siebzig Jahren, was wahrscheinlich mit der altersbedingten Vulnerabilität des Organismus zusammenhängt. Die erkrankten Personen sind alle arm, leben traditionell, wohnen hier in der Gegend, und sie haben sich fast alle dem Widerstand gegen die Pipeline angeschlossen. Die einzige grosse Ausnahme stellt Robert Jungen dar, der in Toronto lebt, aber vor rund zehn Tagen seine Verwandten besucht hat, die in Fort Fraser wohnen.»

Eine gute Zusammenfassung, die uns keinen Schritt weiterbrachte.

Ich schlief schlecht in dieser Nacht. Immer wieder schreckte ich auf, weil mir ein Detail unserer Überlegungen durch den Kopf ging, das ich dann ewigs drehte und wendete, bis ich wieder Schlaf fand. Kurz vor neun machte ich mich müde auf den Weg.

***

«Hast du gewusst, dass die indigenen Völker über vierzehntausend Heilkräuter kennen? Und dass eure moderne Medizin bisher nicht einmal tausend davon auf ihre pharmakologische Wirkung untersucht hat?», fragte mich Jimmie Sherman.

Ich schüttelte den Kopf.

«Das habe ich letztes Jahr an einer Konferenz für Naturheilpraktiken in Melbourne erfahren», fuhr Sherman sichtlich stolz fort. «Ich war als Redner für die First Nations von British Columbia eingeladen.»

Er lachte. Seine Augen waren von einem Kranz von Falten umgeben. Zwei Sonnen in einem braun gebrannten hageren Gesicht.

«Nach mir sprach ein Schwarzer, ein Abo aus Queensland. Queensland ist in Australien, falls du das nicht wissen solltest. An dieser Konferenz waren auch Indianer aus Südamerika, du weisst doch, die Typen mit den Knochen durch die Nasenflügel.»

Er lachte wieder, und ich war mir mit einmal sicher, dass er mich hochnahm.

«Da waren auch Indianer aus den USA, dicke Pueblo-Indianer, hochnäsige Navajos, gefährliche Sioux, heimtückische Blackfoot.»

Wieder lachte er laut. Er nahm einen grossen Schluck aus seiner Bierflasche. Ich hing an seinen Lippen, wartete darauf, wie es weiterging. Sherman war ein begnadeter Erzähler, er würde nicht so schnell zum Kern der Geschichte kommen.

«Aus Europa ... da kommst du doch her, nicht? Also, aus Europa hatte es Samen, Nenzen und Schapsugen.»

«Schapsugen? Jetzt verarschst du mich aber.»

Er lachte. «Nicht im Geringsten. Aus Sibirien kamen Mansen, Yupik, Tschuktschen und Aleuten. Da war auch eine unglaublich dicke und ehrfurchtgebietende Heilerin aus Grönland, du meine Güte, hatte ich Schiss vor der Frau.»

Er lachte laut.

«Wir haben unser Wissen ausgetauscht, diskutiert, gestritten und zusammen gelacht. Es war grossartig, und ich war stolz, Teil dieser Gemeinschaft zu sein.»

Sein Gesicht wurde ernst.

«Mir ist aufgegangen, dass wir es hier in Kanada vergleichsweise gut haben. Wir werden nicht verjagt, ins Gefängnis gesteckt oder getötet, wenn wir unsere Medizin praktizieren. Jedenfalls heute nicht mehr. Und trotzdem ... unser Wissen stirbt aus. Aka Blackwater ist jetzt auch krank geworden und wird sterben. Eine wunderbare Frau mit grossem Wissen über das Heilen. Du solltest sie unbedingt besuchen. Sie wohnt nur drei Häuser weiter, bei ihrer Enkelin. Die Jungen interessieren sich nicht mehr für die Traditionen. Es gibt nur noch wenige, die unsere Sprache sprechen, nur wenige, die die Rituale und die Wirkung der Heilkräuter kennen. Ja, du solltest unbedingt bei Aka vorbeischauen. Ich weiss nicht, wie lange sie noch lebt.»

Sherman holte sich ein weiteres Bier aus dem Kühlschrank. Er nahm einen Schluck, und dann wurde sein Gesicht ernst.

«Wir Menschen sollten uns auch nicht zu wichtig nehmen,

finde ich. Was mich wirklich schmerzt und mit Sorge erfüllt, ist der Zustand der Natur.»

«Ich habe letzte Woche Schnee-Eulen beobachtet», warf ich ein. Ein ziemlich plumper Versuch, den alten Mann zu trösten. Er lächelte dankbar.

«Snowies, ja. Brüder und Schwestern der Nacht. Ich habe hier früher Grizzly, Luchs, Puma, Karibu, Bison, Biber und sogar Adler gejagt. Ach, so vieles ist verschwunden.»

Er setzte die Flasche an und trank sie in einem Zug halb leer.

«Und dann das Sterben der Tiere am Falls Creek», fuhr er fort, und seine Stimmung schien immer trübsinniger zu werden. «Wenn das so weitergeht, haben wir hier bald gar keine Bären und Karibus mehr.»

«Es muss ein wunderbarer Anblick gewesen sein, die grossen Karibu- und Bisonherden durchziehen zu sehen», sagte ich.

Einen Moment lang starrte mich der alte Mann an, dann brach er in lautes Gelächter aus. Er lachte so lange, bis ein heftiger Hustenanfall ihn stoppte. Mit Tränen in den Augen kramte er nach einem Taschentuch und schnäuzte sich. Ich versuchte, nicht zu zeigen, dass ich beleidigt war. Er lachte mich offensichtlich aus.

«Ich sehe alt aus, ich weiss. Das kommt vom Rauchen. Aber ich bin nicht anfangs des 19. Jahrhunderts geboren, meine Liebe.»

Er gluckste vor Vergnügen, griff nach meinem Arm, drückte mich ein wenig und zwinkerte mir zu.

«Ich bin mit den Rolling Stones aufgewachsen, habe gekifft und mit LSD experimentiert. Durchziehende Bisonherden, meine Güte ...», wieder lachte er. Dann wurde sein Gesicht ernst.

«Ich rede vom Sterben der Tiere rings um Falls Creek, das vor einigen Wochen begonnen hat. Ich rede von einem Schwarzbären, Karibus, einem kapitalen Elchbullen, von Waldkäuzen, Mäusen, Waschbären, Eichhörnchen ... alle verendet, nicht weit von hier. Scheint keinen zu kümmern.»

«Haben das die Ranger nicht untersucht?»

«Ich habe es ihnen drei Mal gemeldet. Sie haben mich immer vertröstet. Keine Zeit, kein Personal, andere Prioritäten.»

Er schnaubte empört. «Andere Prioritäten! Was ist denn so verdammt viel wichtiger als Tiere, die verrecken, und man weiss nicht, weshalb? Vielleicht haben die Ranger auch einfach Schiss, den Jägern in die Quere zu kommen. Na ja, sie haben hier in der Gegend einen schweren Stand, das muss man schon sagen. Jagd ist wichtiger als die Natur. Und alle haben mächtig Schiss, dass noch mehr Gesetze kommen und die Jagd noch mehr eingeschränkt wird.»

«Hast du eine Ahnung, was den Tieren fehlt?»

«Ich weiss nicht, welche Krankheit sie haben, aber …», Sherman zögerte und schluckte, «es tut weh, diese stolzen schönen Tiere so krank zu sehen. Da war zum Beispiel ein Karibu, das war offensichtlich blind. Es stand völlig verängstigt und steif da, bis ich ganz nahe gekommen bin. Dann hat es versucht zu fliehen und ist voll in einen kleinen Baum gekracht und gestürzt. Es hat den Baum nicht gesehen, da bin ich mir ganz sicher. Ich habe ihm den Gnadenschuss gegeben. Da war auch ein Rabe, der nicht mehr fliegen konnte. Er ist immer im Kreis gehüpft, als ob er Schlagseite hätte. Es tut weh, so was zu sehen.»

Gleichgewichtsstörungen? Visuelle Einschränkungen bis hin zu Blindheit? Mit einmal war ich hellwach, spürte einen Adrenalinschub.

«Ohne die Tiere untersucht zu haben, kann man es nicht mit Sicherheit wissen», sagte ich langsam. «Aber … das sind genau dieselben Symptome, die auch bei den Menschen aufgetreten sind.»

Sherman hatte sich eine Zigarette angezündet. Er beobachtete mich aufmerksam.

«Kannst du mir die Stelle zeigen, wo du die kranken Tiere gesehen hast?», fragte ich.

Er holte eine Karte, breitete sie aus und erklärte mir den Weg zum Falls Creek.

«Du kannst es nicht verfehlen. Es ist nicht weit von Fort Fraser, aber der Weg ist nicht ganz einfach zu fahren. Du musst dem Bach folgen, ihn hier bei dieser Furt queren, die Stelle ist markiert, auf der südlichen Seite geht es dann drei Meilen flussaufwärts. Der Falls Creek ist ein schmales Tal, an drei Seiten umgeben von Felswänden. Ein schattiger, düsterer Ort, aber beliebt zum Jagen. Jeder nach seinem Geschmack, nicht? Jedenfalls nicht zu übersehen.»

***

Ich brannte darauf, Philipp von meiner Vermutung zu erzählen, dass die Tiere beim Falls Creek an der gleichen Krankheit litten wie die Leute der Little Creek Band, aber sein Handy war ausser Empfang. Auch Sandy konnte ich nicht erreichen. Ich stand vor dem Haus, in dem Aka Blackwater leben sollte, und überlegte, ob es unverschämt wäre, ohne jede Vorwarnung einen Krankenbesuch zu machen. Während ich unschlüssig dastand, öffnete sich die Tür, und eine rundliche Frau um die vierzig schaute hinaus.

«Wollen Sie zu uns?», fragte sie mich.

Ich stellte mich kurz vor und berichtete von unserer Untersuchung. Sie hiess Fleur Blackwater und war Aka Blackwaters Enkelin.

«Kommen Sie herein», lud sie mich ein. «Leider gibt es nicht mehr viel, was man für Anna-Katharina tun könnte.»

Die Blockhütte der Blackwaters wirkte innen erstaunlich gross. Überall lagen mehr oder weniger fertiggestellte gewebte Decken mit komplizierten Mustern in kräftigen Farben.

«Haben Sie die gemacht?»

«Ja. Das ist ein modernes Muster, aber traditionelle Webkunst. Verkauft sich ganz gut.»

«Sind Sie mit Jonah Blackwater verwandt?», fragte ich, nachdem Fleur mir ungefragt eine Tasse Kaffee eingeschenkt und ich dankbar einen grossen Schluck genommen hatte.

Ihr Gesicht hellte sich auf.

«Woher kennen Sie Jonah?»

«Er war im Gesundheitsdienst, weil der kleine Samy Husten hatte.»

Fleur schlug ihre Hände zusammen und lachte. «Ah, wie eine

Glucke! Er wacht über Samy wie eine alte Henne. So ein guter Mann. Ja, wir sind verwandt. Sein Vater war der Bruder meines Grossvaters. Ich kann mich noch erinnern, wie wir als Kinder mit ihm Lachs fangen gingen. Er hat schwere Zeiten durchgemacht. Aber jetzt ist er wieder hier bei uns. Ich hoffe bei Gott, dass er nicht auch krank wird. So viele alte Menschen sind bereits gestorben. Mein Sohn lebt in Vancouver. Dort ist er sicher, denke ich. Sandy Delmare hat uns gesagt, dass es sich aller Wahrscheinlichkeit nach nicht um etwas Ansteckendes handelt. Ich hoffe sehr, dass sie recht hat.»

«Wie geht es Ihrer Grossmutter?»

«Sie schläft viel. Ich denke, sie leidet nicht sehr. Aber sie wird sterben. Sie hat seit Tagen Fieber, isst nichts mehr und wird immer schwächer. Zuerst hat sie darüber geklagt, nicht mehr richtig sehen zu können. Dann ist sie umgefallen, konnte auch mit meiner Hilfe nicht mehr gehen, als ob sie ihren Gleichgewichtssinn verloren hätte. Es war schrecklich.»

«Wie geht es Ihnen selbst? Fühlen Sie sich gesund?», fragte ich.

«Gott sei Dank ja. Und meinem Sohn Benjamin geht es auch gut.»

«Haben Sie eine Vermutung, warum Ihre Grossmutter krank geworden ist? Hat sie etwas Ungewöhnliches gegessen? War sie auf einer Reise? Hat sie etwas geschenkt bekommen? Etwas, das ungewöhnlich war?»

«Nein, tut mir leid. Es gibt gar nichts, was speziell war. Wir haben gelebt wie immer. Und urplötzlich ist Aka krank geworden. Wie die anderen ja auch. Zuerst hat sie gegen die Krankheit gekämpft, aber am vierten Tag ihrer Krankheit hat sie losgelassen. Sie sagt, sie habe ein langes und schönes Leben gehabt. Jetzt sei es Zeit zum Sterben. Im Kopf ist sie noch ganz klar. Kommen Sie, vielleicht ist sie in der Zwischenzeit aufgewacht.»

Fleur Blackwater öffnete vorsichtig eine Zimmertür und schüttelte dann den Kopf, um mir zu verstehen zu geben, dass ihre Grossmutter schlief. Sie nickte mir auffordernd zu, und ich schaute durch den Türspalt auf ein Bett, in dem eine reglose Gestalt lag. Der schmale Körper zeichnete sich unter der dicken

Decke fast nicht ab. Anna-Katharina Blackwater war einmal eine klassisch schöne Frau gewesen, das konnte man immer noch erkennen. Ihre weissen Haare lagen ausgebreitet um ihr Gesicht, das klare Gesichtszüge, eine markante Nase und eine hohe Stirne aufwies. Das Zimmer wirkte schlicht.

«Sie mag meine Decken nicht so sehr», sagte Fleur flüsternd, als ob sie meine Gedanken erraten hätte. «Wir beide hatten es nicht immer einfach zusammen. Einige Jahre habe ich nicht mehr mit ihr gesprochen. Wir hatten uns völlig auseinandergelebt. Ich empfand sie als altmodisch und dominant. Ich wollte ein eigenes Leben.»

Sie ging zum Fenster, öffnete es ein wenig.

«Aber jetzt ... Ich hätte sie noch so viel fragen wollen. Sie ist eine der Letzten, die noch unsere Sprache spricht. Unseren Dialekt des Dakelh. Sie kennt die Lieder, die Geschichten ... Sie kann sich an früher erinnern, als die Familien noch ein nomadisches Leben führten. Im Winter ... im Frühling ... Wir hatten für jede Jahreszeit einen anderen Ort zum Leben.»

Im Zimmer der alten Frau hingen Bilder, stilisierte Vögel, tanzende Bären. Ich trat näher, um sie mir anschauen zu können.

«Die sind von meinem Sohn. Er studiert an dieser neuen Kunsthochschule der First Nations in Vancouver.»

«Sie sind wunderschön! Aber ... er muss doch noch ein Kind sein», sagte ich leise.

Sie lachte laut auf. «Er ist dreiundzwanzig. Ein junger Mann. Ich bin mit siebzehn schwanger geworden. Das ist hier ganz normal. Meine Mutter war ebenfalls siebzehn, als sie mich bekommen hat, und Anna-Katharina gerade mal vierzehn, als sie das erste Mal schwanger wurde. Ihre Ehe ist von ihren Eltern und dem damaligen Chief beschlossen worden. Damals musste der Chief seinen Segen dazu geben. Aka hat Samuel vor der Eheschliessung kaum gekannt. Aber, tja ... im Gegensatz zu mir hat sie eine lange und glückliche Ehe geführt.»

Sie strich zärtlich über die Schläfe der alten Frau.

«Aka ist etwas ganz Besonderes. Als junge Frau hat sie beschlossen, ihr Leben lang abstinent zu bleiben. Aber sie ist eine lebenslustige Frau, sie hat nichts Biestiges an sich, im Gegenteil. Nur Alkohol, das Gift, wie sie es nennt, das will sie bei sich zu Hause nicht haben. Samuel hat sich dran gehalten, er wollte keinen Ärger, nehme ich jetzt mal an. Aka kann auf ihre ruhige Art durchaus kämpferisch und störrisch sein. Sie hat auch bei ‹idle no more› mitgemacht, war bei einer Demo in Vancouver. In den letzten zwei, drei Jahren hat sie sich vor allem auf die alten Traditionen besonnen. Mein Sohn hat viel mit ihr darüber gesprochen. Er steht ihr näher als ich, hat sogar einen Initiationsritus für indigene Künstler entwickelt.»

Sie sah auf ihre Armbanduhr. «Er sollte eigentlich gleich kommen. Mir wäre es lieber, er bliebe in Vancouver, bis diese Krankheit vorbei ist.»

Fleur lächelte mich an und fuhr fort: «Aber jetzt, da Ben weiss, dass es Aka schlecht geht, kann ich ihn nicht mehr von hier fernhalten.»

Wir hörten das Pfeifen des Zugs. Fleur ging zum Fenster, spähte hinaus. «Das ist der Zug von Prince George. Ben sollte jetzt jede Minute hier sein.»

«Ich sollte mich langsam auf den Weg machen. Ich will Sie nicht weiter stören.»

In diesem Moment hörten wir die Tür aufgehen. Ich fühlte mich unbehaglich.

«Ben?», fragte Fleur. «Wir sind bei Aka.»

Ein schlanker junger Mann betrat das Zimmer. Er trug ein langärmliges dunkelrotes Sweatshirt mit einem schwarzen stilisierten Raben und dem Schriftzug Raven-Clan, dazu weit geschnittene Hosen. Fleurs Sohn hatte ausdrucksvolle und gleichzeitig fein gezeichnete Gesichtszüge, grosse Augen, war mit breiten Schultern und schmalen Hüften gesegnet. Er sah unglaublich gut aus. Mit sechzehn hätte ich mich ohne Zweifel auf der Stelle in ihn verliebt. Er umarmte seine Mutter, nickte mir kurz zu und ging zu seiner Urgrossmutter. Als ob sie auf ihn gewartet hätte, öffnete Aka ihre Augen. Sie lächelte, sagte aber nichts. Fleur nutzte die Gelegenheit und flösste ihr ein wenig Tee ein.

Ich lauschte Bens Geflüster in einer Sprache, die ich nicht verstand. Aka war das einzige Wort, das mir bekannt vorkam.

«Er spricht in unserer Sprache mit ihr», sagte Fleur, und der Stolz leuchtete aus ihren Augen. «Ich selbst kann sie nicht mehr. Die Tradition hat mich nie wirklich interessiert. Ich wollte immer nur fort von hier. Nach Vancouver, Toronto oder vielleicht sogar nach Paris.»

Sie lachte.

«Jugendträume. Heute bin ich froh, dass ich es nie geschafft habe. Wer weiss, was aus mir geworden wäre in der Fremde. Hier bin ich zu Hause, hier ist mein Land, aus dem ich Kraft schöpfe. Trotz allem.»

Wir verliessen das Zimmer, liessen Ben mit seiner Urgrossmutter allein. Ich sah nochmals auf meine Uhr und verabschiedete mich von Fleur.

Als ich in der Tür stand, kam Ben eilig hinter mir her. «Sie gehen schon? Können Sie Aka helfen? Es kann doch nicht sein, dass sie stirbt?», fragte er in einem kindlichen Tonfall, der im Kontrast zu seinem erwachsenen Aussehen stand. «Vor zwei Wochen war sie noch vollkommen gesund. Sie wollte an meine Ausstellung kommen. Es darf nicht sein, dass sie jetzt stirbt. Sie ist völlig klar, ein wacher Geist, sie …» Er verstummte.

«Es tut mir sehr leid», sagte ich mit belegter Stimme.

Einen Moment schaute er zu Boden. Dann nickte er, ohne mich anzusehen, und ging zurück in Akas Zimmer.

ACHT

«Wir müssen uns das anschauen, Philipp. Das könnte wichtig sein.»

Wir hatten uns zum Mittagessen in einem kleinen Café verabredet, das «Fritz' Soul Food» angeschrieben war und sich etwas versteckt hinter einer kleinen Kirche befand. Es gab Falafel, Wraps in allen Varianten und Salat. Ich hatte keinen Hunger. Mein Gefühl der Dringlichkeit nahm stündlich zu. Und jetzt hatten wir endlich einen wichtigen Hinweis, eine Spur, die uns zu der Krankheitsursache führen könnte.

«Wir haben keine Zeit, uns um tote Tiere zu kümmern», sagte Philipp, der an seinem Wrap kaute und gleichzeitig extrascharfe Tortilla-Chips einwarf.

«Es geht nicht um die Tiere, es geht um eine mögliche Kontamination. Vielleicht sind die Tiere am selben Gift gestorben wie die Menschen.»

«Und wie soll das gehen? Ein Karibu frisst Gras und ein Mensch alles Mögliche, aber kein Gras. Und das Wasser kann nicht die Ursache sein. Das hast du selbst gesagt, Lou.»

«Vielleicht habe ich mich geirrt. Dieses Tiersterben ist ein wichtiger Hinweis. Wir dürfen das nicht ignorieren.»

«Hast du dir mal überlegt, wie wir zu diesem Falls Creek gelangen sollen? Das sind alles unbefestigte Strassen.»

«Solange wir die Ursache der Krankheit nicht kennen, müssen wir solche Phänomene ernst nehmen. Es ist wichtig, ich bin mir sicher.»

Er zögerte.

«Du hast eine Nase für solche Sachen … Ich werde es mit Sandy besprechen.»

«Einen Riecher.»

«Habe ich doch gesagt, eine Nase.»

Er nahm einen letzten Bissen und wischte sich sorgfältig das Gesicht sauber. Dann faltete er die Serviette zusammen und warf sie in den Abfalleimer. Ich beobachtete ihn voller Ungeduld.

Er schaute auf seine Uhr. «Ich rufe Sandy an. Vielleicht schaffen wir es noch heute, dorthin zu kommen.»

Während er mit Sandy sprach, ging ich auf die Toilette. Als ich zurückkam, zog sich Philipp gerade seine Jacke an.

«Ich muss los. Sandy meint, dass wir ein stärkeres Fahrzeug benötigen, um zum Falls Creek zu kommen. Ihre Schwester leiht uns ihren 4x4 aus. Aber sie wohnt in der Nähe von Prince George. Wenn ich mich beeile, bin ich etwa um halb vier zurück. Wir treffen uns mit Jonah Blackwater hier im ‹Fritz' Soul Food›. Er soll uns führen, damit wir uns nicht verirren.»

***

Sandy wirkte vollkommen verzagt, wie sie da in ihrem Büro sass, inmitten von Papierstapeln, Post-its und Fachbüchern. Sie bedankte sich, dass ich mit Jimmie Sherman gesprochen hatte, und erklärte mir den Weg zum Falls Creek. Ich ging zur Karte und schaute sie mir nochmals genau an.

«Roger Sinclair ist der einzige Weisse, der von der Krankheit betroffen ist», sagte ich. «Gibt es eine besondere Ähnlichkeit zwischen ihm und seinen indigenen Nachbarn? Etwas, das die anderen Weissen hier in Fraser Lake nicht haben? Oder nicht tun?»

Sandy kaute auf ihrer Lippe herum, dachte nach.

«Das Einzige, was mir einfällt, ist, dass Sinclair mausarm ist. Er hat sicher nicht mehr Geld als zum Beispiel die Mullers. Sie sind alle arm, leben von der Sozialhilfe, haben Probleme, sich durchzubringen. Da fällt mir ein … Sinclair war mal im Gefängnis, weil er selbst gebrannten Schnaps verkauft hat und dabei einer seiner Kunden fast gestorben ist. Das Zeug war verunreinigt.»

«Verunreinigter Schnaps? Und wenn er es wieder getan hat? Könnte das die Symptome erklären?»

Sandy schaute mich mit aufgerissenen Augen an.

«Vergifteter Alkohol? Das ist möglich ... das wäre möglich.» Sandys Stimme vibrierte mit einmal vor Spannung.

«An einem Fest? Gab es vorher so ein Fest, wie heisst es noch ... ein Potlasch?»

«Ein Potlatch? Nein.»

«Weisst du, mit wem dieser Sinclair befreundet ist?»

«Nein, warte. Das ist unmöglich, Lou. Überleg doch mal. Es sind Säuglinge und Kleinkinder krank geworden. Man kann uns viel vorwerfen, aber wir würden niemals Kindern Schnaps einflössen.» Sie schaute auf ihre Armbanduhr. «In einer halben Stunde ist Julie Michels Abdankung. Sie ist gerade mal zwanzig Jahre alt geworden.»

«Gehst du hin?», fragte ich.

«Mmh.»

«Bist du mit der Familie verwandt?»

«Nein. Aber ich denke, es werden nur wenige kommen. Die Mutter, Theresa Michel, hat zurückgezogen gelebt. Hat immer alles für ihre Kinder getan oder jedenfalls das Beste versucht.»

Sie seufzte wieder.

«Ihre ältere Tochter, Mandy, ist letztes Jahr gestorben. Sie war HIV-positiv. Hat ihre Medikamente unzuverlässig eingenommen. Vor allem in den Phasen, wenn sie auf Koks war. Eines Nachts auf dem Rückweg von Prince George ist sie überfahren worden. Man hat nie herausgefunden, wer der Fahrer war. Und jetzt ist auch noch Julie tot. Was für eine Tragödie.»

«Es tut mir leid», sagte ich. Wie immer fühlte ich mich hilflos und völlig überfordert damit, die richtigen Worte zu finden. Aber vielleicht existierten dafür gar keine richtigen Worte. Offensichtlich genügte mein unbeholfen ausgedrücktes Mitgefühl. Sandy schaute mich mit hoffnungsvollem Flehen an. «Kommst du mit? Die Zeit reicht gerade, bis Philipp mit dem Wagen zurück ist.»

«Ich kenne doch die Familie gar nicht. Ich glaube kaum, dass die Mutter mich dabeihaben will.»

«Bitte! Sie wird dich gar nicht bemerken.»

«Ich habe keine passende Kleidung dabei», versuchte ich mich rauszuwinden.

«Spielt keine Rolle, bei uns kennt man keine Kleidervorschriften für solche Anlässe. Du wirst niemanden stören. Aber mir wäre es wichtig, dass du mich begleitest.»

***

Die St. Paul's Roman Catholic Church war winzig. Ein kleiner zweigeschossiger Holzbau mit einem Turm, der wohl nicht mehr als fünf Meter hoch war. Der erste Stock bestand aus strahlend weiss gestrichenen Holzbrettern, der zweite Stock aus dunkelbraunen Schindeln. Zwischen Weiss und Dunkelbraun hoben sich einzelne Elemente und Verzierungen türkisblau ab. Die fünf Treppenstufen zum Eingang des Kirchleins waren krumm und schief. Das Ganze wirkte selbst gebaut und gleichzeitig hübsch.

Sandy hatte sich getäuscht, die Bankreihen der Kirche waren beinahe voll besetzt. Sie eilte mit mir im Schlepptau ganz nach vorn, wo der einfache Sarg aufgestellt war. Wir legten beide eine Rose neben das Porträtbild Julies. Auf dem Foto sah sie aus wie ein vierzehnjähriges Schulmädchen. Grosse dunkle Augen, darüber ein dichter Pony, eine hübsche Nase, voller Mund. Ein Kindergesicht, arglos.

Rechts und links von Theresa Michel sassen ihre Schwester und deren Tochter, die aus Toronto angereist waren, wie mir Sandy flüsternd erklärte. Zwei Reihen dahinter waren zwei Mädchen, knapp bekleidet für diesen eher kühlen Abend, Miniröcke, hohe Schuhe, blosse Beine, knappes Top in Neonfarben. Sie hatten sich zu grell geschminkt und wirkten nuttig und verloren. Eine schniefte immerzu. Ausserdem war da ein alter Mann, der sich kerzengerade hielt und mit verkniffenem Mund missbilligend in die Runde starrte, ein Nachbar der Familie Michel, wie Sandy erklärte. Die übrigen Anwesenden, rund dreissig Personen, teilten sich überaus deutlich in zwei Gruppen: Links sassen ältere schwarze Frauen und Männer, rechts junge indigene Männer, die auf Gangsta machten.

«Was machen die Gangsta-Typen hier in der Kirche?», fragte

ich Sandy leise, während wir wieder ganz nach hinten gingen und Platz nahmen.

«Das ist unsere örtliche Hip-Hop-Band», gab sie sichtlich stolz Auskunft. «Sie heissen ‹Fraser1derful› und sind richtig gut. Du wirst sehen.»

Die Hip-Hopper waren alle ähnlich gekleidet mit schlabbrigen Jogginghosen, übergrossen Jacken mit Drachen, Totenkopf oder einem stilisierten Raben, schwarzen Caps auf dem Kopf. Sandy machte mich auf einen jungen Mann aufmerksam, der wie seine Kollegen mit breit gespreizten Oberschenkeln auf den harten Kirchenbänken herumlümmelte, eine nicht angezündete Zigarette im Mundwinkel, die Augen fast geschlossen. Von hinten konnte ich seinen Zopf sehen, der fast bis zur Taille reichte.

«Das ist Luke, der Sohn meines Cousins Ned. Er ist siebzehn und seit drei Jahren dabei. Letztes Jahr sind sie sogar nach Montreal eingeladen worden. Julie war eine Zeit lang mit Jesús zusammen. Das ist der rechts neben Luke.»

Jesús sah schmaler aus als die übrigen Hip-Hopper, vielleicht lag das auch daran, dass er eine schwarze Lederjacke und Jeans trug anstelle der übergrossen Hosen, Jacken oder Kapuzenpullover. In diesem Moment setzte eine brachial laute Orgel ein, erfüllte den Raum mit kriegerischem Schallen. Ich unterdrückte den Reflex, mir die Ohren zuzuhalten, und bedauerte heftig, dass ich mich hatte überreden lassen, mitzukommen. Es erfolgte der Auftritt eines schwarz gekleideten Priesters, der erstaunlich unkoordiniert schien. Man hätte meinen mögen, er sei sich in dieser Gemeinde Abdankungen gewohnt – jedenfalls in letzter Zeit. Aber es wirkte, als ob er sich nach jedem Schritt von Neuem überlegen musste, wie das Prozedere weitergehen sollte. Er machte beim Reden unnötige Pausen an den falschen Stellen. Es sollte wohl besonders intellektuell oder gewichtig wirken. Ich hasse das.

Meine Gedanken schweiften ab. Ich erinnerte mich an Philipps Gesicht in dem Moment, als er sich während der Fahrt nach Toronto unbeobachtet wähnte. Die Trauer, die sich in seinen

Gesichtszügen zeigte, war fast greifbar gewesen. Um was oder um wen trauerte er? Und warum sprach er mit mir nicht darüber. Hatte seine Trauer mit mir zu tun? Mit unserer Beziehung?

Irgendwann fiel mir auf, dass der Priester schon eine ganze Weile von einem gefallenen Engel schwafelte. Dann sprach er von den Sünden, den Sündern, wieder vom gefallenen Engel. Ich schaute zu Sandy hinüber, sie wirkte, als ob sie weit weg wäre, ihr Gesicht weiss und starr. Ich fasste nach ihrer Hand, die eiskalt war. Sie schaute mich an, nickte.

Auf einen Wink des Pfarrers erhob sich der alte Mann, der Nachbar der Familie, und ging mit schleppenden Schritten nach vorn. Dort sagte er etwas, leise, in einer Sprache, von der ich kein Wort verstand. Das war wahrscheinlich Dakelh. Seine Ansprache war kurz. Niemand reagierte auf das Gesagte.

Wieder die Orgel, weiteres intellektuelles Gestottere des Priesters. Ich versuchte, wegzuhören. Der Priester rief den Gospelchor auf. Die Sängerinnen und Sänger gingen nach vorn und stellten sich auf. Sie sangen hervorragend, kräftig, wohlklingend und rein. Endlich ein Lichtblick. Es folgten weitere priesterliche Ausführungen, bedeutungsschwer gesprochene Floskeln, die etwas Schleimiges an sich hatten. Diesmal mit abschliessendem Verweis auf die Kollekte.

Dann kamen endlich die Gangstas zum Zug. Ihr erster Rap war wie ein Befreiungsschlag. Sie zogen einen harten Rhythmus durch, erzählten eine Geschichte von Elend, Angst und Zorn, von Gewalt und Verletzungen, von ihren Träumen, von Schmerz und Verlust und dem Suchen nach ihrer Identität. Der zweite Song war einem Mädchen gewidmet, das mit seiner Mutter nicht klarkommt, das unter der Abwesenheit des Vaters leidet, das in einem einsamen und gewalttätigen Zuhause lebt und dieses Zuhause dennoch als seine einzige Zuflucht vor der Welt erlebt. Der dritte Song war reinste Politik. Er handelte vom Widerstand der Stellat'en seit der Ankunft der Europäer, von Erniedrigung, Vertreibung, Verlust der Heimat, von Hunger und Krankheit, vom gemeinsamen Widerstand der indigenen Völker und einer neu gefundenen Kraft.

Ich schaute zu Sandy hinüber, hob bewundernd meine Augenbrauen und erntete das erste Lächeln seit Langem.

Nach der Kirche fuhren wir mit mehreren Autos zum Haus der Trauerfamilie in Fort Fraser. Nur war es keine Familie mehr, die hier lebte. Da war nur noch eine Frau, die ihre beiden Töchter überlebt hatte. Das Haus war einfach eingerichtet, perfekt sauber und aufgeräumt. Auf dem Tisch standen mehrere Kuchen bereit. Julies Tante begrüsste die Trauergäste, bot Kuchen, Tee oder Kaffee an. Julies Mutter war wie erstarrt.

Die wenigen Gäste unterhielten sich halblaut, reichten sich Milch und Zucker, betrachteten Fotos von Julie und Mandy und erinnerten sich. Die Fotos wurden herumgereicht. Ich betrachtete lange eine Aufnahme, auf der alle drei Frauen abgebildet waren. Sie standen an einem Strand, hinter ihnen das Meer, grau, aufgewühlt. Alle drei trugen dicke Jacken, farbige Wollmützen und Schals. Theresa sah aus, als ob sie frieren würde. Mandy und Julie lächelten schüchtern.

Eine halbe Stunde später wollten wir uns verabschieden. Als Sandy Theresa die Hand drückte, erwachte diese aus ihrer Starre. Tränen flossen über ihre Wangen, und sie begann laut zu klagen, immer wieder unterbrochen von Schluchzern.

«Was habe ich Gott bloss angetan?», konnte ich verstehen. «Warum straft er mich so?»

Sandy versuchte sie zu trösten, streichelte sie, hielt sie fest.

«Sandy … was soll ich nur tun? Wie kann ich weiterleben? Ohne meine Babys, meine wunderbaren Mädchen?»

Sandy murmelte etwas. Ich fühlte mich wie eine Voyeurin. Ich entfernte mich so weit es ging von der trauernden Mutter, stellte mich vor das Fenster und schaute hinaus auf den Parkplatz.

***

Als ich kurz darauf beim «Fritz' Soul Food» anlangte, stand davor ein riesiger Wagen mit einer Art Schnorchel auf der Fahrerseite. Philipp kletterte strahlend von dem hohen Sitz herunter. Er lachte laut, als er meinen Gesichtsausdruck sah.

«Was ist denn das?», fragte ich.

«Tolles Ding, nicht? Ein Land Cruiser 200, mit einem 4.5-Liter-V8-Twin-Turbo-Diesel-Motor», ratterte er los, als ob er ein Autoverkäufer wäre. «Fährt sich easy.»

«Bist du sicher, dass du damit zurechtkommst?»

«Kein Problem. Das Ding kann durch Wasser fahren, hat eine automatische Stabilitätskontrolle, eine aktive Traktionskontrolle, Siebzehn-Zoll-Räder, und du kannst am Bordcomputer eingeben, durch welches Gelände du gerade fährst, also zum Beispiel Schlamm oder Geröll oder Gesteinsbrocken, dann reagiert er darauf.»

Wir setzten uns hin, tranken Kaffee und warteten ungeduldig auf Blackwater. Wenn wir nicht endlich fahren konnten, würde es zu spät werden. Als Blackwater endlich auftauchte, erschrak ich. Der alte Mann war schwer betrunken und redete bloss unzusammenhängendes Zeug. Ich versuchte seiner Schnapsfahne auszuweichen, während er mir zu nahe rückte und mich davon zu überzeugen versuchte, nicht zum Falls Creek zu fahren. Das Tal sei ein böser und gefährlicher Ort. Ich konnte sein Genuschel nur zur Hälfte verstehen, aber er behauptete, dort sei ein böser Geist.

«Ich habe gemeint, er lebe abstinent», flüsterte ich Philipp zu.

«Tja, da hat sich Sandy offensichtlich geirrt.»

Als wir nicht auf seine Warnungen eingehen wollten, versuchte Blackwater, uns mit ebenso ungeschicktem wie heftigem Körpereinsatz von dem Ausflug abzuhalten. Er packte Philipp am Arm und versuchte, mir den Weg zu verstellen.

«Soll ich die Polizei rufen?», fragte der Kellner aus vorsichtiger Entfernung.

«Nein, nicht nötig», antwortete ich hastig.

Mit vereinten Kräften bugsierten wir Blackwater aus dem Café hinaus. Er trottete leicht schwankend davon, immer noch Warnungen und Flüche ausstossend, und ich rief Sandy an, die glücklicherweise in ihrem Büro war.

«Jonah Blackwater trinkt nicht», behauptete sie empört.
«Meinst du etwa, ich lüge dich an?», gab ich gereizt zurück.
«Ich weiss, dass er seit Jahren keinen Tropfen Alkohol zu sich genommen hat.»
«Dann hat er dich eben angelogen.»
«Nein, hat er nicht. Ich bin nicht so blöd, einfach zu glauben, was mir ein trockener Alki sagt. Jonah gibt jeden Monat eine Blutprobe, und ich lasse seinen Gamma-GT-Wert analysieren.»
Ich stutzte. Das Enzym Gamma-GT zeigt zuverlässig an, ob jemand Alkohol trinkt, da gibt es keine Möglichkeit zu tricksen.
«Seit wann misst du seinen Gamma-GT?», fragte ich.
«Seit sechs Jahren, Louisa.»
«Mist. Dann hat er soeben seinen ersten Rückfall gemacht.»
«Oh nein. Das darf nicht wahr sein!»
«Es tut mir leid.»
«Warum ausgerechnet jetzt? Ich kann es nicht verstehen. Er war so stabil. Samy geht es gut, er macht täglich Fortschritte. Ich glaube es einfach nicht. So eine Schande!»
«Und jetzt?»
«Wo ist er? Ich werde mich um ihn kümmern.»
«Die Hauptstrasse runter, Richtung Gemeindeverwaltung.»
Ich wünschte ihr Glück, verstaute das Handy, und wir fuhren los.
«Was hat sie gesagt?», fragte Philipp.
«Er war sechs Jahre sauber. Sie hat seine Gamma-GT-Werte kontrolliert.»
Philipp pfiff durch die Zähne. «Arme Sandy. Sie hat wirklich viel zu viel am Hals. Bist du sicher, dass sich dieser Ausflug lohnt? Ich sollte heute noch eine alte Frau besuchen, die seit zwei Tagen starke Kopfschmerzen hat. Vielleicht ein neuer Fall. Ausserdem sollte ich um halb sieben den Leiter des Labors in Vancouver anrufen. Er hat mir versprochen, endlich Resultate zu liefern.»
«Ich will sicher sein, dass wir nichts Wichtiges übersehen haben. Wir nehmen nur rasch Gewebeproben von den toten Tieren und kehren zurück. Fahr los! Hast du eine Karte?»

«Liegt im Seitenfach.»

Es war ein fremdartiges Gefühl, in so einem Fahrzeug zu sitzen. Als Velofahrerin verachtete und hasste ich die Fahrer dieser überbreiten Panzer, die für Offroad-Strecken gebaut sind, aber in der Schweiz von ihren Besitzern immer hochglanzpoliert werden und auf keinen Fall mit Staub oder Schlamm in Berührung kommen dürfen, weil sie so verdammt teuer sind. Aber hier war ich in einem fremden Land, ein anderer Mensch sozusagen.

Philipp fummelte an den Hebeln und Knöpfen am Steuerrad herum. Die Scheibenwischer stellten sich an. Er fluchte.

«Ich versuche die Differenzialsperre auszuschalten. Irgendwo muss es eine Möglichkeit – Mist!»

Die Scheibenwischer hielten still, dafür spritzte nun Reinigungswasser auf die Frontscheibe.

«Im Seitenfach sollte das Fahrzeugbuch liegen, Lou. Schau bitte nach.»

Das Fahrzeugbuch war in Englisch und Französisch verfasst und umfasste zweihundert eng bedruckte Seiten. Ich fand die Differenzialsperre auf Seite siebenundsechzig, und Philipp grummelte zufrieden, nachdem er das Ding ausgeschaltet hatte.

Philipp bremste hart, ich wurde in die Gurten gedrückt. Vor uns lag ein Fluss. Jimmie Sherman hatte von einem Bach gesprochen, der an einer flachen Stelle durchquert werden musste. Das hier war ein Fluss. Wir stiegen aus, sahen uns die Stelle an.

«Dort ist ein Schild», sagte Philipp, «Sherman hat dir doch gesagt, dass ein Schild die Stelle anzeigt, wo man rüberkann. Wir sind richtig.»

Da war tatsächlich ein Schild, das aber aussah, als ob es zur Zeit des Goldrausches angebracht worden wäre. Reichlich windschief, verblasste Schrift, von Hand bemalt. «Fording / Gué» stand darauf. Furt in englischer und französischer Sprache. Philipp machte sich daran, weiterzufahren.

«Warte! Ich will mir das genauer anschauen», sagte ich. «Dieses Schild haben sie vor mehr als fünfzig Jahren hier montiert, noch vor der Klimaerwärmung. Seither sind die Gletscher geschmolzen, die Meere gestiegen, die Flüsse angeschwollen, ganz abgesehen von den Tsunamis –»

«Komm, du Feigling. Ich muss einfach untersetzt fahren, das ist kein Problem für diese Karre.»

Das Wasser war trübe, unmöglich, den Grund zu sehen.

«Wir können doch nicht in diesen Fluss hineinfahren, ohne zu wissen, wie tief das Wasser ist. Hast du die Strömung gesehen?»

Ich stocherte mit einem Stock in dem Wasser herum. Mit zunehmender Entfernung vom Ufer wurde es tiefer, das war alles, was sich feststellen liess, ohne nasse Füsse zu kriegen. Ich bückte mich und streckte eine Hand ins Wasser.

«Es ist eiskalt!»

«Sherman hat dir gesagt, wir sollen hier durchfahren. Also machen wir das auch.»

Philipp liess den Motor aufheulen, er schien sich zu amüsieren. Ich stieg ein, liess den Sicherheitsgurt offen und klammerte mich an dem seitlich angebrachten Griff fest.

«Der Ansaugstotzen ist bei diesem Modell auf der Höhe von einem Meter fünfzig angebracht. So tief können wir in das Wasser, dann säuft der Motor ab. Los geht's!»

In Physik war ich schon immer eine Nuss gewesen, und von Autos verstand ich auch nicht viel. Ich versuchte mir einzureden, dass Philipp wusste, was er tat. Schliesslich war er zu einem Achtel Cree. Oder Sechzehntel? Wenigstens hatte der Fluss am Ufer noch keine allzu starke Strömung ... ach Scheisse, das konnte nicht gut gehen. Der Land Cruiser begann zu schlingern, als er tiefer ins Wasser eintauchte. Es fühlte sich an, als ob er keine Bodenhaftung mehr hätte. Halleluja! Ich biss mir auf die Zähne, bis es schmerzte. Philipp hebelte und steuerte wie ein Wilder und gab dazu laute und völlig unverständliche Kommentare. «Da kommt er! Dreh jetzt nicht durch, Kleiner. Beiss dich fest. So ist's gut. Hau rein, hau rein!»

Wir schlingerten immer heftiger, das Wasser stieg bedrohlich, wir waren verdammt noch mal mitten in einem Fluss. Ich schloss die Augen.

Der Motor heulte auf, das Schlingern wurde geringer, die Stösse plötzlich härter, wir hatten wieder Bodenhaftung. Und zack, waren wir draussen. Philipp johlte und jauchzte. Er lachte laut, unbekümmert, seine Augen leuchteten. Er war glücklich. Und dafür gab es nur eine einzige Erklärung: Er hatte gerade eben verflucht Angst gehabt, auch wenn er sich so abgebrüht und optimistisch gegeben hatte. Ich bewegte vorsichtig meinen völlig verkrampften Kiefer und versuchte, nicht daran zu denken, dass wir denselben Weg wieder zurückmussten. Die Piste verlief hier in engen Kurven steil hinauf. Philipp fuhr zu schnell, wir schlitterten um die Kurven. Endlich erreichten wir eine Anhöhe, vor uns dehnten sich sanft gewellte Hügel aus. Der Fluss teilte sich zu mehreren Armen aus, die durch die Landschaft mäandrierten. Philipp gab Gas. Die Schotterpiste verlief nun fast geradeaus. Mittlerweile verfluchte ich meine Hartnäckigkeit. Das Einzige, was wir hier produzieren würden, war ein Unfall. Philipp schaltete höher, die Steinchen spritzten auf allen Seiten. An der nächsten Weggabelung bogen wir links ab, auf einen Weg mit tiefen Fahrrillen. Philipp fluchte laut, als der Land Cruiser ruckartig seitwärts geschoben wurde. Der Weg endete auf einem Platz, Ende der Piste.

«Du bist falsch abgebogen.»

«Du hast die Karte.»

«Ich kann doch nicht die Karte lesen, wenn du fährst wie ein Wahnsinniger. Wir müssen zurück.»

Philipp wendete, fuhr zurück, bog rechts an der Weggabelung ab. Wir folgten nun einem Tannenwald, Philipp gab Gas.

«Das macht mir Spass, merkwürdig, nicht?», sagte er und gab noch etwas mehr Gas.

«Na ja. Ich finde einiges andere merkwürdiger an dir.»

«Zum Beispiel?»

«Nicht grundsätzlich», gab ich hastig Antwort, als ich seinen Gesichtsausdruck sah. «Nur jetzt. Hier. Seit ich hier bei dir in Kanada bin.»

«Ich bin eigentlich kein merkwürdiger Typ. Nur ein Loser. Davon gibt es viele, gerade bei den First Nations.»

Ich holte Luft, um zu antworten, aber Philipp fiel mir ins Wort. «Ja, ich weiss. Nicht schon wieder diese Leier mit den armen Indianern.»

«Würdest du bitte nicht mit den Händen herumfuchteln? Du fährst mit achtzig auf einer Schotterpiste!»

«Keine Sorge, ich kann das auch einhändig», und in zynischem Ton fügte er an, «das liegt mir im Blut.»

Er lachte, aber es klang nicht fröhlich. Die folgenden zehn Minuten schwiegen wir, während Philipp geschickt um Kurven schlitterte.

«Sollten wir nicht längst bei dieser Stelle sein, die Sherman erwähnt hat?», fragte ich, als wir erneut in eine sandige Piste einbogen.

In diesem Moment tauchte ohne jede Vorwarnung eine Strassensperre vor uns auf, Philipp ging voll auf die Bremse, ich schrie. Der Wagen ratterte wie verrückt, kam einen halben Meter vor der hölzernen Abschrankung zum Stehen. Der Motor wurde abgewürgt. Stille.

«Heilige Scheisse, das war knapp», sagte ich.

«Wir sind falsch. Wir sind eindeutig falsch hier.»

Warum hast du nicht schon früher angehalten und bist stattdessen gerast, als ob es sich um Paris–Dakar handelt?, dachte ich, sagte aber nichts. Philipp starrte bewegungslos an die Sperre, auf der jemand von Hand ein «No trespassing» geschrieben hatte. Das Holz darum herum war von Schüssen durchlöchert.

«Seit ich hier bin, versuche ich meine Wurzeln zu finden», sagte er leise. «Irgendwelche Wurzeln, die beweisen, dass ich irgendwo dazugehöre. Ich habe ja alle Zeit der Welt ... Mein Job füllt mich nicht aus, und einen riesigen Freundeskreis habe ich auch nicht gerade. Und du ...» Den Rest schluckte er hinunter, während er versuchte, den Motor zu starten.

Stottern. Abwürgen. Er gab auf, liess sich rücklings in seinen Sitz fallen.

«Ich hatte jede Menge Zeit für Kurse in Brauchtum der Cree, in traditionellem und modernem Korbflechten, für geführte

Rundgänge im Museum of First Nations Art and Culture, für Heilrituale der Blackfoot, Musik der Stellat'en und Sprache der Sekani. Ich habe sogar an einem Kurs für Sandmalerei der Navajos teilgenommen. Weshalb auch immer. Ich bin an traditionelle Anlässe der Cree, habe die Ältesten besucht. Ich hab mich bloss lächerlich gemacht, ich weiss. Es ist nur …»

«Was?»

«Du brauchst keine Angst zu haben. Ich werde mir keinen Federbusch auf den Kopf stülpen und beim nächsten Powwow um das heilige Feuer tanzen.»

«Aber was? Red endlich!»

«Ich sehne mich nach einer Heimat. Ich sehne mich danach, wieder ganz zu sein. Heil zu sein.»

«Dann bist du doch krank?»

«Das ist es nicht.»

«Ich werde noch wahnsinnig, Philipp! Was ist los mit dir?»

«Dabei kann ich gar nicht wieder *heil* werden. Es ist lächerlich. Niemand kann mich *heil* machen.»

Er starrte mich voller Wut und Verzweiflung an.

«Ich bin unfruchtbar, Lou!»

Ich brauchte einen Moment, um seine Worte zu verstehen.

«Ich werde nie ein Kind zeugen können. Ich werde nie eine Familie haben.»

«Wie meinst du das?»

«Meine Spermien sind schwach, tot, kaputt, was weiss ich, jedenfalls bin ich zu siebenundneunzig Prozent zeugungsunfähig.»

«Bist du sicher? Kann das kein Fehler sein?»

Philipp schüttelte sachte den Kopf.

Keine Kinder. Keine Familie. Ich spürte einen messerscharfen Schmerz. Fragmente wirbelten durcheinander, Bilder einer glücklichen Kindheit, warmes Licht, weiche Körper, Nähe, duftende Haut, sanfte melodische Stimmen, leises Lachen.

Philipp wandte sich von mir ab. Das brachte mich wieder zurück. Es ging hier nicht um mich. Ich wollte keine Kinder. Das war Philipps Problem, Philipps Schmerz. Nicht meiner. Und dann verstand ich endlich: Das war der schwarze Schatten, den ich seit meiner Ankunft hier in Montreal über ihm gespürt hatte. Das war der Grund für seine Zurückhaltung mir gegenüber.

«Das tut mir leid. Leid für dich», sagte ich und versuchte meiner Stimme einen warmen, festen Klang zu geben.

«Und was ist mit dir, Lou? Bedeutet das nichts für dich?»

«Du weisst doch, dass ich keine Kinder will. Ich wäre keine gute Mutter. Ich bin nicht dafür gemacht.»

«Wie kannst du nur so etwas sagen! Das ist falsch, völlig falsch. Ohne Kinder bist du keine vollständige Frau, jedenfalls für uns Cree.»

«Ich bin aber keine Cree. Und du bist ebenfalls kein Cree, verdammt noch mal.»

«Ich bin gar nichts, da hast du völlig recht. Kein richtiger Schweizer, kein richtiger Kanadier und schon gar kein Cree.»

«Das ist doch völlig egal. Du bist du. Und ich mag dich.»

«Es ist nicht richtig, dass wir zusammen sind. Du hast noch ein paar Jahre Zeit. Du könntest dir einen Mann suchen, eine Familie gründen. Ich werde dich freigeben, ich habe mich bereits entschieden.»

«Mich freigeben? Was soll denn das heissen, mich freigeben? Ich bin nicht dein Eigentum. Ich entscheide selbst, ob ich mit dir zusammen sein will!»

«Schrei mich nicht an!»

Wir schwiegen beide. Ich schaute zum Seitenfenster hinaus, ohne etwas zu sehen.

«Ich will mit dir zusammen sein», sagte ich schliesslich leise.

«Noch hast du Zeit. Du könntest mit einem anderen Mann Kinder haben.»

Wut und Schmerz waren schlagartig wieder da. «Verstehst du meine Sprache nicht mehr, Philipp Laval?», schrie ich. «Ich will keine Kinder. Schluss. Punkt. Aus. Fertig. Basta.»

Philipp starrte mich mit aufgerissenen Augen an. Er schluckte mühsam. Ich konnte nicht erkennen, was in ihm vorging. Ein Geräusch liess mich zusammenfahren. Gedämpftes Gekreische, Krächzen von weit her.

«Hörst du das?», fragte ich.

«Ohne Kinder –»

«So hör doch!»

Ich stieg rasch aus dem Fahrzeug, suchte den Himmel ab. Dann sah ich es. Eine schwarze, wirbelnde Wolke. Ein grosser Schwarm Vögel, Krähen wahrscheinlich. Ich kniff die Augen zusammen. Über dem Schwarm kreisten mehrere grosse Raubvögel. Das war eine Versammlung von Aasgeiern, die sich um reiche Beute stritten.

«Was ist das? Was machen die Vögel dort?», fragte Philipp.

«Sie müssen Fleisch gefunden haben. Aas.»

«Das muss die Stelle sein. Fahren wir.»

Philipp wendete und fuhr zurück bis zur nächsten Abzweigung, wo wir die andere Richtung einschlugen. Wieder fuhr Philipp zu aggressiv, zu schnell, aber dieses Mal störte es mich nicht. Ein Gefühl der Dringlichkeit trieb uns an. Wir durchquerten einen schmalen Forstweg durch einen dichten Wald, Zweige peitschten das Fenster, das Dach des Land Cruisers. Die Piste verzweigte sich, wir nahmen den Weg nach rechts, wo wir den Schwarm gesehen hatten. Eine schmale Schlucht tat sich vor uns auf, die Piste folgte einem kleinen Bach, stieg an, wurde schmäler und ruppig. Der 4x4 kämpfte sich über die Steine, schlug mit der Karosserie mehrmals auf grosse Felskanten auf, wurde heftig herumgeschlagen. Ich hielt mich fest, so gut ich konnte. Wir erreichten eine Anhöhe, ein von hohen Felsen umrahmtes schmales Tal öffnete sich vor uns. Philipp stellte den Motor ab. Wir stiegen aus.

Das Gekrächze und Gekreische der Vögel war nun unangenehm laut. Ein widerlich süsser, Übelkeit erregender Gestank stieg mir in die Nase. Verwesendes Fleisch. Das Licht, das von den Felsen reflektierte, tat mir weh in den Augen. Wenige Meter entfernt, im Schatten der Felsen, schien es im Gegensatz dazu so dunkel, als ob die Sonne diesen Ort nie erreichen würde. Und von dort kamen der Gestank und das Gekreische. Philipp ging um den Wagen herum, lud seinen Rucksack aus, streifte sich eine Schutzmaske und Handschuhe über, reichte mir dieselbe

Ausrüstung und machte sich auf den Weg. Ich zögerte, fühlte mich wie gelähmt.

«Was ist? Nun komm schon, Lou.»

«Ja, ich komme. Ich ...»

Ich blinzelte angestrengt, versuchte zu atmen. Es war, als ob sich die Realität verschoben hätte, alle Empfindungen waren zu stark, zu intensiv und gleichzeitig einen Tick falsch. Wie in einem dieser überfarbigen Almodóvar-Filme, aber als Horrorversion. Mir war übel. Eine Klammer hielt meinen Brustkorb umfangen, drückte ihn zusammen. Jonah Blackwater hatte recht. Es war ein böser Ort, auch wenn ich nicht sagen konnte, warum ich so empfand.

«Du siehst bleich aus. Was ist los? Ist dir übel vom Gestank?»

Philipp kramte in seinem Rucksack, reichte mir ein Döschen mit einer kampferhaltigen Crème. Ich roch daran, schmierte mir etwas um die Nase, fühlte mich etwas besser, holte tief Luft. Meine Augen wanderten suchend über das Tal, das vor uns lag. Man konnte kaum etwas erkennen, die Schatten schienen undurchdringlich, wie ein Wesen, das dort drinhockte und auf uns wartete.

«Ich habe kein gutes Gefühl, Philipp. Etwas stimmt nicht mit diesem Ort. Es tönt blöd, ich weiss, aber wir sollten da nicht hin.»

«Natürlich stimmt etwas nicht. Da liegen tote Tiere herum, und wir sollten herausfinden, warum.»

Er hatte ja recht. Ich benahm mich wie ein kleines Kind. Und es war meine Idee gewesen, hierherzukommen. Es könnte wichtig sein. Wir mussten uns das ansehen, Proben nehmen und weg hier. Ich nickte, zog mir die Atemmaske und Handschuhe an. Philipp drehte sich um und lief rasch voraus. Ich beeilte mich, um ihn nicht aus den Augen zu verlieren, zwang meine Angst aus meinem Kopf, meinem Körper, atmete so flach wie möglich.

Wir gingen um einen grossen Felsen, der von Moos und Flechten überwachsen war. Das Tal weitete sich, meine Augen nahmen Bewegung wahr, ein Hin- und Hergewoge in der Luft. Ich atmete zu schnell, zu flach und fühlte mich schwindlig. Ich schaute starr zu Boden. Da lag ein toter Vogel. Und da war ein grosser Abdruck, direkt vor meinen Füssen.

«Philipp!»

«Was ist?»

«Da sind Bärenspuren! Hier hat es Bären … lass uns wieder gehen.»

«Ich sehe hier keine Bären. Der ist sicher längst wieder weg. Komm, wir bleiben nicht lange und sind vorsichtig.»

Ich biss die Zähne zusammen und folgte ihm. Die Konturen der Schatten in dem Tälchen wurden klarer, schärfer. Da, wenige Meter vor uns, lag ein Kadaver, darauf ein Dutzend Krähen.

Es war ein Karibu mit aufgerissenem Bauch, die steifen Beine gen Himmel gereckt, auf dem die Vögel hockten und sich um den besten Platz balgten. Die Tiere wühlten mit ihren kräftigen Füssen im Bauch des Tieres, hatten blutige Schnäbel und Köpfe. Ein Geräusch von hinten liess mich herumfahren. Eine Krähe flog bedrohlich nahe an meinem Kopf vorbei, ein kräftiges grosses Tier, es wendete blitzartig, streifte mit dem Flügel meine Schulter. Ich schrak zusammen, mein Herz raste. Einige Meter weiter landete sie ungeschickt und fiel hin, richtete sich rasch wieder auf und hüpfte mit Schlagseite über den Boden. Ich folgte ihr mit den Augen, während sie wieder aufflog und auf einem kleinen Baum landete. Auch dabei stellte sich die Krähe ungeschickt an, schwankte heftig auf dem Ast, den sie sich zur Landung ausgesucht hatte, wäre beinahe heruntergefallen. Sie schlug heftig mit den Flügeln und fand schliesslich ihre Balance wieder.

«Hast du die Krähe gesehen?», fragte ich mit hoher, kippender Stimme und wollte nach Philipps Arm greifen. Ich griff ins Leere, er war bereits weitergelaufen.

«Dort drüben ist noch ein Schwarm, komm», rief er knapp hörbar in dem Tumult.

Ein hohes Kreischen liess mich nach oben blicken. Nur wenige Meter über uns flog ein Raubvogel, ein Bussard, weiter oben zwei Adler. Und überall dazwischen Krähen. Ich wich einer Feuerstelle aus, die einen Durchmesser von etwa zwei Metern hatte. Die Asche war durchsetzt mit grossen und kleinen Knochen.

«Wir sollten hier weg», sagte ich laut, aber Philipp war bereits zu dem zweiten Kadaver gelaufen.

Diesmal war es ein Maultier. Ein Adler sass auf dem Bauch des Tieres und verteidigte seinen Fressplatz mit Zischen und heftigen Schnabelattacken erfolgreich. Sobald er einen Moment Ruhe hatte, riss er Fetzen von Gedärm und Fleisch aus dem Bauch des Tieres. Erst als Philipp nur noch wenige Meter entfernt war, liess er sich verscheuchen und flog auf. Der Kadaver wimmelte von Ameisen, Käfern und weisslichen Maden. Der Gestank war unerträglich.

Ich liess meinen Blick über das schmale Tal schweifen. Zwanzig Meter weiter lag ein Elch oder das, was von ihm übrig geblieben war, nicht viel mehr als die mächtige Schaufel und das Gerippe. Ich senkte den Blick auf den Boden, wollte das nicht mehr sehen. Aber da, direkt vor meinen Füssen, lag ein totes Eichhörnchen oder Streifenhörnchen oder so was. Es sah noch völlig unversehrt aus. Da waren auch wieder Fussabdrücke des Bären. Sie waren sicher dreissig Zentimeter lang. War das ein Schwarzbär oder ein Grizzly? Einen Meter weiter rechts lag ein Singvögelchen, daneben eine Maus. Ich bückte mich, betrachtete das Hörnchen genauer. Der kleine Körper hatte sich in einem Krampf zusammengezogen. Der Moment des Todes war nicht friedlich gewesen, sondern schmerzhaft, so viel konnte man erkennen. Ich begann zu zittern, ballte meine Fäuste, aber es half nichts.

«Es muss Gift sein. Hier irgendwo muss die Ursache für all diese Vergiftungen sein.»

Philipp hatte vom Maultier und vom Karibu Gewebeproben entnommen. Wieder hatte ich das Gefühl, keine Luft zu bekommen, mein Mageninhalt hob sich.

«Du hast die Proben, gehen wir. Jetzt!»

«Dort hinten ist die Jagdhütte, von der Mary gesprochen hat.

Wir sollten sie uns ansehen», sagte Philipp und zeigte auf einen undeutlich auszumachenden dunklen Fleck im Schatten einiger hoher Fichten. Mein Zittern verstärkte sich.

«Geh nicht weiter, Philipp. Ich habe ein ungutes Gefühl, ich –»

Ein Donnern liess mich zusammenfahren, ich stolperte, fiel hin. Der Hall dröhnte von den Felswänden wider. Die Vögel flogen in Panik auf, aber ich konnte ihre Schreie nur gedämpft hören. Ich lag am Boden und versuchte zu verstehen. Philipps Kopf tauchte hinter einem kleinen Gebüsch auf. Er kroch auf allen vieren zu mir.

«Alles in Ordnung?», fragte er.

«Ja. Da hat jemand geschossen.»

«Ein Jäger?»

Philipp erhob sich und schaute sich um. Ich packte seine Jacke, zog ihn nach unten.

«Spinnst du? Vielleicht wollte der uns abknallen.»

«Ich glaube nicht. Sonst hätte er uns sicher getroffen. Das war nicht für uns bestimmt.»

«Ich habe eine Scheiss-Angst.»

«Beruhige dich. Ich will mir nur noch schnell die Hütte anschauen, dann sind wir weg. Ich bin vorsichtig. Versprochen.»

Er ging geduckt weiter, und ich krabbelte hinterher, innerlich fluchend vor Wut und Angst.

«Das ist merkwürdig ...», kam es von vorn.

«Was?»

«Jemand ist in die Hütte eingebrochen und –»

Ein scharfer Knall und gleich darauf ein zweiter. Ich fiel zu Boden, mein Herz blieb stehen. Meine Ohren schmerzten, und ich fühlte mich einer Ohnmacht nahe. Panikartig presste ich mich auf die kalte nasse Erde, hätte mich am liebsten eingegraben. Jetzt gab es keinen Zweifel mehr, das waren keine verirrten Schüsse. Jemand versuchte, uns zu töten. Ich lag da, wartete auf das Unausweichliche. Als eine Ewigkeit später noch immer nichts passiert war, hob ich vorsichtig meinen Kopf. Ein Geräusch drang durch meine wattierten Ohren. Ein Automotor.

Jemand fuhr davon. Endlich wagte ich es, mich aufzusetzen und umzuschauen. Langsam beruhigte sich mein wummerndes Herz. Ich wischte mir Tränen, Schweiss und Dreck aus dem Gesicht.

Viel zu viel Zeit verging, bis ich realisierte, dass Philipp nicht mehr zu sehen war.

NEUN

«Philipp? Philipp, wo bist du?», flüsterte ich so laut ich es wagte. In meinen Ohren dröhnte es noch immer. Wirklich deutlich hörte ich bloss meinen eigenen Herzschlag, der in raschem, unregelmässigem Stakkato pulsierte.

Keine Antwort. Wo war Philipp? Und wer hatte geschossen und warum? Und das Wichtigste: War dieser Wahnsinnige wirklich weggefahren? Ich versuchte mich möglichst geduckt fortzubewegen. Ich wollte zu Philipp, Angst trieb mich an, ihn zu finden, während ich gleichzeitig erwartete, jede Sekunde von einem Schuss getroffen zu werden. Nie hatte ich mich so ungeschützt gefühlt. Da sah ich vor mir Philipps Fuss. Ich krabbelte auf seine Seite. Sein Kopf war von mir abgewandt. Er bewegte sich nicht. Ich flüsterte seinen Namen, bekam keine Antwort, keinerlei Reaktion. Innerlich fluchte ich verzweifelt vor mich hin, versuchte einen ruhigen Kopf zu bewahren. Ich schaute mich um. Wir lagen hier zur einen Seite geschützt durch einen kleinen Felsvorsprung, zur anderen durch einen mächtigen Baumstamm. Ich kniete mich hin, beugte mich über ihn und tastete ihn ab. An seiner Hüfte spürte ich warme Nässe. Erschrocken schaute ich meine blutige Handfläche an. Da war eine Wunde. Der Schütze hatte Philipp getroffen. Unter Philipps Körper hatte sich eine Blutlache gebildet. Oh nein, nein, nein. So gut es mit meinen zitternden Händen ging, packte ich Philipps Rucksack aus, Schere, Verbandszeug, Kompressionsverband, alles da. Ich schnitt seine Hosen auf, stöhnte laut, als ich die grosse Wunde am Oberschenkel erkennen konnte. Da war eine Eintritts-, aber keine Austrittswunde, die Kugel steckte noch in seinem Bein. Ich machte, so gut ich das konnte, einen Druckverband. Die Blutung war fürs Erste gestoppt, aber Philipp hatte bereits viel Blut verloren. Ich tastete nach seinem Handgelenk, versuchte, den Puls zu messen. Es gelang mir nicht, ich war zu aufgewühlt. Ich war eine miserable Samariterin. Philipp benötigte so rasch wie möglich medizinische Hilfe.

Ich sprang auf. Wenn der Schütze unseren Wagen genommen hatte, waren wir verloren. Ich rannte durch das Tälchen, rutschte aus und landete mit dem rechten Knie in einem kleinen Kadaver. Ich sprang entsetzt auf, der Gestank liess mich würgen. Der Land Cruiser stand noch da, der Schlüssel steckte. Ich musste Philipp sofort in ein Spital bringen. Ich musste dieses Ding fahren.

Ich rannte zurück zu Philipp und sah erleichtert, dass er die Augen geöffnet hatte. Er starrte mich mit glasigen Augen an.

«Ich hatte einen Unfall», sagte er mit Verwunderung in der Stimme.

Ich spürte Tränen der Erleichterung in den Augen. «Du hast viel Blut verloren, du musst ins Spital. Rasch!»

«Was ist bloss geschehen? Ich kann mich nicht erinnern.»

«Du bist angeschossen worden. Komm, ich helfe dir auf.»

Philipp verzog vor Schmerz sein Gesicht, während ich versuchte, ihn aufzurichten. Dann humpelten wir Schritt für Schritt zu dem Wagen, und ich schaffte es irgendwie, Philipp auf den Rücksitz zu bugsieren.

«Das hat wehgetan», sagte er keuchend und verlor wie zum Beweis das Bewusstsein. Der Druckverband hatte sich gerötet. Seine Haut fühlte sich kalt und feucht an. Ich strich über seine Stirne. Er war erschreckend bleich.

Ich bin keine Ärztin verdammt, was soll ich denn tun?, dachte ich. Ich will ihn nicht verlieren … nicht jetzt … Ich liebe ihn … nicht ausgerechnet jetzt. Wir müssen hier weg.

Ich setzte mich auf den Fahrersitz, versuchte zu vergessen, was mit Philipp war, versuchte zu vergessen, dass irgendwo ein Mörder lauern könnte, nur das Auto war jetzt wichtig, dieser Monsterkarren, der Philipps Leben retten konnte. Wenn ich mich zuvorderst auf den Sitz setzte, konnte ich mit den Zehenspitzen ganz knapp das Gas- und Bremspedal erreichen. So ging es nicht. Schweiss brach mir aus, während wertvolle Zeit mit der Suche nach den richtigen Knöpfen und Hebeln zum Verstellen des Sitzes verging. Endlich hatte ich es geschafft. Ich setzte mich wieder hin, streckte die Beine aus, kam an die

Pedale, packte mit einer schweissnass glitschigen Hand das Steuerrad und drehte den Zündschlüssel. Der Wagen heulte auf, ich hatte zu viel Gas gegeben, er machte einen Satz, und ich würgte den Motor ab. Sachte, sachte, redete ich mir zu, und endlich gelang es mir, die Kupplung so loszulassen, dass der Wagen einigermassen sanft losfuhr. Das nächste Problem bestand darin, den Wagen auf diesem engen Platz zu wenden. Ich verbrauchte viel Zeit, bis ich den Rückwärtsgang gefunden hatte. Dann schlug ich in meiner Nervosität das Steuerrad beim Rückwärtsfahren falsch ein, sodass ich immer auf demselben Platz vor- und zurückfuhr. Unter Fluchen und Weinen gelang mir das Manöver endlich.

Ich fuhr so schnell ich konnte, schlingerte in den Kurven, rutschte und holperte. Ab und zu warf ich hastig einen Blick in den Rückspiegel. Philipp lag mit geschlossenen Augen und grauem Gesicht auf dem Sitz. Der Druckverband hatte sich stärker gerötet. Ich biss mir auf die Lippen, versuchte vergeblich, die Tränen zurückzuhalten. Alle paar Kilometer schaute ich auf das Display meines Handys, aber noch immer hatte ich keinen Empfang. In einer Linkskurve, die sich verengte, verlor ich die Kontrolle, und wir prallten seitlich in einen kleinen Baum, schlitterten an einer Hecke entlang und kamen zum Stillstand. Ich schluchzte auf und legte einen Moment meinen Kopf auf das Steuerrad. Ich fühlte mich vollkommen erschöpft, leer. Weiter!

Ich drehte den Schlüssel und hörte erleichtert den Motor kommen. Eine Ewigkeit später erreichten wir den Fluss. Wir mussten ihn überqueren, es gab keine andere Möglichkeit. Entweder wir kamen heil rüber, oder wir würden beide ertrinken. Das Wasser war zu kalt zum Schwimmen, und ausserdem würde ich Philipp nicht rechtzeitig aus dem Wagen bekommen. Die Strömung schien stärker als Stunden zuvor, die Wassermenge grösser. Das war wahnsinnig, was ich da vorhatte. Aber es gab keinen anderen Weg. Ich musste hochtourig fahren, daran erinnerte ich mich. Wie fuhr man hochtourig? Ich starrte auf den komplizierten Bordcomputer mit den unendlichen Optionen und Anzeigen. Kleiner Gang und dann Gas geben?

Mir war kalt und speiübel, als ich den Land Cruiser die Böschung hinunterlenkte und in das graue Wasser hineinfuhr. Sofort begann der Wagen zu rütteln, die Bodenhaftung hatte spürbar nachgelassen, wir schlingerten. Es fühlte sich unangenehm, gefährlich an. Die Wasserkraft begann an dem schweren Gefährt zu drücken, zu reissen. Ich konnte nicht mehr spüren, ob ich zu viel oder zu wenig Gas gab. Ohne es zu realisieren, fing ich laut an zu jammern, Laute ohne Bedeutung, ohne Sinn. Der Wagen wurde mit einem Mal angehoben. Ich schrie laut, klammerte mich an dem Steuerrad fest. Da wurden wir wieder abgesetzt, rumpelten über ein Hindernis. Rings um uns waren Wassermassen, wir wurden seitwärts getrieben, oder bildete ich mir das nur ein? Ich hielt dagegen, gab etwas mehr Gas – und welches Wunder, der Wagen reagierte.

Das Ufer näherte sich langsam, der Wagen tauchte immer mehr aus dem Wasser auf, und dann ging es ganz rasch, und die Räder drehten an der Uferböschung zunächst durch, fassten Halt, und mit einem heftigen Ruck gelangten wir auf trockenen Boden. Ich schrie auf vor Freude, aber mein Blick nach hinten zeigte mir, dass Philipps Verband bereits dunkelrot vor Blut war. Ich drückte das Gaspedal durch, der Motor heulte auf.

Als ich Fort Fraser fast erreicht hatte, rief ich Sandy an, die mich zum nächstliegenden Regionalspital dirigierte. Als ich dort ankam, wurden wir bereits vom Notarzt erwartet, der von Sandy alarmiert worden war. Philipp wurde auf eine Trage gehoben, und ich musste mich beeilen, um ihn nicht aus den Augen zu verlieren. Vor dem Operationssaal wurde ich von einem Pfleger gepackt, der mich trotz meines Protests zum Empfang führte, wo ich ein Formular ausfüllen sollte. Die Sekretärin rümpfte empört ihre Nase. Ich stank und sah wahrscheinlich entsetzlich aus. Ein Wachmann betrat den Raum und wollte, dass ich den Wagen umparkierte. Ich starrte das Formular an und verstand kein Wort. Endlich erschien Sandy und führte mich nach einer kurzen, heftigen Diskussion aus dem Raum und in ein winziges Behandlungszimmer.

«Leg dich auf die Liege», befahl sie mir.
«Ich bin nicht verletzt.»
«Das ist gut. Leg dich trotzdem hin.»
«Ich kann nicht. Ich stinke, und mir ist schlecht. Ich muss kotzen.»
Sandy reichte mir hastig eine Brechschale. Als mein Magen vollkommen leer war, fühlte ich mich besser. Sie half mir, mich auszuziehen, zu duschen, gab mir frische Kleidung und deckte mich mit einer Decke zu. Ich zitterte noch immer. Sie packte mich in eine Wärmedecke, die mich mit heisser Luft anpustete. Endlich liess das Zittern nach, und ich spürte Wärme in mir aufsteigen. Sandy telefonierte.
«Wie geht es Philipp? Wurde er operiert?», fragte ich.
«Sie konnten die Kugel ohne Probleme entfernen. Aber er hat sehr viel Blut verloren. Sie versuchen ihn jetzt zu stabilisieren. Sorgen machen uns der Schockzustand und seine Unterkühlung. Morgen kann man mehr sagen.»
«Ist er wieder bei Bewusstsein? Kann ich mit ihm sprechen?»
Sandy schüttelte den Kopf. Ich konnte ihr ansehen, dass sie mir nicht alles sagte. Sie machte sich Sorgen.
«Du solltest dich jetzt ausruhen, Louisa. Du bist völlig erschöpft.»
Sie organisierte mir heissen Tee mit Zucker und ein Kuchenstück, von dem ich keinen Bissen hinunterbrachte. Sobald Sandy das Zimmer verlassen hatte, begann ich zu weinen. Ich betete zu einem Gott, an den ich nicht glaubte. Ich dachte wirres Zeug, dachte an die Kinder, die wir nie haben werden, an Philipp, der vielleicht sterben würde, an die Leere, die sich vor mir auftat.

***

Das Pflegezimmer, in das Sandy mich gebracht hatte, wurde benötigt, ich setzte mich auf einen Stuhl im Flur und schloss die Augen. Jemand liess sich schwer auf den zweiten Stuhl fallen, der links von mir stand. Die Stuhlbeine rutschten kreischend über den Boden. Ich fuhr auf. Jonah Blackwater sass neben mir, schwankend, eine Flasche Fusel in der Hand. Eine Alkoholfahne umwaberte ihn, und er stank nach Schweiss. Ich versuchte, flach zu atmen. Ich nickte ihm kurz zu und wandte meinen Kopf ab. Blackwater murmelte unverständliches Zeug, und ich wünschte mir, er würde gehen. Kurz darauf eilte eine Pflegerin auf uns zu. Eine junge blonde Frau mit verhärmtem Gesichtsausdruck und spitzer Nase.

«Ach, da sind wir ja! Wieder mal zu viel getrunken? Und sich dann geprügelt, ja? Und jetzt müssen wir dich wieder zusammenflicken, der Staat bezahlt es ja.»

Ihr überheblicher Ton war widerlich. Sie packte den alten Mann grob an der Schulter, wollte ihm die Flasche wegnehmen.

«So, das gibst du jetzt ab. Und dann raus hier!»

Blackwater wehrte sich, war aber zu betrunken, ein Gerangel entstand, das so unwürdig wie schrecklich war. Die junge Frau siegte, und Blackwater belegte sie mit Schimpfwörtern, deren Bedeutung meine Kanadischkenntnisse überstiegen. Die junge Frau wurde fleckig rot im Gesicht und hob eine Hand, als ob sie ihn schlagen wollte, liess diese dann wieder sinken und verschwand.

«Mister Blackwater», begann ich etwas später, «ich habe gemeint, Sie trinken nicht.»

Seine Antwort war mehr ein Knurren als ein Satz.

«Wo ist Samy?», fragte ich.

Keine Antwort.

«Jonah, wo ist Ihr Enkel?»

Endlich hörte er mich.

«Samy?», fragte er, und sein Blick klärte sich ein wenig.

Er erhob sich und verschwand in der Männertoilette. Kurz darauf kam er mit nassem Gesicht und Haaren zurück, setzte sich wieder neben mich. Er sah mich an, und sein Blick war zwar getrübt vom Alkohol, aber er schien sich seiner Umgebung und meiner Anwesenheit bewusst zu sein. Ich hatte das merkwürdige Gefühl, dass er mich gesucht hatte.

«Wie geht es Ihrem Freund? Dem Arzt?», fragte er mit leiser Stimme.

Ich schüttelte stumm den Kopf. Auch er schwieg.

«Ich bin ein schlechter Mensch», sagte er schliesslich.

Ich gab mir einen Ruck, diesen Menschen da neben mir wahrzunehmen, seine Not ernst zu nehmen. «Sie sind Alkoholiker. Da kann es Rückfälle geben, das wissen Sie doch», versuchte ich ihn zu trösten.

«Ich bin ein schlechter Mensch. Ich war es schon immer.»

«Das stimmt nicht», entgegnete ich müde, «niemand wird als schlechter Mensch geboren.»

«Ich wollte ihn nicht treffen. Es war ein Versehen. Ich war betrunken, herrjeh.»

«Das kann schon mal passieren, Jonah.»

«Ich habe auf Ihren Freund geschossen!»

Endlich sickerten seine Worte durch.

«Sie? Sie waren das?», stotterte ich.

«Es tut mir so leid. Ich weiss nicht, wie ich das wiedergutmachen kann. Es tut mir leid.»

Wiedergutmachen? Wie soll man so etwas wiedergutmachen? Ich sah Philipps weisses Gesicht vor mir. Ich sprang auf die Füsse, packte Blackwater am Hemd und schüttelte ihn grob.

«Sie haben auf Philipp geschossen? Warum? Warum haben Sie das bloss getan? Warum haben Sie auf uns geschossen?»

«Ich musste Samy schützen. Das müssen Sie verstehen, bitte.»

Angewidert liess ich ihn los, wich zurück. «Ich verstehe kein Wort … und ich will das auch gar nicht verstehen.» Meine Stimme wurde laut, überschlug sich. Es gellte in meinen Ohren, aber ich konnte das nicht kontrollieren.

«Warum haben Sie uns nicht geholfen, wenn es ein Versehen war? Philipp ist beinahe verblutet, und Sie hauen einfach ab und lassen uns im Stich. Ich glaube Ihnen kein Wort. Das war kein Versehen. Sie wollten uns töten. Sie Schwein!»

Eine Pflegerin, eine grosse übergewichtige Frau mit indigenen Gesichtszügen, kam auf uns zugelaufen, zog den Mundschutz nach unten, offensichtlich alarmiert von unserem Geschrei. Sie stellte Blackwater auf die Beine und versuchte, ihn nach draussen zu bugsieren, aber er blieb schwankend stehen.

«Sie haben recht. Mein neues Leben, der gute Jonah, der allen hilft – alles nur Theater. Ich habe einen guten Menschen gespielt, einen guten Opa für Samy. Ich wollte es so sehr. Ich wollte alles wiedergutmachen. Ich wollte ihn vor allem beschützen. Er sollte glücklich sein. Alles war bloss Theater. Ich habe beschlossen, ein guter Mensch zu sein, aber es war bloss eine Rolle.»

Er schlug sich mit seiner Faust auf die Brust.

«Komm jetzt, Jonah», sagte die Pflegerin.

«Hier drin, in meinem Innern bin ich schlecht. Meine Eltern waren schlecht, ich bin schlecht, meine Kinder – oh Gott, hilf mir!»

«Das ist mir alles scheissegal, Blackwater!», schrie ich ihn an, ausser mir vor Wut. «Ich will Ihr Gejammer nicht hören. Sie interessieren mich nicht. Ihre Geschichte, Ihr Leben, das interessiert mich einen Scheissdreck! Wie konnten Sie nur auf Philipp schiessen, der Ihrem Volk helfen wollte? Lassen Sie mich in Ruhe, hauen Sie ab! Hauen Sie endlich ab!»

«Das ist hier die Intensivstation, schreien Sie nicht so herum, oder ich rufe den Wachdienst», zischte mich die Pflegerin zornig an.

Einen Moment hatte ich das Gefühl, keine Luft mehr zu bekommen. Einer Ohnmacht nahe taumelte ich auf den Stuhl zu. Die Frau half mir, mich hinzusetzen, und drückte meinen Kopf nach unten zwischen die Knie.

«Unten lassen, dann wird es gleich wieder besser», sagte sie, «ich bringe jetzt Jonah zur Ausnüchterung und sorge dafür, dass sich jemand um Sie kümmert.»

Nachdem sie weg waren, ging ich voller Erregung auf dem beschränkten Raum, der mir zur Verfügung stand, hin und her. Ich verstand nichts mehr, war nur noch wütend und ängstlich zugleich. Was war hier nur los? Was war los mit diesen Menschen? Ich sehnte mich nach zu Hause, nach einer Gemeinschaft, deren Regeln ich verstand, nach Sicherheit und Geborgenheit, nach dem langweiligen Bern. Wenn wir nur nie hierhergekommen wären. Wenn ich nur auf meine innere Stimme gehört hätte.

Ich rief Sandy an, erzählte ihr, was Blackwater gesagt hatte. Sie wollte mir nicht glauben. Er schiesse auf gar keinen Fall auf einen Menschen. Er sei friedfertig. Ich müsse mich irren. Ich hätte sie anschreien können, stattdessen atmete ich tief ein und aus. Dann bat ich sie, nach Samy zu sehen. Blackwater sei erneut schwer betrunken. Er habe in seinem Zustand vielleicht vergessen, dafür zu sorgen, dass jemand zu Samy schaue. Sandy sagte eine Weile nichts mehr. Ihre Stimme klang sehr müde, als sie erklärte, sie werde zu Samy gehen und danach schauen, was mit Jonah los sei.

Ich setzte mich wieder hin, dachte nach. Warum hatte Blackwater auf Philipp geschossen? Weil er Samy schützen wollte? Das ergab keinen Sinn. Er war betrunken gewesen. Warum hatte er getrunken, wenn er seit Jahren abstinent lebte? Was machte er beim Falls Creek? Er hatte uns gesagt, es sei ein böser Ort, wir sollten nicht dorthin gehen. Wollte er uns verjagen? Waren wir vielleicht kurz davor, etwas Wichtiges zu entdecken? Etwas, das Blackwater schaden würde? Was hatte das mit Samy zu tun? Das war doch völliger Unsinn, paranoide Wahnvorstellungen eines schweren Alkoholikers.

Ein junger Mann in einer Uniform der Royal Canadian Mounted Police trat auf mich zu und fragte mich, ob ich Monsieur Lavals Ehefrau sei. Ich verneinte und sagte, ich sei seine Freundin. Er setzte sich neben mich und stellte mir eine ganze Menge Fragen, die mir alle völlig irrelevant schienen. Unter anderem wollte er wissen, ob ich eine gültige Jagdlizenz für die Region erworben hätte. Ich beantwortete alle Fragen wahrheitsgemäss, obwohl ich keine Ahnung hatte, warum er dies alles wissen wollte, und war froh, als er endlich wieder verschwand. Eine Pflegerin brachte mir Tee. Ich war zu müde zum Denken.

Irgendwann muss ich eingeschlafen sein.

***

Eine Frau vom Wachdienst rüttelte mich wach und machte mich darauf aufmerksam, dass der angeschossene Mann nicht mehr auf der Intensivstation liege, sondern in die Aufwachstation verlegt worden sei. Ich solle jetzt nach Hause gehen. Ich bestürmte sie mit Fragen, sie schüttelte bloss den Kopf. Ich schaute auf meine Uhr. Sechs Uhr dreissig. Müde humpelte ich zum Empfang und fragte nach, wo die Aufwachstation liege und ob ich Philipp besuchen dürfe. Die anwesende Dame, eine auf den ersten Blick mütterlich wirkende Schwarze, fragte, ob ich eine Angehörige des Patienten sei. Als dies geklärt war, nicht verheiratet, nicht verschwistert, weder Mutter noch Tochter, wurde mir beschieden, ich hätte keinerlei Recht auf irgendeine Information. Die Privatsphäre der Patienten würde in diesem Spital streng geschützt. Ende der Diskussion. Sie wollte mir noch nicht mal erklären, wo sich die Aufwachstation befand. Ich bekam einen heissen Kopf und hätte laut schreien wollen, mehr aus Verzweiflung als aus Wut. Stattdessen drehte ich mich um und machte mich auf die Suche. Die Aufwachstation befand sich im ersten Stock, Richtung Norden. Der Eingang war mit einem Batchsystem gesichert. Davor standen drei orange Schalenstühle, die aussahen, als ob seit Jahrhunderten Menschen darauf sitzen und ihre Angst ausschwitzen würden.

Hoffentlich wussten die Ärzte, dass Philipp ein Kollege war, und gaben sich Mühe. Mit Grauen erinnerte ich mich an eine Zeitungsmeldung, die ich in Montreal gelesen hatte. Ein fünfundvierzigjähriger Mann war in den Notfall eines Spitals in Manitoba gekommen. Er hatte um Hilfe gebeten, weil er sich sehr unwohl fühlte, aber niemand kümmerte sich um ihn. Er begann irgendwann zu erbrechen. Der Mann sass vierunddreissig Stunden lang im Warteraum der Notfallstation, bis zu seinem Tod. In diesen vierunddreissig Stunden war er vom Personal weder untersucht noch angesprochen worden, obwohl sich mehrere andere Patienten für ihn eingesetzt und um Hilfe gebeten hatten. Der Mann war ein Mestize, eine in Kanada anerkannte Bevölkerungsgruppe mit eigener Kultur. Mestizen haben weisse und indigene Vorfahren, welche sich weit zurückliegend in der Siedlerzeit zusammengetan hatten. Bei der Obduktion des Patienten stellte sich heraus, dass er an einem Infekt gelitten hatte, der mit Antibiotika einfach zu behandeln gewesen wäre. An diesem Tag war der Notfalldienst voll besetzt gewesen, und nicht weniger als siebzehn Angestellte gaben später an, den Mann wahrgenommen zu haben, doch sie gingen davon aus, dass es sich einfach um einen weiteren besoffenen Indianer handle. Der Zeitungskommentar erwähnte, dass Kanada stolz darauf sei, dass Schwarze und Asiaten nicht diskriminiert würden. Aber die Ureinwohner Kanadas würden von vielen Kanadiern nicht als diskriminierte Minorität, sondern als Zweitklassemenschen und Sozialschmarotzer betrachtet und entsprechend behandelt, sogar in den Spitälern.

Von dem harten Plastikstuhl aus konnte ich Baumwipfel, eine Strassenlampe und ein Stück Himmel sehen. Wie auch immer ich meinen Körper verbog, es war unbequem, und das hielt mich wach. Ich sass da und schaute zum Fenster hinaus. Meine Gedanken waren bei Philipp. Ich sah sein graues Gesicht vor mir, fühlte noch immer seine kalte feuchte Hand in meiner. In regelmässigen Abständen gingen Pflegerinnen oder Ärzte an mir vorbei, verschwanden hinter der Glastür und kamen Minuten später wieder hinaus. Zu Beginn bestürmte ich jedes menschliche Wesen in weissem Kittel, irgendwann gab ich es auf. Niemand wollte mir etwas sagen. Ich versuchte ihre Gesichter zu lesen. Sahen sie besorgt aus? Erleichtert? Zuversichtlich? Aber auch das brachte keine Erleichterung. Mir wurde schmerzlich bewusst, dass ich rechtlich gesehen kein Teil von Philipps Leben war.

Sollte ich versuchen, Philipps Eltern zu erreichen? Alles in mir widerstrebte dieser Idee. Philipp hatte sich mit der Reise nach Montreal ganz bewusst dem Einfluss, den Wünschen seiner Eltern entzogen. Wenn sein Vater von den Verletzungen seines Sohnes erfuhr, würde er mit einem Helikopter einfliegen und ihn sofort in die beste Privatklinik Kanadas verlegen lassen. Aber zu welchem Preis? Nein, ich würde sie nicht informieren. Ich versuchte, Sandy zu erreichen, aber sie ging nicht an ihr Mobiltelefon. Im Gesundheitszentrum hiess es, sie sei unterwegs bei ihren Patienten und habe dort keinen Empfang. Meine Angst um Philipp verwandelte sich in einen eiskalten Klumpen, der sich in mir ausbreitete. Ich hatte das Gefühl, für immer zu erstarren.

Auch das verging, und ich entfernte mich immer mehr von meinen Empfindungen, von meinem Sein. Es war, als ob ich neben mir stehen würde und Angst und Sorgen nur noch eine ferne Theorie wären.

Irgendwann drückte mir jemand einen Styroporbecher mit heisser Bouillon in die klammen Finger. Ich trank, weil es mir befohlen wurde. Und kam endlich wieder zu mir selbst und in meinen Körper zurück. Alles tat mir weh, der Nacken, der Rücken, die eingeschlafenen Beine und Füsse. Ich stand auf, stampfte den Korridor auf und ab, um die Blutzirkulation wieder in Gang zu bringen, und stöhnte laut. Tränen flossen aus meinen Augenwinkeln. Ich wischte sie weg.

Um zwölf Uhr wurde Essen verteilt. Eine Pflegerin brachte mir eine Tasse Tee, fragte, wie es mir ginge, und wollte mich nach Hause schicken, damit ich schlafen oder essen ginge. Kurz vor eins wurde es ruhig. Alles schien stillzustehen. Ich sah zum Fenster hinaus. Die Schatten wurden länger, die Konturen weicher.

Ein SMS von meiner Freundin Helga unterbrach für einen Moment meine Einsamkeit. Sie fragte mich, wie meine Ferien seien, ob das Wetter in Kanada gut sei, ob ich mit Philipp glücklich sei und ob ich schon Bären gesehen hätte. Ausserdem wollte sie wissen, ob ich vielleicht etwas von Elsa Nur gehört hätte.

Elsa Nur … wie hatte sie sich danach gesehnt, in Kanada ein neues, unbelastetes Leben beginnen zu können. Weit weg von der Armut, die sie aus Afrika vertrieben, und von der Fremdenfeindlichkeit, die sie in der Schweiz erlebt hatte.

Jetzt war ich mir nicht mehr so sicher, ob Kanada wirklich das gelobte Land für eine junge Frau aus Somalia war. Ich antwortete Helga kurz und verlogen. Zu etwas anderem war ich zurzeit nicht fähig.

Wenn sich nur endlich Sandy melden würde! Wo blieb sie nur? Ab und zu schlurfte ein Patient an mir vorbei. Der Nachmittag brachte tiefe Wolken. Sie kamen rasch, vorangetrieben von einem kräftigen Nordwind. Es wurde dunkler im Raum, aber das störte mich nicht. Ich wollte nicht lesen, nicht sehen. Ich wartete darauf, dass jemand kam und mir meldete, dass Philipp leben würde.

***

Irgendwann weckte mich jemand. Ich war wieder eingeschlafen und hatte geträumt. Ein stinkender, schrecklicher Traum. Ich stöhnte laut und wäre beinahe zu Boden gerutscht, wenn mich nicht eine kräftige Hand festgehalten hätte. Ein süss-blumiger Duft hüllte mich ein wie ein warmer Mantel. Ich schaute auf. Die kräftige Hand gehörte zu der alten Frau, die Mitglied des Stammesrats war. Diejenige, die uns freundlich gegrüsst hatte.

«Bernie?», fragte ich mit einer Stimme, die völlig eingerostet klang.

«Ja. Und du bist Louisa, nicht?»

«Ja. Philipp … Philipp Laval ist … er ist …»

«Schsch. Ich weiss. Komm, steh auf, Louisa. Du musst hier weg.»

«Ich kann nicht weg. Ich muss hierbleiben. Falls etwas ist, falls …» Wieder versagte mir die Stimme.

«Hör zu», sie senkte die Stimme, «meine Tochter Jennie arbeitet als Assistenzärztin hier. Ich dürfte dir das nicht sagen, aber deinem Freund geht es besser. Er scheint über den Berg zu sein. Er ist erwacht und hat ein paar Schlucke Tee getrunken. Er hat sich nach dir erkundigt. Alles gute Zeichen.»

Einen Moment lang schwankte alles um mich herum, und wieder hielt mich die kräftige Hand der alten, zierlichen Frau aufrecht.

«Ist das sicher? Bist du ganz sicher?»

«Ja. Ganz sicher, Louisa.»

«Ich will zu ihm. Kann ich mit ihm sprechen?»

«Nein. Morgen kannst du zu ihm. Morgen.»

«Morgen», wiederholte ich wie ein Automat.

«Sandy hat mich vor einer halben Stunde angerufen. Sie kann nicht herkommen. Jonah Blackwater ist in eine schwierige Situation geraten, sie muss ihm helfen. Deshalb hat sie mich gebeten, mich um dich zu kümmern. Und morgen kommt sie her und sorgt dafür, dass du Philipp besuchen kannst.»

«Morgen.»

Bernie zog mich auf die Beine und stützte mich, während ich die ersten schwankenden Schritte tat.

«Bist du ganz sicher? Ich meine, dass es ihm besser geht?», fragte ich noch einmal.

«Ganz sicher. Und jetzt kommst du mit mir. Ich bringe dich wieder auf die Beine. Wir machen ein Reinigungsritual.»

Ich war so müde, dass die Hoffnung, die Erleichterung über diese Information wie durch dicke Watte zu mir durchdrang. Ich spürte ein leises Ziehen in meiner Brust, etwas Sanftes, das sich ausbreitete und Platz machte, damit ich atmen konnte. Bernie steuerte mich mit starkem Willen durch die Gänge des Spitals. Es gab keine Möglichkeit, sie von ihrem Plan abzubringen.

Ich stellte keine Fragen, ich war zu müde dazu. Normalerweise wäre ich niemals auf ein solches Angebot eingegangen. Spirituelle Rituale machen mir Angst. Entweder sie sind lächerlich, dann wird es peinlich, oder sie sind nicht lächerlich, und das ist noch viel schlimmer.

Mit einer grossen Tüte Proviant bewaffnet fuhren wir kurze Zeit später los, zunächst dem Fraser Lake entlang, dann bogen wir auf ein schmaleres, für die Gegend ungewohnt gut unterhaltenes Strässchen ab. Bernie hörte einen Jazz-Sender. Sie machten gerade ein Gershwin-Special. Ella Fitzgerald sang «Summertime». Die Midtown Jazz Combo spielte «I Got Rhythm» mit einem packend präzisen Schlagzeugsolo. Dann kam Aretha Franklin mit «It Ain't Necessarily So». Mein Magen begann laut zu knurren. Bernie lachte und reichte mir ein Sandwich. Nach dem ersten Bissen Truthahn-Curry, den ich nur aus Höflichkeit zu mir nahm, ass ich gierig weiter, trank einen grossen Becher Tee und verschlang auch noch einen Schokoriegel, den sie mir wortlos hinstreckte.

Ich war in Sicherheit, und Philipp würde wieder gesund.

Langsam verdichtete sich diese Hoffnung zu einer Gewissheit. Ein Glücksgefühl durchströmte mich. Ich fühlte mich leicht und hell.

«Besser?»

Ich nickte.

«Vielen Dank, du hast mir das Leben gerettet, Bernie», sagte ich.

Sie lachte ein schönes, volles Lachen, das man diesem mageren Körper gar nicht zugetraut hätte.

«Da ist es schon», rief sie und zeigte auf eine weit entfernte Blockhütte, die hell beleuchtet war.

«Was ist das? Wo gehen wir hin?»

Sie lachte wieder. «Unsere private Luxussauna. Es wird dir gefallen, es ist einmalig. Und keine Angst, wir sind ganz unter uns. Nur Frauen.»

«Eine richtige Sauna? Meinst du nicht Schwitzhütte?»

«Schwitzhütte ist out, würde mein Enkel sagen. Finnische Sauna ist der wahre Jakob. Schau selbst, du wirst staunen.»

Das Haus wirkte merkwürdig. Erst als wir schon recht nahe waren, ging mir auf, dass die Proportionen nicht stimmten. Das Gebäude war im selben Stil gebaut wie die anderen Blockhütten hier, aber mehr als doppelt so gross. Vor dem Gebäude war ein Parkplatz für etwa zehn Fahrzeuge angelegt, und rechts davon sah ich die Einfahrt zu einer Tiefgarage. Das Ganze erinnerte mich an die Häuser der Millionäre in Gstaad, die sich als rustikale Chalets ausgaben und nur durch eine Tiefgarage mit Bodenheizung zugänglich waren, sodass die Besitzer mit ihren Krokodillederschuhen oder High Heels keinen Fuss auf den Schnee setzen mussten.

Vor dem Eingang der Quasi-Blockhütte war ein Schild angebracht, auf dem der Name des Anwesens und des Besitzers eingraviert war: «Paradeisos – Arthur E. Rosebudd, Jr.»

«Wer ist das?»

«Rosebudd war früher Gouverneur von Texas. Ein reicher Mann.»

Wir parkierten neben anderen Fahrzeugen, die wie Bernies

Auto dreckig und teils ziemlich verbeult aussahen. Die Tür öffnete sich, bevor wir ausgestiegen waren. Ein grosser stämmiger Mann in einer Uniform, die von den Mounties inspiriert schien, begrüsste uns mit breitem Lachen.

«Das ist mein Neffe Norm. Er arbeitet hier als Wächter.»

«Hi, Bernie. Die Sauna ist warm, deine Frauen sind schon da.»

Norm wirkte trotz seiner Grösse irgendwie kindlich, fast etwas einfältig auf mich. Bernie umarmte ihren Neffen, richtete Grüsse aus, und Norm liess uns eintreten. In der Garderobe zogen wir Jacke und Schuhe aus. Norm öffnete die folgende Tür mit einer ironisch verbrämten Grandezza, die mich meine erste Einschätzung seiner Intelligenz relativieren liess. Ich hatte mich darauf eingestellt, dass das Innere dieses Hauses luxuriös und eventuell geschmacklos sein könnte, aber was ich beim Betreten des Wohnraums antraf, hatte ich nun wirklich nicht erwartet. Verblüfft blieb ich stehen.

Ich war in Afrika gelandet oder wohl eher in dem, was sich ein verrückt gewordener Texaner unter Afrika vorstellt. Ich stand auf einem Zebrafell, direkt daneben befand sich ein mächtiger Sessel, der aussah, als ob er aus Ebenholz geschnitzt wäre. Links und rechts der hohen Lehne waren mächtige Stosszähne angebracht. Da waren mehrere Leuchten aus Strausseneiern gefertigt, ein ausgestopftes Krokodil mit viel zu weissen Zähnen, ein Löwenfell mit Kopf, Statuen aus dunklem Holz mit afrikanischen Gesichtszügen, jede Menge Raubtiermasken mit drohend geöffnetem Fang, Krummdolche, Speere in allen Varianten, der mächtige Kopf eines Büffels. Jeder freie Zentimeter schien mit afrikanischem Zierrat besetzt, völlig irre. In die Mitte des Raumes hatte man einen etwa fünf Meter langen Glastisch mit vergoldetem Rahmen platziert. Darauf stand wie zufällig ein Schachspiel mit Figuren aus Elfenbein und Ebenholz, jedenfalls sah es so aus. Der Glastisch hatte keinen einzigen Fingerabdruck, hier hatte ganz sicher niemand Schach gespielt. Der Traum jedes Möbel-Pfister-Verkaufsberaters, aber ganz sicher kein Ort zum Wohnen. Bernie und Norm lachten über mein Gesicht. Ich hockte mich hin und strich vorsichtig über den Kopf des Löwen.

«Das ist ja irre. Ist Rosebush ein Grosswildjäger?»

«Rosebudd heisst er. Nichts dergleichen», sagte Bernie. «Komm, die Sauna wartet.»

Wir schlängelten uns durch Afrika, Norm schloss eine weitere Tür auf, und wir standen in einem Garten, der nach Toskana aussah, inklusive eines Fünfundzwanzig-Meter-Pools, der von zahlreichen Statuen umringt war, die aphroditenmässig aussahen, alles Varianten der gleichen Person. Rosedings Frau oder Tochter?

Ein schmaler Weg führte durch den Garten zu einer zweiten, deutlich kleineren Blockhütte.

«Rosebudd war wie gesagt Gouverneur von Texas», erklärte Bernie. «Sein Geld hat er mit Rindern und Börsengeschäften gemacht. Er hat sich, weiss der Himmel, weshalb, in dieses Fleckchen Erde verliebt und wollte unbedingt hier bauen. Dafür musste er unserem Volk Land abkaufen und Wasserrechte erwerben. Er bot einen Haufen Geld, das wir dringend benötigten. Deshalb waren die meisten dafür.»

Einen Moment blieb ich stehen und bewunderte die Aussicht, die man von hier aus hatte. Das Anwesen lag etwas erhöht neben einem kleinen See. Trotz der Dämmerung erkannte ich eine überaus liebliche Landschaft, die aussah, als ob noch nie ein menschliches Wesen sie betreten hätte. Keine Strasse, kein anderes Gebäude, nur Wald, Wiesen, See und darüber ein riesiger Himmel, an dem nun von Moment zu Moment mehr Sterne aufglimmten.

«Wir Frauen aus der Eldersgruppe haben das Veto eingelegt», fuhr Bernie fort. «Wir waren einverstanden mit dem angebotenen Kaufpreis, aber wir wollten den Deal an Bedingungen knüpfen. An drei Bedingungen.»

Sie lächelte stolz.

«Erstens: Beim Bau mussten strenge Umweltschutzauflagen eingehalten werden. Zweitens: Als Personal dürfen nur Stellat'en angestellt werden. Und drittens: Wenn Rosebudd nicht da ist, darf unsere Frauengruppe die Sauna benutzen; einmal im Monat ist auch die Männergruppe dran.»

«Und darauf hat sich Rosedings eingelassen?»

«Rosebudd. Ja. Hat er. Er ist ohnehin fast nie da.»

«Und warum dieses ganze Afrikazeugs? Der Wohnraum ist ja völlig verstopft.»

«Nun – zuerst war es dort fast kahl, in japanischem Stil, zenmässig, verstehst du?»

Ich nickte.

«Seine Frau war für die Einrichtung verantwortlich. Dann kam die Scheidung, und er hat seinem Innenarchitekten gesagt, er solle alles neu einrichten. Wie, sei ihm egal, es soll einfach vollkommen anders aussehen als bisher. Und nun ist es eben afrikanisch.»

Ich lachte. Bernie brachte es fertig, mich aus meinem dunklen Loch zu bergen.

«Rosebudd kommt alle zwei bis drei Monate hierher, bleibt vierundzwanzig Stunden da und düst wieder ab.»

Wir betraten die zweite Hütte, die angenehm nach Holz und Kräutern duftete. Hier war alles auf nobel finnisch getrimmt. Es gab dunklen warmen Stein, helles Holz, vorgewärmte Tücher. Wunderbar.

«Rosebudd zieht immer dasselbe Prozedere durch. Ich nehme an, er hat alle Details in seiner Agenda geplant. Zuerst eine Stunde um den kleinen See spazieren, dann neunzig Minuten Sauna, dann Massage, dauert dreissig Minuten, schliesslich in das Hot Tub mit Drink und der jeweiligen Begleiterin. Danach Sex, Orgasmus erfolgt im Schnitt nach zwölf Minuten, danach ist Schlafen angesagt. Rosebudd ist auch nicht mehr der Jüngste, nicht?»

Ich musste kichern.

«Weiss ich alles von Cathy und von Norm und von Mary-Rose. Meine halbe Verwandtschaft arbeitet hier.»

Wir zogen uns aus, duschten und betraten eingewickelt in die angewärmten Tücher die Sauna- und De-luxe-Spa-Landschaft von Gouverneur Rosebudd, wo wir von acht vergnügten alten Frauen begrüsst wurden. Es wäre typisch für mich, dass ich mich in einer solchen Situation unsicher fühlen würde. Aber dafür blieb mir gar keine Zeit. Sie wollten wissen, woher ich komme, was ich hier mache und ob ich gern in die Sauna gehe. Ich erzählte, bis ich müde wurde, Bernie ergänzte einiges, und die Frauen diskutierten über den diesjährigen Lachsfang, die neue Lehrerin von Kevin, die viel strengere Noten gab, den Diabetes von Margot, die Rückenschmerzen von Silvia, die Darmoperation von Aaron und ein Fest, das bevorstand. Alles genau wie in meiner Sauna Hirschengraben. Schon bald schläferten mich die Wärme und das Geplauder der Frauen ein.

Ich nickte schliesslich ein, dick eingewickelt in ein weiches De-luxe-Frotteetuch, das nach Lavendel duftete, gebettet auf einer Luxusliege, und erwachte mit dem Gefühl, wieder eins mit der Welt zu sein.

ZEHN

Am nächsten Morgen wurde ich aus einem unruhigen Schlaf geweckt. Sandy rief mich an. Philipp war eindeutig auf dem Weg der Besserung. Ich atmete tief ein, und während ich ausatmete, fanden meine Gesichtsmuskeln zu einem Lächeln, und ich spürte mich zugleich schwach, leicht und glücklich.

Philipp wird leben, dachte ich.

Sandy erzählte, dass Jonah Blackwater in Haft sass und mit einer Anklage wegen schwerer Körperverletzung rechnen musste. Er sei verzweifelt, und er wolle unbedingt mit mir sprechen. Während Sandy noch redete, schüttelte ich bereits heftig den Kopf, obwohl sie das ja nicht sehen konnte.

«Nein, Sandy. Es tut mir leid, aber ich will ihn nicht sehen. Nicht mit ihm reden. Ich bin zu wütend auf ihn.»

«Gerade deshalb, Lou. Gerade deshalb musst du mit ihm sprechen. Du musst ihm nicht verzeihen, du musst seine Tat nicht verstehen. Nur zuhören.»

«Nein, ich kann das nicht. Nicht jetzt.»

Jemand klopfte an meine Zimmertür. Ich beendete das Gespräch mit Sandy und zog mich hastig an. Ein schlanker, elegant gekleideter Mann in einem dunkelgrauen Anzug betrat mein Zimmer, wies sich als Ludovic Dudek aus, Mitglied der RCMP, der Royal Canadian Mounted Police, von British Columbia.

Seinen Rang oder seinen Dienst teilte er mir ebenfalls mit, ein weiterer Wust von mir unverständlichen Abkürzungen. Er sei gekommen, um mich als Zeugin der Tätlichkeiten am Falls Creek zu befragen. Dudek war etwa sechzig Jahre alt, sein Gesicht wirkte auffallend bleich mit Ausnahme der dunklen Ringe unter seinen Augen. Er roch nach Tabak, und seine Fingerspitzen waren vom Nikotin gelb verfärbt. Er bat höflich darum, mit mir sprechen zu dürfen. Dudek setzte sich zu mir an den kleinen Tisch, startete seinen Laptop und fragte mich zunächst, wie ich mich fühle. Ich versuchte, sein Gesicht zu lesen, sah aber nur eine gewisse Ungeduld. Er wollte die Befragung hinter sich bringen und sich wichtigeren Dingen zuwenden, dachte ich. Ich beschloss, ihm alles so zu erzählen, wie es geschehen war. Weder Philipp noch ich hatten etwas zu verheimlichen oder zu verschweigen.

Zuerst fragte er nach den üblichen administrativen Dingen wie Adresse, Geburtsdatum und Geburtsort, Nationalität, Beruf. Dann folgten Details zu meiner Reise nach Kanada. Er wollte wissen, in welchem Verhältnis ich zu Philipp stand. Weshalb und wo wir bisher gewesen waren, und warum wir uns hier in Fort Fraser aufhielten. Ich berichtete. Er kam auf die Fahrt zum Falls Creek zu sprechen. Er wollte wissen, wem der Wagen gehörte, mit dem wir gefahren waren, wie lange wir uns im Tal aufgehalten und was wir getan hatten, wo Philipp und ich genau standen, als die Schüsse fielen. Was danach passiert war. Ich berichtete.

Und danach wollte er alles noch mal von vorn hören und stellte alle meine Aussagen in Zweifel. Ich und Philipp waren ein Paar, hatte ich gesagt. Warum schliefen wir dann in zwei verschiedenen Betten und nicht in einem? Er wies auf die zwei ungemachten, offensichtlich benutzten Betten. Warum hatte mich Philipp verlassen und war in sein Geburtsland zurückgekehrt? War es nicht so, dass er die Beziehung abgebrochen hatte? Dass er deshalb nach Kanada gegangen war? War im Wagen nicht eine Waffe gewesen? Wo die Waffe jetzt war? Ob ich schiessen könne?

Ich starrte ihn völlig verblüfft an. Was sollten diese Fragen? Er wechselte abrupt das Thema. Ob mir die Natur wichtig sei? Ob ich Mitglied bei Naturschutzorganisationen sei? WWF? Greenpeace? Animal Liberation Front? Ob ich schon mal bei einer Demonstration verhaftet worden sei? Ob ich selbst Jägerin sei? Also sei ich gegen die Jagd? Weshalb wir in Wirklichkeit nach Fort Fraser gekommen seien, es existiere kein Auftrag für eine Untersuchung im Fraser-Lake-Gebiet? Health Canada sei nicht informiert über diese Untersuchung. Also: Was wollten wir hier?

Ich beteuerte ein ums andere Mal, dass wir auf Sandys Bitte hier seien. Ich argumentierte, schwitzte und ärgerte mich darüber, wie defensiv ich mich fühlte. Zum Teufel! Wir hatten nichts Unrechtes getan.

Dudek fragte, hörte zu, tippte seine Notizen, feuerte weitere Fragen ab. Nun wechselte er zum Thema Jonah Blackwater. Ich musste in allen Details berichten, wie ich ihn kennengelernt hatte, was er getan und gesagt hatte. Vor allem die Szene, die sich im «Fritz'» abgespielt hatte, interessierte ihn. Warum wir Streit mit Blackwater hatten, ob er uns bedroht habe? Ich gab Antwort so gut ich konnte, fühlte mich aber zunehmend unkonzentriert. Seine Fragen gingen schliesslich in eine Richtung, die darauf abzielte, dass es sich um einen Jagdunfall hätte handeln können. Waren wir auffällig gekleidet? Gut sichtbar? Hatte die Dämmerung bereits eingesetzt? Wie waren die Lichtverhältnisse?

Ohne jeden Übergang war mit einmal Schluss mit der Fragerei. Dudek holte einen kleinen Drucker hervor, schloss seinen Laptop an und druckte ein zweiseitiges Protokoll aus. Er reichte es mir, und ich las es durch. Es enthielt eine knappe Beschreibung des Geschehenen, so wie ich es geschildert hatte. Ausserdem die Bemerkung, dass wir auf Bitte der lokal zuständigen Ärztin hier waren. Ungläubig, aber erleichtert, unterschrieb ich. Mit einem kaum wahrnehmbaren Lächeln dankte mir Dudek, informierte mich darüber, dass Philipp und ich uns bei ihm melden mussten, wenn wir weiterreisen wollten, und streckte mir zum Abschied die Hand hin.

«Was geschieht denn jetzt?», fragte ich.

«Wir werden weiterermitteln.»

«Und was geschieht mit Jonah Blackwater und seinem Enkel Samy?»

«Das wird die Untersuchungsrichterin entscheiden müssen.»

Nach zwei Tassen Kaffee, die zu schwach waren, und Rührei mit Lachs fühlte ich mich etwas stabiler. Ich rief Sandy zurück und erzählte ihr von der Vernehmung. Dudek sei in Ordnung, meinte sie, ich solle mir keine Sorgen machen. Dann bat sie mich nochmals, mit Blackwater zu sprechen oder vielmehr ihm zuzuhören. Ich wusste, dass das kein faires Angebot war, dass es natürlich darum ging, zu verstehen und zu verzeihen. Aber ich liess mich schliesslich überreden. Sandy holte mich im «Fraser Lake Inn» ab, fuhr mich hin und versprach, nachher mit mir ins Spital zu fahren und dafür zu sorgen, dass ich zu Philipp konnte.

Die Arrestzelle befand sich in einem kleinen Verwaltungsgebäude am südlichen Ende von Fort Fraser als Teil der lokalen Polizeidienststelle. Im selben Gebäude waren eine Schlichtungsstelle, eine unentgeltliche Rechtsberatungsstelle sowie das Büro zur Prävention von häuslicher Gewalt. Ich musste mich ausweisen, den Grund meines Besuchs angeben, wurde auf Waffen und Drogen durchsucht und schliesslich in ein winziges Besuchszimmer zu Jonah Blackwater gebracht, der bereits auf mich wartete. Ich war erstaunt, dass der Raum eher wie das Wartezimmer eines Zahnarztes aussah als so, wie ich mir den Besuchsraum eines Gefängnisses vorstellte. Aber wir waren hier auf dem Land, und es handelte sich auch nicht um eine Hochsicherheitsanlage. Blackwater sah einigermassen ordentlich aus, wenn auch ziemlich blass um die Nase.

Seine Augen schweiften kurz über mein Gesicht, dann starrte er nach unten auf den Boden und begann zu sprechen, sobald ich den Raum betreten hatte.

«Ich danke Ihnen, dass Sie gekommen sind. Ich danke Ihnen sehr, und ich weiss, dass das nicht selbstverständlich ist», sagte er ruhig und gefasst. «Ich will nur, dass Sie wissen, was geschehen ist. Nur das.»

Ich setzte mich auf den Stuhl, gegen meinen Willen beeindruckt und neugierig.

«Vor ein paar Tagen ist Little Joe davongelaufen, mein Maultier. Nichts Ungewöhnliches, das passiert immer wieder mal. Ein Ranger hat mir gesagt, er habe Hufabdrücke eines Mulis in der Nähe des nördlichen White-River-Zuflusses gesehen, dort, wo früher Gold gewaschen wurde. Ich habe mich auf die Suche gemacht und die Spuren gefunden. Sie führten mich zum Falls Creek.»

Er schaute kurz auf, wollte wissen, ob ich zuhörte. Ich nickte ihm zu.

«Ich habe Little Joe dann dort gefunden, Sie haben ihn ja auch gesehen … und die Krähen … Wir haben vierzehn Jahre zusammen gearbeitet, Little Joe und ich. War ein feines Tier.»

Er seufzte. Seine Hände zitterten stark. Wahrscheinlich eine Reaktion auf seinen Rückfall und den erneuten Alkoholentzug, den er nun durchmachen musste. Er schaute auf, sah mich an.

«Und da kommt dieser Kerl auf mich zu, dieses Schwein.»

«Aber, Moment –»

«Und er hatte dieses scheinheilige Lächeln im Gesicht, das dir sagt, dass du nichts bist und er alles. Dass du niemals was sein wirst in seiner Welt.»

Blackwaters Gesicht hatte sich gerötet. Er hatte die Fäuste geballt, seine Atmung war schnell und oberflächlich. Ich wollte ihn unterbrechen, verstand nicht, was er erzählte.

«Ja, es ist wahr. Ich habe ihn getötet. Ich bedauere es nicht.»

«Jonah, ich verstehe kein Wort. Er ist nicht tot. Sie haben ihn nur angeschossen.»

«Er ist tot. Ich habe seine Leiche gesehen.»

Ich starrte ihn verwirrt an. Von wem sprach er eigentlich? «Wen haben Sie getötet?»

«Den Sohn», stiess er heftig hervor, «den Sohn des Ungeheuers. Die Söhne büssen für ihre Väter, immer und immer wieder. Er redete von früher, von unseren Sünden, unserer Verderbtheit. Verderbtheit von Geburt an, redete von Disziplin, Härte, dem Wert einer strengen Erziehung.»

Er ballte seine Faust und löste sie wieder, er hatte feine Schweisstropfen auf der Stirne.

«Nach so langer Zeit sah ich dieses widerliche Gesicht wieder vor mir. Sogar seine Ausdünstung war die gleiche, der Gestank des Ungeheuers. Ich hätte fast gekotzt. Aber seither sind fünfzig Jahre vergangen. Das habe ich nicht verstanden. Es konnte doch nicht sein, dass er jung geblieben ist, während ich …» Er verstummte.

«Von wem reden Sie, Jonah? Wer ist das Ungeheuer? Was hat er Ihnen angetan?»

«Das letzte Mal, als ich ihn gesehen habe, war ich vierzehn und er sicher bereits vierzig Jahre alt.»

Ich schwieg, liess ihn sprechen.

«Und da habe ich endlich begriffen. Der da vor mir stand, war sein Sohn. Der kleine Jacob. Jacob Jeremias Merewether. Er nennt sich jetzt Gardner. Wie seine arme Mutter.»

«Gardner? Das ist doch der Kerl, den alle suchen. Jake Gardner? Der das Land am Falls Creek kaufen will?»

«Die Familie Merewether hat hierzulande keinen guten Ruf. Deshalb nennt er sich wohl Gardner.»

Sein Lachen klang hohl.

«Deshalb ist er verschwunden? Weil Sie ihn ...» Ich brach ab, konnte es nicht laut aussprechen, flüsterte: «... weil Sie ihn getötet haben?»

«Er hat gesagt ...», Blackwater schluckte, «er sagte, dass das mit Samy ... das sei die Strafe Gottes. Das hat er gesagt. Samy sei die Strafe Gottes für meine Sünden und die Sünden meines Sohnes. Eine Strafe Gottes! Dieser kleine Junge. Mein Augenlicht.»

Blackwater starrte mich mit weit aufgerissenen Augen an.

«Ich habe ihn erschossen, und ich bedauere es nicht. Ich werde es nie bedauern. Und es ist mir scheissegal, was euer Gott dazu sagt.»

«Es ist Ihnen nicht egal, Jonah», sagte ich. «Ich glaube Ihnen nicht.»

Überrascht schaute er auf.

«Sie haben einen Menschen getötet, und das war der Grund, dass Sie wieder getrunken haben, nicht? Deshalb hatten Sie nach all den Jahren einen Rückfall. Sie haben diesen Mann erschossen, und dann sind Sie irgendwohin, haben sich eine Flasche Schnaps gekauft und sie geleert. So war es doch?»

Er schwieg.

«Das mit dem jungen Arzt, das tut mir leid», sagte er schliesslich. «Das wollte ich nicht, aber ich war betrunken. Ich wollte euch nur verscheuchen, euch Angst machen. Ich wollte niemanden treffen.»

Ich spürte, wie plötzliche Wut in mir aufwallte. Wut und Angst.

«Philipp ist fast verblutet. Warum haben Sie uns nicht geholfen? Wenn Sie uns nicht töten wollten, warum verdammt noch mal haben Sie uns nachher nicht geholfen?»

Jonah Blackwater atmete wieder heftig.

«Ich wollte bloss verhindern, dass man die Leiche findet und ich ins Gefängnis muss. Nach dem Schuss bin ich abgehauen. Ich war mir sicher, nicht getroffen zu haben. Ich ... ich bin ein schlechter Mensch. Ich war schon immer so, mein ganzes Leben habe ich immer alles falsch gemacht. Nur jetzt ... ich muss für Samy sorgen. Er hat nur noch mich. Und er soll in kein Heim.»

Er straffte sich, hob entschlossen sein Kinn an.

«Solange ich noch auf den Beinen bin und eine Waffe habe, wird Samy nicht in ein Heim kommen.»

«Und deshalb haben Sie einen unschuldigen Menschen angeschossen und einfach liegen gelassen?»

«Glauben Sie mir doch! Es war ein Unfall. Ich wollte ihn nur daran hindern, bei der Hütte herumzuschnüffeln. Niemand darf Gardners Leiche finden.»

Er schaute mich an, seine Augen bittend. «Ich bin ein alter Mann, Louisa. So heisst du doch, nicht?»

Ich nickte und spürte, dass wir jetzt zu dem Grund kamen, warum Blackwater mit mir sprechen wollte.

«Alles, was ich habe, alles, was ich liebe, ist der kleine Samy. Ich muss ihn schützen. Das Problem war, dass ich Gardners Leiche nicht loswerden konnte, nicht einmal dort draussen am Falls Creek. Ich bin nicht mehr kräftig genug. Gardners Körper war zu schwer, um ihn wegzuschleppen. Also habe ich ihn in eine Mulde hinten im Tal gerollt und Steine darübergelegt.»

Ich biss auf die Zähne, fühlte mich unendlich müde und hatte gleichzeitig Mitleid mit diesem Scheisskerl, dem liebenden Grossvater.

«Ich bitte dich, nichts davon zu sagen, dass ich Gardner erschossen habe. Wenn ich ins Gefängnis muss, dann ist niemand mehr da, der zu Samy schauen kann. Bitte, Louisa. Und wenn du und dein Freund mir verzeihen könnt, dass ich ihn verletzt habe … Es tut mir wirklich sehr leid, dass das geschehen ist.»

«Die Polizei wird doch sicher den Leichnam finden.»

«Vielleicht verrottet der Saukerl … Vielleicht wird er von einem Bären weggeschleppt. Es liegen so viele Tierkadaver herum, der Gestank wird nicht auffallen. Vielleicht haben wir Glück, Samy und ich.»

Seine Stimme verlor sich. Er sah erschöpft aus und so, als ob er schon lange aufgegeben hatte, an sein Glück zu glauben.

«Wer war Gardners Vater? Wer war … das Ungeheuer?», fragte ich.

Blackwater schaute mich an, dann schüttelte er langsam den Kopf.

«Bitte, Jonah, erzähl mir davon. Ich will das verstehen.»

Jonah Blackwater schwieg lange. Dann drückte er auf einen Knopf, der an der Wand angebracht war und den ich für einen Lichtschalter gehalten hatte. Ich erwartete, dass dies das Ende unseres Gesprächs sein würde, aber der alte Mann bat die Beamtin, die auf sein Klingeln erschien, um etwas Wasser. Während wir warteten, schien sich Blackwater in sich selbst zurückzuziehen. Er atmete langsam, hielt die Augen fast geschlossen, die Arme verschränkt vor der Brust. Wir erhielten eine PET-Flasche und zwei Plastikbecher, dann schloss sich die Tür wieder und wurde von aussen verschlossen. Da sich Blackwater nicht rührte, schenkte ich uns beiden ein und wartete.

Als er endlich zu sprechen begann, hatte sich seine Stimme verändert, ich hätte sie beinahe nicht wiedererkannt. Es war eine Art Singsang, in monotonem Ton vorgetragen. Schon nach wenigen Worten stellten sich mir die Nackenhaare auf, obwohl ich nicht recht zu sagen wusste, warum dies so war oder was genau ich fühlte.

«Ich war sieben oder acht Jahre alt, als wir das erste Mal nach Sainte-Catherine fuhren. Meine Mutter sagte eines Abends zu mir: ‹Morgen gehst du zur Schule.› Nie zuvor hatte sie mir etwas von Schule erzählt, ich wusste nicht, was das ist. Es war bei uns nicht üblich, den Kindern etwas zu erklären. Es kam mir nicht einmal in den Sinn zu fragen, was das ist, Schule. Wir lebten ein einfaches, hartes Leben, das vom Wechsel der Jahreszeiten, von der Natur bestimmt wurde. Ich kannte nichts anderes. ‹Morgen gehst du zur Schule›, hat meine Mutter gesagt. Und am nächsten Morgen kam ein Wagen, ein Motorwagen. Sarah, meine ältere Schwester, und ich stiegen ein, die Eltern winkten, wir freuten uns auf das Abenteuer. Noch nie war ich in einem Auto mitgefahren. Ich hatte keine Angst, Sarah war ja bei mir. Sarah, meine grosse Schwester, die sich immer um mich gekümmert hatte, seit ich mich erinnern kann. Sie war fast eine Mutter für mich gewesen, nur drei Jahre älter. Die Frauen gingen wie die Männer auf die Jagd, zum Fischen oder den Fallen nach. Die älteren Geschwister schauten zu den jüngeren. Sarah hatte immer für mich gesorgt, mich getröstet, wenn ich traurig war, mir zu essen gegeben, wenn ich Hunger hatte. Wir fuhren also mit dem fremden Mann mit, und Sarah würde mich beschützen, wie sie es immer getan hatte.»

Blackwater stockte, griff nach dem Becher und leerte ihn. Seine Augen waren auf etwas Weitentferntes gerichtet.

«Ich wusste nicht, dass Sarah und ich getrennt werden würden, sobald wir das Internat erreichten. Dass ich bestraft werden würde, wenn ich auch nur ein Wort mit Sarah sprechen wollte. Dass es eine Schande und Sünde war, wenn Mädchen und Jungen miteinander redeten. Dass wir ausgepeitscht wurden, wenn wir in unserer vertrauten Sprache redeten, wenn wir nicht aufs Wort gehorchten, wenn wir mehr als eine Minute benötigten, um uns umzuziehen, wenn wir etwas zu essen stahlen. Ich wusste damals noch nicht, dass ich erst neun Monate später wieder mit Sarah würde sprechen und sie umarmen können, auf dem Weg nach Hause, den wir mit demselben Wagen machen würden, in dem wir an diesem ersten Schulmorgen sassen. Und dass wir erst nach diesen endlosen neun Monaten wieder nach Hause zu unseren Eltern konnten, wo wir den Sommer verbringen durften. Im Herbst kam der Wagen wieder, und das zweite Mal wusste ich all das und weinte bitterlich.»

Er wischte sich Tränen aus den Augenwinkeln, schaute mich

endlich wieder an und sagte: «Peinlich, nicht? Tränen in meinem Alter.»

Ich schüttelte nur stumm den Kopf.

Er räusperte sich und fuhr mit festerer Stimme fort: «In Sainte-Catherine waren immer etwa zwanzig Nonnen. Sie hatten von Beten, Zucht und Ordnung viel, vom Unterrichten aber fast gar keine Ahnung. Sie waren nicht dafür ausgebildet worden. Nicht alle waren böse oder verachteten uns. Ich kann mich an Sister Marie Jane erinnern, die uns in Singen und Naturkunde unterrichtete. Sie war sanft und freundlich zu uns. Tröstete uns, wenn es niemand bemerkte, und steckte uns sogar ab und zu etwas zu essen zu. Sie hat mir einmal erzählt, dass sie Heimweh hat, dass sie sich nach ihrem Geburtsland sehnt, nach dem Essen zu Hause, nach dem Geruch des Meeres. Sie stammte aus Frankreich, aus der Bretagne. Das habe ich nie vergessen, dass sie ebenfalls Heimweh hatte, dass sie ebenfalls litt. Heute denke ich, dass Sister Marie Jane die Einzige war, die ich in Sainte-Catherine als Menschen wahrgenommen habe, als ein Wesen, das leiden kann wie ich.»

Er schaute mich fragend an, und ich nickte zum Zeichen, dass ich ihn verstand. Was für eine schreckliche Geschichte, dachte ich.

«Wir hatten immer Hunger. Immer. Vom ersten bis zum letzten Tag, den ich an dieser Schule verbrachte, hungerte ich. Es gab entweder Haferbrei oder Bohnen mit Mais. Ich sehnte mich nach braunem Zucker, nach Schmalz, Fleisch oder Fisch. Unser geräucherter Fisch, wie sehr vermisste ich ihn. Der Haferbrei im Internat bestand aus Hafer und Wasser, ohne Zucker oder Milch. Ich konnte das Zeug nicht mehr sehen, tagaus, tagein bekamen wir diesen Porridge. Davon wurde niemand satt. Und wir mussten hart arbeiten. Es war eigentlich gar keine Schule, sondern eine Art Arbeitsanstalt. Vor allem die Jungs mussten arbeiten wie die Sklaven. Ich habe so viel Ackerland umgegraben, Baumstrünke und Wurzeln aus dem Boden geholt, dass es für mehrere Menschenleben reicht. Und das mit blossen Händen. Wir sollten ja nicht verwöhnt, sondern auf ein entbehrungsreiches Leben vorbereitet werden. Als Lohn bekamen wir Peitschenhiebe, zu wenig zu essen und kirchlichen Unterricht. Wir beteten am Morgen, am Mittag und am Abend. Wehe, man schlief während der Messe ein! Jede Woche wurden Kinder für irgendein Vergehen ausgepeitscht, und die übrigen mussten zuschauen. Ich hasste das Zuschauen fast noch mehr als das Geschlagen-Werden. Am schlimmsten für mich war das Heimweh, mir war manchmal richtig übel vor Heimweh. Und das Verbot, nicht mehr unsere Sprache sprechen zu dürfen.»

Jonah Blackwater knetete seine Finger, verstummte.

«Was haben deine Eltern über die Schule gedacht?», fragte ich in die lastende Stille.

«Im zweiten oder dritten Schuljahr wurde mir klar, dass meine Eltern, eigentlich alle Eltern unseres Volkes, dieses Internat hassten. Sie wollten nicht, dass man ihnen die Kinder wegnahm. Sie litten schmerzvoll unter der Trennung von ihren Kindern, vermissten unsere Hilfe bei der Jagd, beim Häuten der Jagdbeute, beim Hüten der kleineren Geschwister. Sie kritisierten Jahr für Jahr, dass wir nicht genug zu essen bekamen und so mager waren, dass wir geschlagen wurden, dass wir nicht wirklich unterrichtet wurden und so wenig lernten. Sie wollten eine Schule hier auf unserem Land haben. Aber ihre Klagen hatten keine Wirkung.»

«Ich habe das nicht gewusst», sagte ich.

«Einzelne dieser Internate existierten bis ins Jahr 1975. Irgendwann habe ich erfahren, dass die Regierung diesen Schulen nur hundertsechsundsiebzig Dollar pro Jahr und Schüler bezahlten, und das sollte für alles reichen, für den Unterricht, den Unterhalt des Gebäudes, unsere Nahrung, Kleidung, für alles eben. Kein Wunder bekamen wir kaum etwas zu essen.»

«Ich wusste nichts davon», wiederholte ich und fühlte mich seltsamerweise schuldig.

«Seither ist viel geschehen. Die ganze Geschichte wurde aufgerollt, publik gemacht. Die Regierung hat sich endlich entschuldigt. Wissen Sie, was das offizielle Ziel dieser Schulen war?»

Jonah Blackwaters Stimme war hart geworden. Ich schüttelte den Kopf.

«Sie wollten den Indianer töten, um den Menschen zu retten. Bei uns Kindern sollte alles Indianische ausgelöscht werden. Das war das erklärte Ziel. Und sie meinten sogar, dass sie etwas Gutes damit taten. Etwas Gottgefälliges, wie sie das nannten. Sie wollten, dass wir unsere Sprache, unsere Kultur, unsere Lebensweise vergessen sollten. Und uns daran gewöhnten, für ein bisschen Haferbrei harte Arbeit unter ihrer Herrschaft zu tun. Das war das kanadische Erziehungsprogramm für uns Indianerkinder. Immerhin lernten wir in Sainte-Catherine die englische Sprache.»

«Aber du bist kein Sklave geworden und dein Volk auch nicht, Jonah.»

«Das haben wir wohl unseren Frauen zu verdanken. Sie sind nicht zerbrochen, sie haben sich hartnäckig viele Jahre lang gegen das Unrecht gewehrt. Sie haben darüber gesprochen, nicht zugelassen, dass man über das Geschehene hinwegsieht.»

Blackwater schwieg, wieder in Erinnerungen versunken.

«Wir mussten für alles und jedes Busse tun … Ich erinnere mich. Da war Paul Jones. Er war ein ganzes Stück älter als ich und hat sich immer wieder gewehrt. Ist mehrere Male davongelaufen, wollte wieder nach Hause. Die Mounties haben ihn immer wieder erwischt, er wurde zurückgebracht, zur Strafe ausgepeitscht. Einmal, kurz vor Weihnachten, hat er ein gerade erst verendetes junges Karibu gefunden. War das eine Freude! Wir froren und hungerten wie immer. Also machten wir rasch ein Feuer, zerlegten das Tier und wollten einen Teil davon braten, den Rest räuchern, irgendwie haltbar machen. Sie erwischten uns. Wir mussten Busse tun, stundenlang auf den Knien beten für das Unrecht, das wir getan hatten, ohne zu verstehen, worin dieses Unrecht überhaupt bestand. Sich den hungrigen Magen füllen? Ein totes Tier zum eigenen Überleben benützen? Wie kann das Unrecht sein? Wann hat Gott so etwas gesagt?»

Er starrte mich an, noch immer blitzten seine Augen vor Wut und Empörung über das vor Jahrzehnten erlebte Unrecht.

«Wir knieten also stundenlang in dieser Kapelle auf dem kalten Steinboden, während unsere Mägen knurrten, und unsere Augen tränten beim Gedanken an das saftige wundervolle Fleisch. Und dann … dann sind wir in die Schlafsäle hinübergegangen, und auf dem Weg dorthin ist uns der Geruch von gebratenem Fleisch in die Nase gestiegen.»

Er schaute mich an, ein merkwürdiges Lächeln im Gesicht.

«Wir schlichen – immer diesem betörenden Geruch nach – zum Speisesaal der Nonnen und der Schulleitung. Und dort sassen sie, plauderten leise und assen das Karibu, das sie uns weggenommen hatten. Dazu gab es Kartoffeln, die in Butter geschwenkt worden waren. Ich habe noch immer diesen herrlichen Geruch in der Nase. Paul wollte sie zur Rede stellen, aber wir anderen haben ihn zurückgehalten. Ich glaube, in dieser Nacht haben sich in meiner Phantasie die Nonnen und Priester von Sainte-Catherine in Teufel verwandelt.»

Er gab einen Laut von sich, der eine Mischung aus grimmigem Lachen und Schnauben war.

«Solche Geschichten haben alle Indianerkinder erlebt, das ist nichts Besonderes. Was wirklich schlimm war …»

Er verstummte wieder. Diesmal fragte ich nichts, wartete. Die Luft war erfüllt vom Surren der Lüftung. Eine Wanduhr tickte laut.

«Meine Schwester Sarah … sie hat immer versucht, alles richtig zu machen. Sie war nie frech, hat niemals Essen geklaut, hat sich an die Regeln gehalten, wie ungerecht sie auch immer waren. Sie hielt ihren Kopf immer gesenkt, und ihre Finger waren fleissig. Aber sie wurde dort zu einer jungen Frau, wurde vom Kind zur Frau. Und da war Merewether, der Schulleiter.»

Das erste Mal in diesem Gespräch wurde Blackwater unruhig. Er begann den Kopf hin- und herzuwiegen. Seine Finger verkrampften sich ineinander. Ich setzte an, um ihm zu sagen, dass er nicht darüber sprechen müsse, da fuhr er bereits fort zu erzählen in einer merklich höheren Stimmlage, Zeichen seiner Nervosität.

«Die Frauen unseres Volkes, die Elders, haben mich monatelang bearbeitet, bis ich bereit war, darüber zu reden. Ich weiss jetzt, dass es hilft. Heilen … nennen sie es. Sie wollen, dass wir als Volk geheilt werden von dem, was wir erlitten haben. Sie haben mir beigebracht, dass das, was ich in Sainte-Catherine erlebt habe, nicht mein persönliches, mein individuelles Leid war, sondern etwas, das man unserem ganzen Volk angetan hat. Dass dahinter ein politischer Wille stand. Die europäischen Eroberer versuchten uns die traditionelle Lebensweise auszutreiben. Sie wollten, dass unser Wissen über das Leben mit der Natur im Wechsel der Jahreszeiten in Vergessenheit gerät, dass wir nicht mehr nomadisch leben. Die Frauen haben mir erzählt, dass dies auf der ganzen Welt so geschehen ist, überall, wo Europäer hingekommen sind und sich Land erobern wollten und dabei auf Ureinwohner gestossen sind, die nomadisch im Einklang mit der Natur gelebt haben. Dieses Wissen hat den Schmerz gelindert. Es hat meinen Schmerz gelindert, aber nicht zum Verschwinden gebracht.»

«Wir haben in der Schweiz auch solche Programme gehabt», sagte ich, um die Stille zu unterbrechen, die erneut entstanden war. «Die sesshaft lebende Bevölkerung hat den fahrenden Menschen, so nennen wir unsere eigene nomadische Bevölkerung, die Kinder weggenommen und versucht, sie zu Sesshaften zu erziehen. Sehr viel Leid ist so entstanden, Krankheit und zerstörtes Leben.»

«In der Schweiz? In Europa?», fragte Jonah erstaunt. «Das hätte ich nicht gedacht.»

Er richtete sich etwas auf.

«Merewether, das Ungeheuer, so haben wir ihn immer genannt», fuhr er fort. «Warum, wusste ich lange nicht, ich hatte nichts mit ihm zu tun, habe ihn kaum je gesehen. Seine Augen waren kalt, und er war immer böse auf uns. Er war kein Priester wie die Schulleiter in einigen anderen Schulen. Er lebte mit seiner Familie in Sainte-Catherine. Merewether hat es irgendwie geschafft, dass Sarah Busse tun musste. Weiss der Teufel, mit welch scheinheiliger Begründung. Sie musste Busse tun, allein, in der Kapelle, Abend für Abend bis in die

Nacht hinein. Merewether hat sie geschändet. Anscheinend ist das vielen jungen Frauen in Sainte-Catherine so ergangen. Aber Sarah ist schwanger geworden. Sie muss damals siebzehn Jahre alt gewesen sein. Sie ist zu mir gekommen, sie wusste Bescheid, was mit ihr los war. Sie flehte mich an, nach Hause zu laufen, damit sie Hilfe bekäme. Ich habe nicht verstanden, weshalb. Und ich hatte Angst. Ich bin nicht gegangen. Das bedaure ich wie nichts anderes, was ich in meinem Leben falsch gemacht habe. Die Nonnen haben es natürlich irgendwann gemerkt. Und von da an wurde Sarah behandelt, als ob sie vom Teufel besessen wäre. Die Nonnen quälten sie. Sie bekam noch weniger zu essen, obwohl sie schwanger war. Sie musste härter arbeiten als alle. Als man ihren Bauch sehen konnte, da war sie schon kurz vor der Geburt, musste sie vor allen Schülern stehen. Merewether, dieses Schwein, hat über ihre Sünde geredet, über die Verworfenheit und Schwäche der Indianerfrauen. Dass sie schwach sind und Gott nicht erkennen, dass sie das Böse in sich haben, von Geburt an.»

«Was für ein Heuchler, was …» Mir fehlten die Worte.

«Er steigerte sich richtig hinein, es war, als ob er selbst mit dem Bösen abrechnen müsse, als ob er verrückt würde. Er hat mir Angst gemacht, ich zitterte, das weiss ich noch. Und Sarah stand ganz allein, vor aller Augen blossgestellt. Wenn ich nur mit ihr hätte reden dürfen! In den folgenden Tagen kniete sie stundenlang in der Kapelle auf dem eiskalten Steinboden. Deus, Pater misericordiarum … Deus, Pater misericordiarum … Ich werde die Worte nie vergessen. Ich wusste, dass Sarah nicht böse war, und gleichzeitig wusste ich, dass etwas Schreckliches passiert war und wir alle dafür vor Gott Busse tun mussten. Sarah büsste für die schlimmste aller Sünden … und sie musste um Vergebung und Erbarmen bitten, während das Kind in ihr wuchs. Wir waren alle böse, verloren an den Teufel von Geburt an. Unsere Schuld war, dass wir leben wollten, dass wir da waren und auch ein Stückchen vom Glück abhaben wollten.»

Blackwater schluckte mehrmals.

«Vielleicht hofften sie, dass Sarah ihr Kind verlieren würde.

Sie verlor es dann auch. Es starb bei der Geburt, und Sarah selbst wäre auch fast umgekommen. Sie hatte keine Hilfe. Sie wollten keinen Arzt holen, nicht einmal eine Hebamme.»

Er atmete heftig, sein Gesicht war gerötet. Er schaute mich mit aufgerissenen Augen an.

«Eine Nonne hat den kleinen Körper, nackt, wie er war, in den Holzofen geworfen. Ich habe dieses Bild nie mehr vergessen. Es hat sich in meine Netzhaut eingebrannt.»

Mir war übel geworden. Ich erhob mich, machte ein paar Schritte.

«Sarah hat lange kein Wort mehr gesprochen», sagte Blackwater hastig, als ob er meine Flucht verhindern, die Geschichte, die er so zögernd begonnen, nun unbedingt zu einem Ende bringen wollte.

«Auch später zu Hause sprach sie tagelang nicht. Ein halbes Jahr nach Ende der Schulzeit ist sie weggegangen, war jahrelang verschwunden. Ein einziges Mal hat sie sich gemeldet, hat mir einen kurzen Brief geschrieben. Sie lebt in Vancouver, hat einen Weissen geheiratet, hat zwei Kinder mit ihm. Ich habe sie angerufen, wollte wissen, wie es ihr geht, ob sie glücklich ist, ob ich sie sehen kann. Sie wollte nicht mit mir sprechen.»

«Ich denke, das ist ihre Art, das Erlebte zu überwinden, ihre Strategie, um irgendwie weiterleben zu können», sagte ich, und meine eigene Stimme klang mir fremd in den Ohren.

«Ja, das haben mir die Elders auch gesagt. Aber es tut weh, noch immer, auch heute noch. Sarah stand mir näher als jeder andere Mensch.»

***

Als ich das Gebäude verliess, war ich erstaunt, dass der Tag hell und freundlich war. Ich hörte Singvögel zwitschern und das Lachen von Kindern. Alles wirkte absurd, als ob ich in einer anderen Zeit, einer anderen Realität feststecken würde. Da kam Sandy auf mich zugelaufen. Mein Herz setzte einen Schlag aus.

«Was ist los? Ist etwas mit Philipp?», fragte ich atemlos.

«Mit Philipp ist alles in Ordnung. Es geht ihm gut. Aber ... es war gar nicht Jonahs Kugel.»

Ich verstand nicht, was sie sagte. Sie rüttelte mich leicht am Arm. «Verstehst du, was ich sage? Es war nicht Jonah Blackwater, der Philipp angeschossen hat. Es muss noch jemand anders am Falls Creek gewesen sein.»

«Was? Aber Jonah hat mir eben gesagt, er habe geschossen. Er hat gesagt, er sei schuld an Philipps Verletzung.»

«Dann hat er sich eben geirrt. Jim Jarmusch hat mich angerufen. Nachdem die Kugel raus war, haben sie sie im forensischen Dienst in Prince George analysieren lassen. Es war eine .270 Winchester-Patrone. Jonah schiesst mit einer alten Lee-Enfield-Büchse, die er von seinem Vater geerbt hat. Die hat das Kaliber .303. Jemand anders hat auf Philipp geschossen, da gibt es gar keinen Zweifel.»

Ich verstand gar nichts mehr.

«Wie ist das nur möglich? Ich meine, wie kann sich Jonah geirrt haben?», sagte ich.

«Ich war nicht dabei, ich weiss nicht, was passiert ist. Aber Jonah war stark betrunken.»

Wir schwiegen beide. Ich starrte auf meine Füsse, dachte nach.

«Jonah hat mir gesagt, er habe uns nicht verletzen, nur verscheuchen wollen», sagte ich. «Und er war entsetzt darüber, dass er Philipp aus Versehen doch getroffen hat.»

«Es war jemand anders! Er hat bloss gemeint, er sei es gewesen, weil er nicht realisiert hat, dass noch jemand anders geschossen hat.»

Wir sahen uns an.

«Sandy, du musst ihm das sofort sagen. Er ist völlig verzweifelt.»

Sie nickte, wollte gehen.

«Warte! Wenn es nicht Jonah war, wer dann? Und warum hat Jonah den anderen Schützen nicht gesehen? Oder will er jemanden decken?»

«Das glaube ich nicht. Ich habe an dem Abend seinen Blutalkohol bestimmt. Drei Komma sechs Promille. Er war wirklich schwer betrunken, Louisa. Da bekommt man nicht mehr viel mit.»

«Immerhin konnte er zum Falls Creek und wieder zurück fahren. Ich weiss nicht, ob er mir die ganze Wahrheit gesagt hat.»

Sandy riss an einem kleinen Häutchen am Nagelbett ihres Daumens. Es begann zu bluten. Sie fluchte.

«Was für ein Elend. Wenn sie ihm jetzt nur Samy nicht wegnehmen. Er hat sich so viele Jahre zusammengerissen, nie auch nur einen Fehler gemacht. Und jetzt hat er in einigen wenigen Tagen alles zerstört.»

Ich überlegte, blinzelte. Meine Augen schmerzten in der Helligkeit. Ich würde schon bald heftige Kopfschmerzen bekommen.

«Jetzt, wo klar ist, dass die Kugel nicht von Jonah stammt, wird er doch sicher aus dem Gefängnis entlassen. Es gibt keinen vernünftigen Grund mehr, ihm Samy wegzunehmen.»

Sandy verzog ihr Gesicht.

«Es gibt immer einen guten Grund, einem Indianer das Sorgerecht für seine Kinder oder Grosskinder wegzunehmen. Und Jonah ist Alkoholiker und vorbestraft. Er hatte einen Rückfall. Er ist betrunken Auto gefahren. Das machen zwar fast alle hier, aber ihm kann es zum Verhängnis werden. Was für ein Elend! Und wenn ich an Philipp denke, wird mir schlecht vor Schuldgefühlen. Schliesslich war ich es, die ihn gebeten hat, nochmals herzukommen, obwohl ich wusste, dass viele Leute dagegen sind.»

«Du bist doch nicht schuld daran, dass jemand auf Philipp geschossen hat.»

Wir schwiegen.

«Wenn sie Samy in ein Heim stecken, wird Jonah durchdrehen. Das bringt ihn um. Mit seiner Vergangenheit … Er war selbst jahrelang im Internat.»

«Ich weiss.»

«Du kannst dir nicht vorstellen, wie man früher mit den Kindern der First Nations umgegangen ist. Und mit ihren Eltern. Und Jonah hat das durchgemacht.»

«Ich weiss.»
«Er hat ein Trauma davongetragen. Wie fast alle Kinder, die das durchmachen mussten.»
«Ich weiss, Sandy.»
Endlich schien sie mich zu hören.
«Du weisst das?»
«Er hat mir davon erzählt. Gerade eben.»
«Das erstaunt mich ... Er will nicht darüber reden, obwohl es ihm guttun würde.»
Sie riss wieder an ihrem Nagelhäutchen herum. Unwillkürlich packte ich ihre Hand und hielt sie einen Moment fest. Als ich losliess, lächelte sie mich entschuldigend an.
«Hat er von seiner Schwester Sarah erzählt?», fragte sie.
Ich nickte. «Es ist unvorstellbar, was da geschehen ist und vor allem, dass das noch gar nicht so lange her ist. Was für ein grauenhaftes Erlebnis für Kinder.»
«In meinem Studium habe ich mich mit der Frage auseinandergesetzt, warum so viele indigene Frauen und Mädchen in Kanada Opfer von Gewalt werden. Hast du gewusst, dass das damit zusammenhängt, dass die Europäer, die im 19. Jahrhundert nach Kanada gekommen sind, geprägt waren von dem Viktorianischen Zeitalter, dass die Frauen bei ihnen zu Hause in Europa unmündig und unterdrückt, im Besitz der Männer waren? Und dass die Priester und überhaupt die weissen Männer schockiert und empört waren über die Selbstbestimmung unserer Frauen, auch in Fragen der Sexualität. Die Europäer haben das völlig falsch verstanden oder falsch verstehen wollen. Bis heute werden in Kanada indigene Frauen von weissen Männern ermordet, weil diese ihre Kraft und Selbstbestimmung nicht akzeptieren wollen. Wenn ich als indigene Frau allein in Ontario oder Minnesota auf einer Strasse unterwegs bin, werde ich auf Schritt und Tritt von weissen Männern angemacht. Ich werde angepöbelt, zum Ficken eingeladen, mit obszönen Gesten belästigt.»
«Ist das nicht ein wenig übertrieben? Das tönt ja, als ob hier die Scharia herrschen würde.»

«Nein, Louisa», gab Sandy scharf zurück. «Das ist nicht übertrieben.»

Wir versanken in Schweigen.

«Warum ist Jonah überhaupt zum Falls Creek gegangen?», wechselte Sandy das Thema. «Was wollte er dort … Und warum hat er am Tag zuvor angefangen zu saufen? Ich verstehe das Ganze nicht.»

Ich erzählte ihr von seiner Suche nach dem Maultier. Von den toten Tieren am Falls Creek. Ich sagte nichts darüber, dass er Jake Gardner getötet und seine Leiche in der Nähe der Jagdhütte notdürftig versteckt hatte.

«Wenn es nicht Jonah war, der auf Philipp geschossen hat, wer dann? Und warum?», begann ich wieder. Meine Gedanken schienen sich im Kreis zu drehen.

«Ich habe nicht den Schimmer einer Ahnung … Ich verstehe das nicht.»

«Und die toten Tiere? Was ist damit? Geht es darum, dass wir diese nicht sehen sollten? Haben sie mit der Epidemie zu tun?»

«Ich weiss es nicht, Louisa», sagte Sandy wütend. «Ich habe dieses Tiersterben bis jetzt nicht ernst genommen. Aber ich weiss, dass in den letzten Tagen einige Leute von den Tieren beim Falls Creek gesprochen haben. Es geht das Gerücht, dass die Behörden dies als Vorwand dafür nehmen könnten, die Jagd zu verbieten.»

«Dürfen hier eigentlich alle Tiere geschossen werden? Bären, Elche und so weiter?»

«Nein. Das ist streng reglementiert. Zuerst muss man unterscheiden zwischen eingetragenen Ureinwohnern und der übrigen Bevölkerung. Die Indigenen dürfen ihre traditionelle Jagd für den Eigenbedarf ziemlich frei ausüben. Die Übrigen sind da viel stärker eingeschränkt. Aber auch die Indigenen müssen sich an Jagdzeiten und eine Abschussquote halten. Jetzt ist beispielsweise Schonzeit für Elche. Weibliche Bären dürfen zurzeit gar keine geschossen werden.»

«Und wenn man sich nicht daran hält?»

«Dann gibt es Geldbussen bis hin zu Gefängnisstrafen. Die Beamten von ‹Fish and Wildlife› nehmen das wirklich ernst und setzen die Gesetze durch. Allerdings ...», sie lächelte mich verschmitzt an, «manchmal läuft einem ein Tier praktisch vor die Flinte, wie kürzlich meinem Cousin Dany. Da stand in seinem Garten ein Elch und frass seinen Lauch, stell dir vor. Er musste bloss die Flinte draufhalten. Es gab ein grosses Festessen. Aber erzähl das bloss niemandem.»

«In der Schweiz kommt es immer wieder vor, dass geschützte Tiere geschossen werden. Zum Beispiel Wölfe oder Luchse.»

«In der Schweiz? Habt ihr denn dort überhaupt Wölfe?»

«Nicht viele. Aber in den letzten Jahren ist sogar ein Bär eingewandert.»

«*Ein* Bär? Meinst du: *ein* einzelner Bär?»

Ich nickte, und sie lachte schrill. «Der Arme. So ganz allein.»

«Ich glaube, er ist ziemlich schnell wieder nach Italien zurückgekehrt.»

Sie lachte wieder in diesem schrillen Tonfall. Dann standen ihr plötzlich Tränen in den Augen. Sie kramte nach einem Taschentuch und schnäuzte sich.

«Entschuldige. Ich bin ganz durcheinander.» Sie erhob sich. «Ich gehe jetzt zu Jonah. Danach fahre ich dich ins Spital, damit du endlich Philipp sehen kannst.»

***

Philipp sah erstaunlich gut aus nach den Strapazen, die er in den letzten Tagen durchgemacht hatte. Er hatte ein Einzelzimmer im dritten Stock der Klinik, sass im Bett, das Kopfteil war hochgestellt, und er las in einer Zeitschrift. Ich gab ihm einen Kuss. Er lächelte mich an. Es war ein offenes, zärtliches Lächeln. Er hatte feuchte Haare und stank nach künstlichen Fichtennadeln. Wir plauderten, aber ich war nur halbherzig am Gespräch beteiligt. Ich war erfüllt vom Glück, neben Philipp sitzen zu dürfen und seiner Stimme lauschen zu können. Nichts anderes schien mir wichtig zu sein. Er lebte, und ich dankte Gott dafür.

«In zwei bis drei Tagen sollte ich bereits rauskönnen», sagte er. «Sie haben mich prächtig zusammengeflickt.»

«Und ich hatte eine Riesenangst, dass sie dich nicht gut behandeln würden.»

Ich fasste nach seiner Hand, drückte sie. Er drückte zurück. Wir lächelten uns an, ein beinahe peinlich romantischer Moment.

«Ich muss dich etwas fragen», sagte er.

«Hast du das Neueste schon gehört?», sagte ich gleichzeitig.

«Der Typ, der mich angeschossen hat, ist überführt, verurteilt und zu zwanzig Jahren Galeere verurteilt worden?», gab er sofort zurück.

Ich lachte.

«Nein, im Gegenteil. Der Täter, der verhaftet wurde, hat sich als unschuldig erwiesen. Die Suche beginnt wieder von vorn.»

Ich erzählte ihm von Jonah Blackwater, erzählte die Geschichte seiner Kindheit in Sainte-Catherine, erzählte nach kurzem Zögern auch, dass es Jonah war, der den verschwundenen Jake Gardner, Sohn des Ungeheuers, erschossen hatte. Wir diskutierten über alle möglichen Varianten dessen, was geschehen war und vor allem, warum jemand auf uns geschossen hatte. Da war zum einen Jonah Blackwater, der verhindern wollte, dass wir Gardners Leiche fanden. Aber da war noch jemand anders, der ebenfalls ein Geheimnis hütete und um den Preis eines Menschenlebens bewahren wollte. Ein Geheimnis hinter dem Geheimnis? Zwei unabhängige Faktoren oder waren sie miteinander verbunden? War der Tod Gardners die Ursache von allem? Wer ausser Jonah Blackwater war noch am Falls Creek gewesen, hatte sich irgendwo versteckt gehalten und versucht, uns zu töten?

Philipp, der sich wieder an die Geschehnisse vor den Schüssen erinnern konnte, erzählte mir, dass die Tür der Jagdhütte aufgebrochen und dann offensichtlich notdürftig geflickt worden war. Wir redeten, bis Philipp müde wurde. Er war noch immer geschwächt. Erst viel später ging mir auf, dass Philipp die Frage, die er mir zu Beginn hatte stellen wollen, nicht mehr erwähnt hatte.

Ich ging auf Zehenspitzen aus dem Zimmer. Mit einmal spürte ich einen enormen Hunger. Ich rannte beinahe zu «Fritz'» und ass dort mit grossem Appetit eine Gemüsesuppe, eine Portion thailändische gebratene Nudeln «Hot-Hot» und zum Abschluss zwei Kugeln Mango-Eis. Ich hatte das Gefühl, dass es Wochen her war, seit ich das letzte Mal etwas Feines gegessen hatte. Meine Stimmung besserte sich deutlich. Kurz spürte ich Bedauern mit Philipp, der sicher nur grässlichen Spitalfood bekam. Als ob er meine Gedanken gespürt hätte, klingelte in diesem Moment mein Handy. Philipp war wieder aufgewacht und wollte wissen, was mit den Blut- und Gewebeproben geschehen war, die er am Falls Creek genommen hatte.

Ich fluchte lautlos vor mich hin.

«Die Gewebeproben?», fragte ich, um Zeit zu schinden.

«Hast du etwa meinen Rucksack dort gelassen?»

«Ich weiss nicht ...»

«Das darf doch nicht wahr sein! Für diese Proben habe ich beinahe mein Leben geopfert.»

Er meinte es ernst. Mist, verdammter. Ich erinnerte mich wieder. Er hatte seinen Rucksack fallen gelassen, als er angeschossen worden war. Und ich hatte ihn liegen gelassen. Ich biss mir auf die Lippe. Ich konnte verstehen, dass Philipp wütend war.

«Dann sind wir ja immer noch nicht weiter mit unserer Untersuchung, Lou.»

«Es tut mir leid.»

Philipp beendete das Gespräch mit dem Versuch, seine Verärgerung nicht allzu sehr durchklingen zu lassen, und ich liess völlig geknickt den Kopf hängen, bis mir jemand aufmunternd auf die Schulter klopfte.

«Jonah Blackwater durfte nach Hause und ist wieder mit Samy zusammen. Freust du dich auch? Aber ... was ist denn mit dir los?», fragte Sandy, die ihr Tablett auf dem Nebentisch abgestellt hatte.

Ich erklärte ihr die Sache.

«Ruf ihn an, stell auf Freisprechen und gib mir dein Handy», befahl sie mir.

Sandy grüsste knapp, hörte sich dann Philipps Geschichte an, unterbrach ihn nach ein paar Sätzen und nahm mich in Schutz. Schliesslich hätte ich Wichtigeres zu tun gehabt. Nämlich seinen Hintern zu retten. Er solle mir dafür dankbar sein. Philipp stotterte etwas herum. Sandy wechselte das Thema, und sie besprachen seine Verletzungen, die Operation und den Genesungsprozess. Sie beendeten das Gespräch, Sandy holte uns zwei Espresso und setzte sich neben mich.

«Wir müssen da nochmals hin, Louisa», sagte sie.

«Zum Falls Creek? Auf gar keinen Fall.»

«Die Gewebeproben sind wichtig, da gehe ich einig mit Philipp. Das hast du ja im Übrigen selbst gesagt. Schliesslich war es deine Idee, dass das Tiersterben am Falls Creek relevant sein könnte.»

«Da läuft ein Wahnsinniger rum und schiesst harmlose Wissenschaftler ab. Und niemand weiss bisher, wer der Schütze ist. Das ist viel zu gefährlich.»

«Im Moment ist der Falls Creek der sicherste Ort der Welt. Jim Jarmusch ist dort und mit ihm wahrscheinlich ein halbes Dutzend Leute von der Spurensicherung. Wer soll uns da etwas antun können?»

«Bist du sicher?»

«Ja. Ich habe zugehört, wie Jarmusch mit Mary Young gesprochen hat. Die Untersuchung hat höchste Priorität. Schliesslich wurde ein Gast verletzt, und das könnte unserem Tourismus schaden. Wenn du möchtest, kannst du ja im Auto sitzen bleiben, während ich neue Proben hole, die alten sind längst unbrauchbar geworden.»

Ich drehte die leere Espressotasse zwischen meinen Händen. Ich hatte kein gutes Gefühl dabei, nochmals an diesen Ort zurückzukehren. Und das hatte nur zum Teil mit dem Schützen zu tun. Ich hatte nach wie vor das Gefühl, im Schatten der Felsen lauere etwas Böses, eine primitive bösartige Macht.

«Wenn wir jetzt aufbrechen, sind wir in gut zwei Stunden wieder zurück, und ich kann die Abendschicht im Gesundheitsdienst übernehmen. Ich muss Selma ablösen. Sie sollte wieder mal nach Hause zu ihrer Familie. Die Frauen meines Teams machen seit Wochen Überstunden.»

Ein SMS meldete sich, und Sandy klickte auf ihrem Handy herum.

«Mist! Der Dienstplan für nächste Woche … Ich hätte ihn schon vor zwei Tagen schreiben sollen.»

Ich seufzte.

«Also gut, bringen wir es hinter uns. Aber du fährst», sagte ich.

ELF

Sandy fuhr wie eine gesengte Sau. Schnell, locker und total unaufmerksam. Jedenfalls wirkte es so. Aber sie überwand alle Hindernisse und Schwierigkeiten routiniert und sicher. Ich klammerte mich am Griff der Seitentür fest und redete mir ein, dass alles in bester Ordnung sei. Wir überquerten die Furt, während Sandy über ein Jazzkonzert plauderte und dabei ihre rechte Hand immer mal wieder benötigte, um das Gesagte mit energischen Handbewegungen zu unterstreichen. Mit anderen Worten, sie fuhr weitgehend einhändig durch die Wassermassen, steuerte mal links mal rechts, völlig locker. Ich biss mir auf die Lippen, sagte nichts.

Etwas später lenkte sie den Wagen gerade eine steile, holprige Piste hinauf, als das Funktelefon sich meldete. Sie nahm ab, hörte zu, dann bremste sie so abrupt, dass ich aufschrie vor Schreck.

«Was ist passiert?», schrie sie in den Hörer. «Nein! Niemand soll sich ihm nähern. Diese Idioten! Wie dumm kann man denn noch sein?»

Sie lauschte. Dann sagte sie: «Das ist mir scheissegal. Wenn ihr ihm etwas antut, schmeiss ich alles hin, das kannst du schriftlich –»

Ich hörte, dass der Anrufer eine hohe, vor Nervosität vibrierende Stimme hatte.

«Mary, hör mir jetzt gut zu: Ihr wartet dort vor seiner Hütte. Es geschieht nichts, rein gar nichts, bis ich bei euch bin. Hast du das verstanden?»

Lauter Protest.

«Ich nehme das auf meine Verantwortung. Samy geschieht nichts, den Mounties geschieht nichts. Niemandem passiert etwas, wenn ihr wartet.»

Gemurmel.

«Eine Stunde. Bis dann müsst ihr warten.»

Sandy knallte das Funktelefon in die Halterung. Dann liess sie den Kopf auf das Steuerrad sinken.

«Was ist denn los? Was ist passiert?», fragte ich.

Sandy gab keine Antwort. Ich schüttelte sie an der Schulter.

«Sag schon, Sandy! Was ist los?»

Sie richtete sich auf. «Ich muss zurück. Sofort. Diese Idioten haben ein Team des Kinder- und Jugendschutzes aus Prince George zu Jonah nach Hause geschickt und wollten Samy gleich mitnehmen. Jonah hat sie rausgeschmissen und ist dabei handgreiflich geworden. Einer der Idioten hat ein blaues Auge abgekriegt. Sie haben die Mounties alarmiert und wollten das Kind mit Gewalt rausholen. Jonah hat sich verbarrikadiert. Er ist bewaffnet und schreit, dass sie Samy nur über seine Leiche mitnehmen würden. Jetzt haben sie eine Sondereinheit für Geiselnahmen angefordert. Sie wollen Jonahs Hütte stürmen.»

«Oh nein. Das wird ein Blutbad geben.»

«Ich muss sofort zurück. Jonah will mit mir reden. Nur mit mir, hat er gesagt. Wir müssen ein andermal zum Falls Creek.»

Sie startete den Motor, wollte wenden.

«Warte.»

«Was?»

«Wie weit ist es noch? Könnte ich zu Fuss hin?»

«Du kannst in einer knappen halben Stunde am Falls Creek sein, wenn du den Weg über den Hügel nimmst. Dort drüben.»

Sie zeigte auf einen schmalen Weg, der in einem leichten Bogen nach rechts von der Autopiste abbog.

«Das ist eine Abkürzung. Man kann es nicht verfehlen.»

Ich zögerte, spürte ein Aufwallen meiner früheren Angst.

«Willst du das wirklich machen?», fragte Sandy. «Jarmusch wird dich sicher nach Hause fahren. Du kannst ihn von mir grüssen.»

Ich nickte widerwillig.

«Kommst du klar?», fragte sie mich noch einmal.

Mein Gefühl sagte Nein, mein Verstand Ja.

«Kein Problem», sagte ich. «Fahr du zu Jonah. Ich hoffe, dass du die Lage beruhigen kannst.»

Ich packte meinen Rucksack, stieg hastig aus und winkte Sandy auf Wiedersehen. Dann machte ich mich auf den Weg zum Falls Creek.

Das Erste, was mir auffiel, waren die Vögel. Sie waren weg. Keine Krähen, keine grossen Raptoren, keine Aasfresser, die sich um die Beute stritten. Dafür stieg mir Rauchgeruch in die Nase, der umso stärker wurde, je näher ich dem Falls Creek kam. Die letzten hundert Meter lief ich. In dem engen Tal brannte ein Feuer, das seinen Höhepunkt bereits überschritten hatte und langsam zusammensackte. Es stank übel. Als ich näher kam, erkannte ich, dass die Tierkadaver auf einen Haufen geworfen und verbrannt wurden.

«Himmel, Arsch und Zwirn», entfuhr es mir. «Und das soll jetzt die Spurensicherung sein?»

Damit war unser Plan, Blutproben von den Tieren zu nehmen, gestorben. Ich schaute mich um. Die Verantwortlichen würden etwas von mir zu hören bekommen. Ein Pick-up war in der Nähe der Jagdhütte abgestellt worden. Die Tür stand einen Spaltbreit offen. Voller Wut eilte ich darauf zu und knallte beim Eintreten die Tür an die Wand. Der Mann, der mir bisher seinen Rücken zugedreht hatte, drehte sich erschrocken um. Vor mir stand nicht Jim Jarmusch, sondern Hank Horseshoe.

Nach einigen Schrecksekunden fasste er sich, machte zwei grosse Schritte auf mich zu.

«Was haben Sie hier zu suchen? Das ist ein Privatgrundstück!»

Ich schüttelte den Kopf, versuchte, die Situation neu einzuordnen, aber bevor ich mir wirklich klar geworden war, was das bedeuten sollte, realisierte ich, dass Horseshoe versuchte, mir die Sicht auf den hinteren Teil der Hütte zu verstellen. Ich reagierte instinktiv, angetrieben von meiner Wut, und schob ihn grob zur Seite. Da lagen Jutesäcke, einige davon aufgerissen, ganze Haufen verstreute Getreidekörner, zerrissenes Papier, ein zerstörter Holzstuhl mit nur einem Bein, eine ausgeleerte Sirupflasche, vermischt mit Mehl oder Zucker. Es stank nach Tierkot. Jemand hatte hier gewütet und alles auseinandergenommen.

«Heh! Was soll das?», herrschte mich Horseshoe an und packte mich an der Schulter.

Mit einer raschen Bewegung befreite ich mich, kniete vor die Getreidesäcke und las die Aufschrift, die chemische Formel, das international gültige Gefahrensymbol. Ich öffnete hastig einen Sack, tauchte meine Hände in das Getreide. Weizen, Saatgut, behandelt mit einem Fungizid, bezeichnet als «cyano methyl mercury guanidine». Ich starrte auf diese Wörter.

Methylmercury ... eine organische Quecksilberverbindung. Oh nein! Organisches Quecksilber ... natürlich. Warum hatten wir nicht früher daran gedacht? Die Minamata-Krankheit ... Die Mitglieder der Little Creek Band litten an der Minamata-Krankheit. Ich überlegte fieberhaft ... Vergiftungen mit organischem Quecksilber sind seltener als diejenigen mit anorganischem Quecksilber. Und die Symptome sind vollkommen verschieden.

Chronische Vergiftung mit anorganischem Quecksilber führt zu Entzündungen der Mundhöhle, Muskeltremor, Persönlichkeitsveränderungen und diesem merkwürdigen Phänomen, dem sogenannten Hutmachersyndrom, das einige Epidemiologen am besten durch den verrückten Hutmacher aus Alice im Wunderland verkörpert fanden. Bis ins 19. Jahrhundert atmeten Hutmacher beim Bearbeiten des Leders anorganische Quecksilberdämpfe ein, was zu starken Persönlichkeitsveränderungen, unter anderem einer krankhaften Schüchternheit, führte. Besonders auffallend war, dass sie von Zeit zu Zeit in ein grobes Zittern fielen, das durch heftige ruckartige Bewegungen gestoppt werden konnte, den *hatter's shakes*.

Das organische Quecksilber, das hier in Horseshoes Hütte lagerte, führt hingegen zu genau den Symptomen, die wir bei den Mitgliedern der Little Creek Band gefunden hatten: Sehstörungen, Gleichgewichtsstörungen, Beeinträchtigung der Sprechfähigkeit, Krämpfe, Bewusstlosigkeit bis hin zu Koma und schliesslich Tod. Ausserdem zeigt sich bei der als «Minamata disease» benannten Krankheit ein subakuter Beginn meist ohne Fieber, die Fälle sind geografisch in Cluster gegliedert, und sie treten unabhängig von den Jahreszeiten auf. Die Krankheit ist nach der Minamata-Bucht in Japan bezeichnet, wo eine chemische Fabrik organisches Quecksilber ins Wasser entsorgte. Die Bewohner der gleichnamigen Stadt hatten sich an den Fischen vergiftet. Kleine Krankheitscluster waren in New Mexico und Kanada aufgetreten, aber das war vor Jahrzehnten. Ich hatte gemeint, Methylmercury sei danach verboten worden.

Langsam erhob ich mich, die Hände voll Weizen, streckte sie Horseshoe entgegen.

«Was ist das? Was macht das hier, Hank Horseshoe?», fragte ich leise.

«Sofort raus aus meiner Hütte! Unbefugtes Betreten, Diebstahl. Jetzt kommen Sie dran», bellte er.

«Der Weizen – gehört der Ihnen?», fragte ich.

«Das geht Sie einen Scheiss an. Sofort raus, oder Sie werden es bereuen. Und ich will Ihre Hände und Taschen sehen. Sie werden mich nicht beklauen.»

«Ich will Sie nicht beklauen, Mister Horseshoe. Es geht mir nur darum, herauszufinden, weshalb es hier in Fort Fraser eine Epidemie gibt.»

Ich liess den Weizen zu Boden fallen, quetschte mich neben ihm durch die Tür nach draussen und überlegte fieberhaft, was ich tun, was ich sagen sollte. Keine Konfrontation, wenn der andere das Gewehr in der Hand hält, dachte ich. Ich muss mich dumm stellen. Und versuchen abzuhauen. Nur wenige Meter entfernt war dichter Wald. Ich versuchte, nicht allzu auffällig in Richtung der Bäume zu schielen.

«Das hat jedenfalls nichts mit meiner Jagdhütte zu tun!», sagte Horseshoe.

«Natürlich, da haben Sie völlig recht», versuchte ich ihn zu besänftigen. «Aber dieses Getreide hier ist verdammt gefährlich. Es ist das reinste Gift.»

«Davon weiss ich nichts», murmelte er undeutlich.

«Der Weizen wurde mit organischem Quecksilber behandelt. Man darf ihn nur als Saatgut benutzen und auf keinen Fall essen.»

«Quecksilber? Verdammter Mist.»

Sein Erschrecken wirkte nicht überzeugend. Er dachte nach.

Ich konnte ihm ansehen, dass er sich überlegte, was er mir erzählen konnte, erzählen sollte.

«Der Weizen war nie für Menschen bestimmt, nur zum Füttern der Tiere. Ich habe nicht gewusst, dass er vergiftet ist.»

«Sie müssen doch gesehen haben, was auf den Säcken steht. Oder sind Sie etwa blind?», fuhr ich ihn unbeherrscht an.

«Ich war ja nicht dabei, als wir das Zeugs gekauft haben. Das war, als ich mir den Knöchel gebrochen hatte. Pit Muller hat ihn gekauft. Hat mich noch angerufen und mir gesagt, er habe einen guten Deal gemacht, der verdammte Idiot!»

Horseshoes Ärger schien echt.

«Pit Muller? Der ist doch als Erster krank geworden und gestorben? Seine ganze Familie wurde krank.»

«Ich nehme jetzt mal an, er wollte mich bescheissen. Hat einen oder zwei Säcke für sich abgezweigt.» Horseshoe schüttelte den Kopf. «So ein verdammter Idiot! Um seine Familie tut es mir wirklich leid.»

«Sie meinen, die Mullers haben diesen Weizen gegessen?», fragte ich voller Entsetzen.

«Möglich, ja.»

Deshalb sind Pit Muller und seine Familie als Erste krank geworden, und deshalb sind sie auch so schnell gestorben. Gleichzeitig war diese Geschichte überaus praktisch für Horseshoe. Er konnte alle Schuld abschieben, und der Tote konnte nicht mehr widersprechen.

«Von wem hat Muller den Weizen erhalten?», fragte ich.

«Von einem Typen aus Hartley Bay. Gutes Angebot hat Muller gemeint. Import aus Mexiko. Schwarz eingeführt, deshalb deutlich günstiger, musste keinen Importzoll zahlen.» Sein Ton wurde wieder aggressiv. «Verdammte Regierung mit all diesen Steuern. Die kleinen Leute werden ausgenommen bis auf die Unterhosen.»

Ich nickte, wollte, dass er weitersprach.

«Ich habe Muller gesagt, er solle den Weizen hier einlagern, bis ich wieder auf den Beinen bin. Aber in der Zwischenzeit hat ein Bär die Tür auseinandergenommen», sagte Horseshoe.

«Feine Nase haben die Saukerle, das muss man ihnen lassen. Die riechen Futter auf zwei Kilometer Distanz. Der Bär hat die Säcke aufgerissen, von dem Zeug gefressen. Danach sind die kleineren Tiere gekommen. Alles aufgerissen und verstreut. Eine Riesenschweinerei haben sie angestellt.»

«Und dann sind die Tiere an dem Weizen gestorben», sagte ich.

«Ich wusste ja nichts davon. Lag zu Hause mit meinem verdammten Knöchel.»

«Da können Sie nichts dafür», sagte ich langsam.

«Genau.»

Ich nickte wieder. Schluckte. Er schien auf mein Angebot einzugehen, sich rauszureden und diese Geschichte friedlich zu beenden.

«Sobald ich wieder gehen konnte, bin ich her. Tür aufgebrochen, halb aus den Angeln gerissen, muss ein Grizzly gewesen sein. Riesenkerl. Alle Säcke aufgerissen, alles verstreut, Riesensauerei. Und wer muss das nun wieder aufräumen?»

Das war doch alles völlig nebensächlich. Mir platzte der Kragen. «Das ist hochgiftiges Zeug! Sie müssen es sofort entsorgen», fuhr ich ihn unbeherrscht an.

«Das mit dem Weizenkauf war ein Fehler. Muller war eben ein dummer Kerl, konnte kaum lesen und schreiben. Haben Sie noch nie einen Fehler gemacht?», sagte er mit neu angefachter Aggressivität.

Wieder rückte er mir zu nahe auf den Leib. Er machte mir Angst. Ich wich einen Schritt zurück. Meine Gedanken rasten, ich wollte verstehen, wollte wissen, was das alles zu bedeuten hatte. Die indigene Bevölkerung war arm, jedenfalls die meisten von ihnen. Sie mussten oder wollten aus Tradition von Wild leben. Hier in der Gegend war das angestammte Jagdgebiet der Little Creek Band. Und so hatten sie sich an dem Wildfleisch vergiftet.

Tradition war der dritte Faktor gewesen, den ich gesucht hatte. Die traditionelle Lebensweise hatte diese Scheinkorrelation zwischen Krankheit und Widerstand gegen den Pipelinebau verursacht. Deshalb waren so viele Erkrankte auf Sandys Liste mit den Personen gewesen, die sich gegen den Pipelinebau engagierten.

«Doch, natürlich», sagte ich ruhig und hob besänftigend meine Hände. Aber ich konnte es einfach nicht lassen, spürte wieder meine Wut. «Aber als Sie erkannt haben, dass die Tiere an dem Zeugs sterben, warum haben Sie da nicht reagiert? Die Ranger informiert? Das giftige Getreide und die Kadaver wegschaffen lassen? Man hätte sofort den Verzehr von Wildfleisch verbieten müssen.»

«Und riskiert, dass es einen Skandal gibt? Indianer füttert Bären an, um sie schiessen zu können? Firma Wildfire vergiftet Mensch und Tier?»

«Sie haben die Bären angefüttert?», fragte ich verblüfft und merkte sofort, dass ich das nicht hätte tun sollen. Das erklärte natürlich einiges: seinen Ruf als bester Jäger des Distrikts, seine aussergewöhnlich hohe Erfolgsquote. In Harmonie mit der Natur, profunde Kenntnisse der Lebensweise der Raubtiere Kanadas, Freund der Natur hatte er auf seiner Homepage geschrieben. Von wegen!

«Ja, verdammt, das habe ich getan. Wozu sonst hätte ich denn den Weizen gebraucht? Ich habe keine Taco-Bar, Lady! Anfüttern ist verboten, es ist unehrlich, es ist lausig, ja, ja, ja! Und Scheiss drauf. Ich muss leben, ‹Wildfire› muss leben. Wissen Sie überhaupt, wie das heute läuft? Wie das Geschäft läuft?»

Ich schüttelte angewidert den Kopf.

«Die Männer aus der Stadt wollen einen Bären, einen Elch, einen Wolf. Aber sie haben keine Zeit. Also müssen wir ihnen den Bären und den Elch vor die Flinte bringen, und zwar genau zu dem Zeitpunkt, den sie gebucht haben. Quality time, Lady! So läuft das Geschäft, und wer das nicht bringt, ist raus.»

Sein Gesicht hatte sich noch mehr gerötet.

«Ich kann rein gar nichts dafür, was da passiert ist, und Sie sollten jetzt verschwinden und Ihren Mund halten, sonst bekommen Sie den Ärger Ihres Lebens, das sage ich Ihnen. Hauen Sie ab!»

Ich konnte nicht. Ich konnte nicht abhauen.

«Sandy Delmares Cousin Dany ... ist das Dany George?», fragte ich wie unter Zwang, während sich in meinen Gedanken langsam die Puzzlestücke zusammenfügten.

Horseshoe nickte, verwirrt über diese Frage.

«Dany George hat kürzlich einen Elch geschossen. Das Tier ist einfach in seinem Garten herumgestanden, ganz ruhig. Ein Wunder, haben sie gesagt. Die Georges haben ihre Nachbarn und Freunde zu einem Festessen eingeladen. Sie haben ihre Nachbarn eingeladen, auch Anna-Katharina Blackwater, Julie Michel und die Familie McMahon. Alle haben Elchfleisch gegessen, eine Menge Elchfleisch.»

Ich ging einen Schritt auf Horseshoe zu.

«Die Familien haben sich bei diesem Essen vergiftet. Alle sind krank geworden ... ausser Betty McMahon, weil sie Vegetarierin ist, und dem Baby Sophie, weil es noch gestillt wird. Aber Bettys Kinder, Amy – oh Gott, warum haben Sie nichts gesagt? Sie haben es doch gewusst. Warum haben Sie nichts gesagt?»

«Das wäre Wahnsinn gewesen, sehen Sie das denn nicht ein? Das wäre das Ende von ‹Wildfire› gewesen.»

«Was Sie getan haben, war Wahnsinn! Julie Michel, Amy und ihre Brüder wären alle noch am Leben! Trauern Sie gar nicht um diese Menschen?»

«Ich kann doch nichts dafür, dass man mir vergifteten Weizen verkauft hat. Das können Sie mir nicht in die Schuhe schieben! Und die kleine Michel, die hätte sich sowieso umgebracht. Früher oder später wäre sie am Heroin verreckt oder ein Freier hätte sie umgebracht. Das passiert solchen Frauen andauernd, lesen Sie doch die Zeitung.»

Ich begann vor Wut zu zittern und ballte meine Fäuste. «Solchen Frauen? Was meinen Sie mit: solchen Frauen? Sie war eine Stellat'en, aus Ihrem eigenen Volk.»

«Mein Volk? Dass ich nicht lache. Julie Michel und ich haben nichts gemeinsam, rein gar nichts. Sie war ein Loser, ihre ganze Familie bestand nur aus Alkis, Versagern, Nichtsnutzen. Ich habe etwas aufgebaut, ich habe Arbeitsplätze geschaffen.

Meine Kinder machen das College. Mein Sohn wird in Harvard Elektroingenieur studieren.»

«Und das ist alles, was Sie dazu zu sagen haben?»

«Wissen Sie, was es heisst, als Indianer im weissen Amerika aufzuwachsen? Meine Kindheit in Kalifornien? Soll ich zusammenfassen? Schlag zu – bevor es die anderen tun.»

«Sie sind aber in Ihre Heimat zurückgekehrt, zu Ihren Leuten.»

«Heimat? Ja, vielleicht kann man es so nennen. Aber hier ist es doch genau das Gleiche wie in den USA. Schauen Sie sich doch mal um in unserem lieblichen Städtchen. Es wimmelt von Alkis, Arbeitslosen, kaputten hoffnungslosen Jugendlichen ohne Zukunft. Niemand schuldet dir was, du schuldest niemandem was. Es gibt nur eine Regel: Jeder schaut für sich selbst, so gut er kann. Das nennt sich amerikanische Freiheit!»

Er spuckte aus. Ich spürte das Blut in meinen Ohren rauschen und mahnte mich zur Besonnenheit, Klugheit. Ich musste hier weg, mich in Sicherheit bringen und dann dafür sorgen, dass Horseshoe für all das zahlte.

«Sie konnten nicht wissen, dass dieser Weizen vergiftet war, das stimmt», begann ich ruhig. «Ich nehme an, Sie werden lediglich Ärger mit den Parkrangern bekommen, weil Sie die Wildtiere gefüttert haben. Eine Busse, keine grosse Sache.»

«Die tun, was ich ihnen sage. Ich muss nur endlich dieses Scheiss-Zeugs wegschaffen und die Kadaver verbrennen. Dann kann Gras über diese leidige Geschichte wachsen.»

Ich verzog unwillkürlich mein Gesicht. Ich dachte an Julie und die anderen Toten. Leidige Geschichte … Ich schüttelte den Kopf. Hank Horseshoe missverstand meine Geste.

«Das hätte ich auch schon längst getan, wenn hier nicht die ganze Zeit rumgeschnüffelt würde», sagte er empört.

Rumgeschnüffelt … Ich starrte den Kerl an. Eine Ahnung formte sich in meinem Kopf. Rumgeschnüffelt?

«Das waren Sie … *Sie* haben auf Philipp geschossen und ihn fast getötet», sagte ich leise.

Horseshoe beobachtete mich. Sein linkes Augenlid zuckte

mehrmals. Er hatte zu viel gesagt, und das war ihm gerade klar geworden. Scheisse. Ich senkte meine Augen. Ich sollte doch schweigen, mich dumm stellen.

«Blackwater trifft doch nicht einmal ein Haus aus zwei Schritt Entfernung, dieser alte Säufer», sagte er voller Verachtung.

«*Sie* haben auf Philipp geschossen! Blackwater wollte uns gar nicht treffen, nur erschrecken. Aber Sie …»

Er zuckte mit den Schultern, es war eine zugleich entschuldigende wie auf perverse Weise charmante Geste. Etwas verschob sich zwischen uns, ich wurde innerlich kalt.

«Ich wollte das Scheiss-Zeugs endlich wegräumen, hatte meinen Pick-up hinten im nördlichen Ausgang des Canyons abgestellt», sagte Horseshoe. «Dann sind Sie gekommen, haben überall rumgeschnüffelt. Ich wusste, dass ich handeln musste, wenn Sie den Weizen in der Hütte entdecken würden. Dann ist auch noch Blackwater aufgetaucht. Ich hatte keine Ahnung, was er hier wollte. Dass er auf den Arzt geschossen hat, hat mich wirklich überrascht. Keine Ahnung, was das sollte. Aber er hat nicht getroffen und ist abgehauen.»

«Da haben Sie die Chance ergriffen, haben auf uns geschossen und gedacht, dass Blackwater für Sie ins Gefängnis geht. Haben Sie keinerlei Gewissen?»

«Kann ich mir nicht leisten, Lady. Und um den alten Saufkopp ist es ja nicht schade. Im Gefängnis stellt er nichts an.»

«Und was ist mit Samy? Haben Sie auch nur eine Sekunde an ihn gedacht?»

«Wer ist Samy?»

«Sein Enkelsohn. Jonah sorgt für ihn.»

«Ein Kind sollte bei seinen Eltern leben», sagte er. «Ich sorge für meine Kinder, etwas, das mein Vater nicht für mich tun konnte.»

Horseshoe hob sein Gewehr, zielte auf mich. Zitternd vor Wut und Angst verstummte ich. Was war ich für ein Idiot.

«Ich muss meine Interessen wahren. Meine Kinder sollen es mal besser haben als ich», sagte er in ruhigem Ton.

Ich überlegte fieberhaft, was ich tun sollte. Wir waren allein hier draussen. Angst drückte mir die Kehle zu. Er stellte sich breitbeinig hin, zielte sorgfältig. Ich begann am ganzen Körper zu zittern, meine Knie schlotterten. Horseshoe wirkte ganz sachlich.

«Es wird nicht wehtun, ich weiss, wie man rasch tötet.»

Ich spürte, wie sich mein Magen hob, aber ich schaute ihm direkt in seine Augen, in diese ausdruckslosen gelassenen Augen. Ein guter Jäger – und ein guter Mörder. Etwas liess ihn zögern.

«Schliess die Augen», befahl er mir.

«Du wirst nicht davonkommen, nicht mit einem Mord», versuchte ich es. «Du hast Philipp angeschossen, man hat die Kugel entfernt. Die Polizei –»

«Die RCMP ist mir scheissegal. Die können mir nichts nachweisen. Jeder schaut für sich. Es tut mir leid, aber so ist nun mal das Leben.»

Er entsicherte seine Flinte und zielte auf meine Brust. Meine Füsse wurden taub. In diesem Moment liess uns ein furchterregendes Brüllen herumfahren. Eine mächtige dunkle Gestalt raste mit unfassbarem Tempo auf uns zu. Horseshoe schoss. Der Bär begrub ihn unter seinem Gewicht. Lautes Schreien, Brüllen. Der Bär packte Horseshoe und schüttelte ihn herum wie eine Lumpenpuppe. Das Gewehr war weggeflogen. Der Bär liess los, richtete sich auf die Hinterbeine, brüllte wieder und liess sich mit seinem ganzen Gewicht auf den unter ihm liegenden Mann fallen. Horseshoe schrie, drehte sich schwerfällig auf den Bauch, rollte sich zusammen, versuchte so, seinen verletzlichen Bauch zu schützen. Der Bär versuchte ihn wieder umzudrehen. Ich kroch hinter ein Gebüsch, meine Angst erschlug jeden Gedanken, ich schrie lautlos vor Entsetzen. Der Bär packte wieder zu, diesmal am Kopf seines Opfers. Ich schrie, diesmal laut, und der Bär drehte sich, schaute mich an. Ich biss so fest auf meine Lippen, dass ich heftig zu bluten begann. Ich drückte mein Gesicht in die nasse Erde und spürte nichts als meinen verletzlichen Körper, angefüllt mit einem rasenden Herzen.

Wieder schrie Horseshoe voller Schmerz auf. Der Grizzly hatte ihn an der Schulter gepackt und schleifte ihn davon in Richtung der Jagdhütte. Er will ihn wegschleppen und dann fressen, dachte ich. Der Gedanke löste eine instinktive Reaktion aus. Ich sprang auf, packte einen grossen Stein, lief auf den Bären zu, schrie und warf den Stein. Ich verfehlte, das Tier liess sich nicht stören, schleifte den Körper weiter. Ich packte einen zweiten Stein, warf wieder so hart ich konnte. Ich traf das Tier an der Schnauze. Der Bär liess los, schüttelte seinen mächtigen Kopf. Dann drückte er eine Vorderpfote auf Horseshoes Brust, um sein Opfer festzuhalten, und begann unruhig zu schnuppern, den Kopf hin- und herschwenkend. Es war dieselbe Bewegung, die ich schon bei blinden Menschen gesehen hatte. Taumelnd lief er endlich in Richtung der Jagdhütte davon.

Mit dem Tier stimmte etwas nicht.

Neurologische Symptome, dachte ich, unkontrollierte Motorik, und er ist beinahe blind, die Minamata-Krankheit! Ich hatte eine Chance. Ich musste weg, nur weg von hier, bevor er zurückkam. Ich konnte wieder denken, atmen, spürte meinen Körper, meine Füsse. Ich lief geduckt zu dem Gewehr, rannte zu Horseshoe hinüber und reichte ihm die Waffe. Sein Gesicht war blutüberströmt, seine Kopfhaut aufgerissen. Einen Moment hatte ich Angst, er könnte mich erschiessen, aber er nickte nur. Dann flüsterte er: «Hau ab.»

Ein Brüllen war die Antwort. Ich drehte mich wie in Zeitlupe um. Der Bär rannte direkt auf uns zu. Ich starrte, konnte keinen einzigen Muskel bewegen. Alles in Zeitlupe, diese unglaubliche Kraft, Schnelligkeit, kein Entrinnen, der Tod. Der Bär knallte direkt vor uns in einen Baum und taumelte seitlich in eine kleine Senke, blieb liegen.

Schon war er wieder auf den Beinen. Horseshoe schoss in seine Richtung. Das Tier schrie, näherte sich wieder. Viel zu rasch. Mein Herz raste, ich sah alles überdeutlich, spürte die Kraft in meinen Beinen. Ich rannte los, sprang über einen liegenden Baumstamm. Rannte weiter. Wieder ein Schuss. Lautes Krachen rechts von mir, sehr laut. Der Bär folgte mir. Ich drängte mich in das dichte Unterholz links des Weges, das sollte ihn behindern, ich drückte mich durch Gebüsche und Dornen, rannte und blieb regungslos stehen. Lautes Krachen immer noch rechts von mir, viel zu nahe.

Meine Gedanken waren jetzt vollkommen klar und fokussiert. Der Bär ist angeschossen, wütend. Und er ist krank, vergiftet. Er sieht fast nichts mehr. Er sucht mich und ist auf seine Nase angewiesen. In fieberhafter Eile zog ich mir mein nass verschwitztes T-Shirt über den Kopf, warf es so weit es ging in eine Senke und rannte möglichst leise davon.

Der Bär ist krank, er ist blind, er taumelt, er ist verletzt, dachte ich in einem fort. Er stirbt. Bitte mach, dass er stirbt.

Ich rannte, rannte, bis ich nicht mehr konnte. Liess mich zu Boden fallen und wartete. Meine Lunge schmerzte, ich presste meine Fäuste auf die Brust, keuchte so laut, dass ich nichts hören konnte. Minuten später beruhigte sich mein Körper. Ich konnte wieder hören, lauschte angestrengt. Da war das wütende Schwirren von Fliegen, das Hämmern eines Spechts, der Ruf eines Käuzchens. Ich rührte mich nicht. Wartete. Ein Rascheln liess mich auffahren, jagte mir einen unendlichen Schrecken ein. Vor mir stand ein Hirschkalb, ebenfalls starr vor Angst. Ich atmete laut aus vor Erleichterung, das grazile Tier machte einen Satz und war verschwunden. Eine Welle der Erleichterung, des Glücks erfasste mich. Ich wagte zu glauben, dass ich davongekommen war. Dann dachte ich an Hank Horseshoe. Ich musste Hilfe holen, auch wenn die Wahrscheinlichkeit, dass er noch lebte, gering war.

ZWÖLF

Der Bär war tot, Hank Horseshoe aber lebte. Ein Helikopter hatte ihn geholt und direkt nach Vancouver ins Universitätsspital geflogen. Seine Verletzungen waren schwer, insbesondere am Kopf und im Gesicht, aber erstaunlicherweise nicht lebensbedrohlich.

Nach meiner Flucht vor dem Bären hatte mein Adrenalinschub gerade noch gereicht, um Hilfe für Horseshoe zu organisieren, um Jim Jarmusch zu erzählen, was ich erfahren hatte, und um Sandy zu informieren, dass wir es mit einer organischen Quecksilbervergiftung zu tun hatten und man die Bevölkerung sofort darüber informieren musste, dass das Wildfleisch vergiftet war. Danach fiel ich in einen merkwürdigen Zustand zwischen Schlaf und Wachsein, Alptraum und dem Wissen, dass die Gefahr überstanden war. Ich nickte ein, erwachte sofort wieder, schwitzte mehrere T-Shirts durch, duschte und begann wieder von vorn. Mein Herzschlag wollte sich einfach nicht beruhigen, obwohl ich mich völlig erschöpft fühlte. Sandy gab mir Betablocker. Sie halfen nichts. Mein Puls blieb bei über hundertzwanzig Schlägen pro Minute. Stunde um Stunde, eine Nacht, ein Tag und eine Nacht lang. Ich blieb zwischen Schlaf und Wachsein stecken, balancierte auf einem schmalen Grat zwischen Panik und Wahnsinn.

In diesem Zustand bekam ich Besuch von Jim Jarmusch. Ich müsse den Tatort nochmals besichtigen, das sei wichtig für meine Aussage, meinte er. Einen Moment fragte ich mich, ob das jetzt wirklich notwendig war, aber er blieb so kurz angebunden wie hartnäckig und eine Abwechslung würde mir vielleicht guttun. Wir fuhren also nochmals zusammen diesen Weg, den ich nie mehr in meinem Leben zurücklegen wollte, zum Falls Creek. Das Tal sah dieses Mal leer und leblos aus. Die Dämmerung hatte bereits eingesetzt. Rings um die Jagdhütte war rot-gelb gestreiftes Flatterband der RCMP gespannt. Jarmusch sah sich kurz um, hob das Band und reichte mir die Hand. Einen Moment überlegte ich, was wir hier eigentlich taten.

«Es wird langsam dunkel. Meinen Sie nicht, wir sollten morgen nochmals kommen?», fragte ich.

«Kommen Sie. Ich habe eine Lampe dabei.»

Wir gingen an der Hütte vorbei, einige Meter weiter, um eine alte Fichte herum, und dann blieb Jarmusch stehen. Er stand vor einem zwei Meter langen und einen Meter breiten unregelmässig aufgeschichteten Steinhaufen. Wir schauten uns das Gebilde schweigend an. Dann wusste ich, was es war, und schaute erstaunt zu Jarmusch auf. Er nickte mir zu.

«Wir müssen Gardners Leiche wegbringen. An einen Ort, wo niemand sie finden kann», sagte er.

«Warum –»

«Ich wusste nicht, wen ich sonst fragen sollte. Die Leute hier können ihren Mund nicht halten. Irgendwann wäre etwas durchgesickert. Tut mir leid, ich weiss, dass es Ihnen nicht gut geht.»

«Nein. Ich meine, warum tun Sie das?»

«Ich kenne Jonah Blackwater seit vielen Jahren. Ich kenne seine Geschichte. Und ich kenne die Jake Gardners dieser Welt. Blackwater hat eine Chance verdient, finde ich.»

Er zündete sich eine Zigarette an. Ich bekam auch eine. Wir rauchten zusammen, bis es ganz dunkel geworden war.

«Es ist sowieso ein Wunder, dass die RCMP die Leiche nicht gefunden hat», brach er das Schweigen. «Ich nehme an, das war nur wegen den Tierkadavern möglich. Ich habe noch nie einen solchen Gestank erlebt. Die Mounties haben nicht lange nach Spuren oder weiteren Leichen gesucht.»

Das war wohl auch der Grund, dass ich die Leute von der Spurensicherung nicht mehr angetroffen hatte und Horseshoe in die Arme gelaufen war. Jim Jarmusch drückte die Zigarette sorgfältig an einem Stein aus.

«Was ist nun? Helfen Sie mir?», fragte er.

«Was muss ich tun?»

Er gab mir Arbeitshandschuhe, ein Brecheisen, eine Schaufel und eine Stirnlampe. Wir schichteten die Steine um, und ich musste daran denken, dass der alte Jonah diese Arbeit ganz allein gemacht hatte. Schon bald war ich nass geschwitzt. Es stank nach verfaultem Fleisch, und ich begann zu würgen. Es war keine schöne Arbeit und wurde nur noch schlimmer, obwohl Jarmusch den ekligsten Teil allein übernahm, während ich Galle würgend danebenstand. Wir packten den schweren Körper in einen Leichensack ein, zogen und schleppten diesen bis zu Jarmuschs Wagen und luden ihn auf. Dann fuhren wir in völliger Dunkelheit davon. Ich zitterte vor Kälte, obwohl Jarmusch die Heizung voll aufdrehte. Irgendwo hielten wir an, ich hatte keine Ahnung, wo, und Jim, wie ich ihn in der Zwischenzeit nannte, meinte, das sei sowieso besser so. Wir luden den Leichensack aus und wuchteten ihn über einen Felsen in eine bodenlose Leere.

***

Wahrscheinlich hatten wir das Richtige getan. Ich bedauerte es jedenfalls nicht. Aber ich fühlte mich danach keinen Deut besser. Am folgenden Abend, als ich mich immer mehr danach sehnte, dass mir jemand einen Baseballschläger auf den Kopf hauen würde, damit ich endlich einschlafen konnte, besuchte mich Bernie, die Stammesrätin.

«Ich habe gehört, dass es dir nicht gut geht. Sandy hat mich angerufen», sagte sie zur Begrüssung. «Zieh dich an und komm mit.»

«Wohin willst du mich diesmal schleppen?»

«Selber Ort, selbe Frauen. Aber dieses Mal ist Maggie Shi dabei, eine bekannte Geschichtenerzählerin. Sie ist eine Wucht, sage ich dir. Das wird dich ablenken.»

Alles war wie das letzte Mal, und es tat mir unendlich gut. Von der Geschichte, die Maggie Shi erzählte, habe ich ehrlich gesagt nicht viel mitbekommen. Es ging um einen Raben und um eine junge, mutige Frau. Aber die Erzählung war langfädig und voller Details, die ich nicht deuten konnte. Schon bald lauschte ich nur noch der wohlklingenden Stimme und dem Lachen der Zuhörerinnen, ohne die Worte selbst verstehen zu wollen. Ich fühlte mich in diesem Stimmengewebe geborgen und sicher.

In diese Ruhe brach wie ein Misston in einer Harmonie eine alte Frau mit einem mächtigen Oberkörper auf spindeldürren Beinchen. Sobald sie ihr Tuch auf der Saunaliege ausgebreitet hatte, begann sie mit einer unangenehm hohen und schrillen, vor Wut vibrierenden Stimme zu reden. Die Sprache war mir vollkommen fremd. Einige der Frauen reagierten heftig, sie richteten sich auf, stellten aufgeregt Fragen. Eine andere verlangte, dass die Neuangekommene Englisch sprechen solle. Es war offensichtlich, dass sich etwas Unangenehmes ereignet hatte.

«Was sagt sie?», fragte ich Bernie.

Sie schüttelte zuerst nur den Kopf, hörte weiter die Geschichte der Alten. Als diese geendet hatte, brach ein Stimmengewirr los, alle redeten zugleich.

«Was ist denn nur geschehen?», fragte ich nochmals.

«Anne hat uns gerade erzählt, dass sie Jake Gardner gesehen habe», sagte sie. «Das ist dieser Mann, der am Falls Creek Land kaufen wollte.»

Ich erschrak. «Was? Wo hat sie ihn gesehen?»

«Kennst du ihn? Jake Gardner?», fragte sie erstaunt.

«Nicht persönlich.»

«Es war vorletzte Woche in Vancouver. Anne hat ihre Enkelin besucht, die arbeitet in der Stadtverwaltung.»

Da mischte sich Anne selbst in das Gespräch, in einem langsamen, aber gut verständlichen Englisch.

«Ich sass mit Selina, meiner Enkelin, im Café des Rathauses. Und da kommt dieser Jake Gardner in einer Gruppe von Männern auf mich zu. Sie waren alle in Geschäftsanzügen, mit Krawatte und Jackett. Selina hat einen der Männer gegrüsst. Es war einer ihrer Kollegen, der bei der Umweltbehörde arbeitet. Und die anderen, die dabei waren, hat Selina auch gekannt.»

Anne schaute mich an, wartete auf eine Reaktion.

«Und?», fragte ich.

«Das waren Projektleiter für den Pipelinebau der Enbridge, alles hohe Tiere», platzte sie heraus.

Wieder wurde es laut, alle redeten durcheinander.

«Seid doch ruhig, Frauen. Lasst Anne erzählen», sagte Bernie.

«Selina hat eine Kollegin angerufen. Und die hat ihr dann erzählt, dass die Männer eine Sitzung haben, wo es um eine Landrechtfrage und eine alternative Route der Gateway geht. Jake Gardner will der Enbridge ein Stück Land verkaufen. Und mit diesem Stück Land ist es dann möglich eine Route B der Pipeline zu bauen. Mitten durch unser heiliges Land. Diese Parzelle, das ist das Land beim Falls Creek.»

«Er wollte doch eine Ferienstadt oder ein Jugendheim oder so was bauen», sagte eine der Frauen mit empörter Stimme. «Er darf doch unser Land nicht weiterverkaufen, damit die Pipeline gebaut werden kann.»

«Aber das steht so nicht im Vertrag», sagte Bernie, «wir haben das nirgends festgehalten. Er kann mit dem Land machen, was er will. Was sind wir doch für Idioten!»

Die alte Frau mit der schrillen Stimme mischte sich wieder ein. Fragen und Antworten gingen durch den Raum.

Bernie wandte sich wieder an mich. «Wenn die Enbridge diese Parzelle besitzt, können sie die alternative Route B der Northern Gateway bauen, von der man schon seit Langem munkelt.»

«Eine alternative Route?»

«Sie wurde heimlich projektiert, weil wir uns seit Jahren gegen die Hauptroute wehren. Da wir der Enbridge unser Land nicht verkauften, konnten sie die Hauptroute bisher nicht bauen. Wenn die Enbridge das Land von Gardner erhält, dann bauen sie trotzdem durch unsere Region, verschmutzen unser Wasser, unseren Boden …»

Das laute Stimmengewirr spiegelte die Bestürzung der Elders wider.

«Er hat den Vertrag noch nicht unterzeichnet. Wir können unser Angebot zurückziehen.»

«Nein. Wir haben Gardner den Landkauf vertraglich zugesichert. Die Gerichte werden mit Vergnügen sein Recht durchsetzen. Und unser ganzer Kampf war umsonst. Ich glaube es einfach nicht! Gardner hat uns betrogen. Er hat gesagt, er wolle eine Feriensiedlung bauen.»

«Moment … Bernie …», begann ich.

Niemand hörte mir zu.

«Moment mal, ich muss euch …» Meine Stimme ging unter.

«Heh!», schrie ich mit einem Mal so laut ich konnte.

Die Frauen starrten mich erschrocken an.

«Ich sage euch das ein einziges Mal», begann ich leise. «Hört gut zu.»

Jemand flüsterte eine Frage, wurde aber mit einem «Scht» zum Schweigen gebracht.

«Gardner wird euer Land weder kaufen noch an die Enbridge verkaufen. Er wird nie mehr hierher zurückkehren.»

Die Stille dehnte sich aus.

«Er kommt nicht zurück?», fragte Bernie schliesslich ungläubig.

«Nie mehr», sagte ich.

Pour finir

«Kannst du mit einem unglücklichen Menschen zusammenleben?», fragte mich Philipp.

«Wenn er Philipp Laval heisst, dann ja.»

Er streckte seine Hand aus und drückte meinen Arm.

«Ich will mit dir zusammen sein», sagte ich.

«Du bist verrückt, aber ich liebe dich», sagte er. Seine Stimme zitterte.

Ich blätterte in einer Frauenzeitschrift und schaute mir die neue Badezimmereinrichtungsmode an. Vintage war nun auch bei den WC-Schüsseln angesagt. Die Königin von Schweden wolle sich scheiden lassen, wusste eine gut unterrichtete Quelle, der Papst hatte sich gegen geweihte Hundegräber ausgesprochen, was Brigitte Bardot heftig kritisierte, und Johnny Depp war in die Ferien gefahren.

«Etwas Gutes hat es aber», sagte ich.

«Wie meinst du das?»

Ich versuchte ein Lächeln. «Wir müssen nicht mehr aufpassen.»

Philipp starrte mich an, reagierte nicht.

«Wilder Sex und so», versuchte ich es nochmals.

Ganz langsam löste sich die Starre aus seinem Gesicht. «Ach, Louisa.»

Wir sassen auf diesen grässlichen Kunstledersesseln im Wartebereich für das Check-in. Seit der Bärenattacke waren drei Wochen vergangen. Ich hatte in dieser Zeit viel geschlafen, einige Wanderungen gemacht, die Gribbell-Insel besucht und von sehr weit entfernt einige crèmefarbene Bären beobachtet, eine ruhige Zeit mit Philipp verbracht. In weniger als zwei Stunden würde ich abfliegen. Montreal–Zürich. Wir sassen da, warteten, sprachen wenig. Ich hasse solche langfädigen Abschiede. Ich las gerade einen Bericht über ein südamerikanisches Spinnengift, das Kalorien in Wasser umwandelt, da kam mir in den Sinn, dass ich noch Flüssigkeiten oder mein geliebtes Sackmesser im Handgepäck haben könnte. Ich öffnete meinen Rucksack. Da war das Buch, das ich auf dem Heimweg lesen wollte, ein Schal, ein Schokoriegel, eine Sonnencrème, ein Reiseführer, ein kleiner aus Knochen geschnitzter Bär als Andenken an die Gribbell-Insel, eine Packung Tampons, ein …

«Was ist los?», fragte Philipp. «Du siehst aus, als ob du ein Gespenst gesehen hättest.»

Ich schluckte und rechnete. Sieben Wochen? Waren sieben Wochen seit meiner letzten Mens vergangen? Ein Stresssymptom? Zufall? Mein Kopf fühlte sich leer an. Ich konnte nicht weitersprechen. Ein Gedanke begann sich einzunisten und wurde gross und grösser, bis nichts mehr weiter Platz hatte. Das konnte doch nicht sein. Oder doch?

«Ist dir übel?»

Ich spürte Philipps eindringlichen Blick und schaute auf. Ich sah, wie er abwechselnd auf mein Gesicht und auf die Hand, welche die Tamponpackung umklammerte, starrte. Ich sah den Wechsel von Sorge zu Interesse, von Interesse zu Faszination und dann zu Glück.

Er sprang auf die Füsse, hob seine Arme, legte den Kopf in den Nacken und begann laut zu lachen.

Anmerkungen der Autorin

Im Regional District of Bulkley-Nechako, British Columbia, in dessen Mitte der Fraser Lake liegt, leben die Menschen der First Nations Nadleh Whut'en, Nak'azdli, Saik'uz (ehemals Stoney Creek), Stellat'en, Takla Lake, Tl'azt'en und Yekooche; die Little Creek Band wie auch das kleine Städtchen Muriel Lake existieren nicht in der Realität. Ich habe sie für diesen Roman erfunden.

Es existiert allerdings eine Countrycombo mit dem Namen «Little Creek Band». Ihre Heimatstadt ist Hudson Valley, New York. Lou Becks Frage, ob es sich bei den Mitgliedern der Little Creek Band um Musiker handle, war also gar nicht mal so dumm.

Die Sprache der Stellat'en, das Dakelh, ist glücklicherweise nicht am Aussterben. Die First Nation der Stellat'en hat erst kürzlich einen Bericht über ihre Sprache verfasst, Elders interviewt und Massnahmen vorgeschlagen, wie ihre Kultur erhalten werden kann (www.stellaten.ca).

Als Hintergrund für die Welt, die Geschichte und Lebensweise der Little Creek Band dienten mir verschiedene Quellen. Die wichtigsten seien hier kurz aufgeführt:

- die Biografie von Mary Jones, einer starken und einflussreichen Stellat'en-Frau aus dem 20. Jahrhundert;
- die Zeugnisse von vielen First-Nations-Angehörigen, die über ihre Leidenszeit in den Residentary Schools gesprochen und geschrieben haben;

- verschiedene Fachberichte und Publikationen zu der Geschichte, der Gesundheit und der Lebensweise der First Nations in British Columbia;
- Zeugnisse und Vorträge zum kollektiven Heilungsprozess der First Nations und zum Wiedererwachen des Stolzes auf die eigene Sprache, Kultur und Identität;
- Charity Marshs (University of Regina, Kanada) Studie über die Hip-Hop-Kultur der First-Nation-Jugendlichen: Charity Marsh (2012). Research Overview. Hip Hop as Methodology: Ways of Knowing. Canadian Journal of Communication, Volume 37 (1);
- die tragischen und zugleich humorvollen, überaus intelligenten Kurzgeschichten und Romane von Shermann Alexie, einem renommierten amerikanischen Autor und Angehörigen der Spokane und Cœur d'Alène; eine seiner Kurzgeschichtensammlungen wurde von dem indigenen Regisseur und Produzenten Chris Eyre verfilmt und kam 1998 in die Kinos. Ich habe «Smoke Signals» vor vielen Jahren gesehen und seine Mischung aus Ironie, Witz, Absurdität, Trauer und Wut nie mehr vergessen;
- die Romane von Louise Erdrich;
- der packende Roman «H is for Hawk» von Helen McDonald;
- Berton Rouechés Textsammlung über epidemiologische Fälle;
- unzählige Berichte, soziale Aktivitäten und Zeitungsmeldungen über den Pipelinebau und den Abbau von Ölsand in Kanada und über den immer noch aktiven Widerstand dagegen;
- Fachpublikationen über die spezielle Handhabung der Landrechte der indigenen Bevölkerung in Kanada und den USA und die damit verbundenen Diskriminierungen;
- Aram Mattiolis Geschichte der Indianer Nordamerikas.

Für die Szene mit dem Grizzly wurde ich von einer wahren Begebenheit inspiriert, die sich vor einigen Jahren im Bärenpark in Bern zugetragen hat. Ein geistig behinderter junger Mann war in das Gehege des Braunbären Finn eingedrungen, von ihm angegriffen und in seine Höhle geschleppt worden. Ein Scharfschütze der Polizei versuchte, den Bären mit einem finalen Schuss zu töten. Sowohl der angegriffene Mann als auch Finn, der Bär, haben diese schreckliche Konfrontation zwischen Mensch und Tier überlebt.

Ich habe ein paar Monate in Montreal gewohnt, an der McGill University eine Weiterbildung absolviert und diese Stadt vom ersten Augenblick an geliebt. Die intensiven Recherchen zu diesem Buch haben mich mit einer dunkleren Seite Kanadas konfrontiert.

Die Musik zum Buch

Beim Schreiben von Kriminalromanen dient mir Musik als Inspirationsquelle. Die folgenden Werke sind für mich in besonderer Weise mit «Weites Land» verbunden:

Montreal, Québec:
- Franz Schubert, Streichquintett C-Dur, D956; 2. Satz
- Dmitri Shostakovich, Cello-Konzert Nr. 1, Op. 107
- J. S. Bach, Suite Nr. 6 für Cello solo in D-Dur, BWV 1012, Prélude
- Moondog, Moondog 2, Theme, Stamping Ground
- An Lár, Donald McGillavry und The Flatbush Waltz / Roly Gentle
- Le Vent du Nord, Confédération

Athabasca Fields, Alberta:
- Karol Szymanowski, Symphonie Nr. 3 «Das Lied von der Nacht»

Fraser Lake, British Columbia:
- George Gershwin, Summertime, gesungen von Ella Fitzgerald
- George Gershwin, I Got Rhythm, interpretiert von der Midtown Jazz Combo
- George Gershwin, It Ain't Necessarily So, gesungen von Aretha Franklin

Mein Dank geht an:

Evelyne Fuhrer, Evelyne Roth, Andrea Zumbrunn und Matthias Walpen für ihre kritische Durchsicht und alles Übrige; Aram Mattioli für Hinweise und Ratschläge zur Verwendung von Begriffen im Zusammenhang mit den Gesellschaften der First People; Brigitte Glaser für die Ermutigung in der Krise und mehr: merci! Marcel Spinnler und Vreni Dubach haben mir die Ausstattung und Fahrweise eines Geländewagens erklärt.

Für ihr Vertrauen und ihre Unterstützung danke ich dem Emons Verlag, der Lektorin Irène Kost und der Literaturagentin Katharina Altas.

Mein besonderer Dank gebührt meiner Familie: Lea und Cosima und vor allem Andy Iten, von dem auch das wunderbare Coverfoto stammt.

Nicole Bachmann
ENDSTATION BERN
Broschur, 304 Seiten
ISBN 978-3-95451-388-8

Bern wird von einer Mordserie erschüttert: Die Opfer sind alle männlich, stammen aus dem Ausland und wurden nach ihrem Tod mit weisser Farbe beschmiert. Der Schauplatz der Verbrechen ist Ausserholligen, bekannt als ein sozialer Brennpunkt Berns. Ein rechter Politiker nutzt die Gunst der Stunde und schürt den Fremdenhass. Lou Beck, Epidemiologin im Privatspital Walmont, störrisch und gefährlich neugierig, stösst auf eine alte Krankheit – und einen rachsüchtigen Mörder.

«In diesem Krimi geht es so rasant zu und her, dass einem zeitweilig der Atem wegbleibt. Ein Krimi, den man nicht mehr aus der Hand legen kann.» Brigitte Schweiz